新潮文庫

江戸開城

海音寺潮五郎著

新潮社版

3957

目次

江戸開城

革命の血の祭壇

一

慶応四年二月二日付で、西郷吉之助《きちのすけ》が大久保一蔵に書いた手紙がある。

唯今《ただいま》別紙がとどきました。慶喜《よしのぶ》退隠の嘆願、甚《はなは》だもって不届千万です。ぜひ切腹にまで参らなければ相済まないことです。必ず越前《えちぜん》や土佐などからも寛宥論《かんゆうろん》が起りましょう。静寛院宮《せいかんいんのみや》のような方まで、賊にお味方なされて、退隠くらいですむと思っておられるようでは、世間は一層ことの重大さを知らないと思わなければなりません。どうしても断乎《だんこ》追討とあらせられたきことと存じます。かくまで押しつめたものを、寛に流れては後に悔いてもかいなきことになりましょう。例の長《なが》評議に因循を積み重ねては、千載の遺恨と思いますから、なにとぞ、お持前のご英断をもってお責めつけ下されたく、三拝九拝、願い奉《たてまつ》ります。以上。

書中にいう別紙とは、徳川慶喜の手紙と十四代将軍徳川家茂《いえもち》の未亡人静寛院宮の嘆願書との写しである。慶喜は正月二十一日付で、自分に好意を持っていると思われる在京の越前春嶽《えちぜんしゅんがく》・尾《お》張慶勝《わりよしかつ》・山内《やまのうち》容堂・浅野長勲《ながこと》・細川護久《もりひさ》等に書き寄せて、自分は退隠するから、朝敵の名を免ぜられるように朝廷にとりなしていただきたいと依頼したが、その手紙は正月末日に京都についた。静寛院宮は慶喜に泣きすがられ、慶喜は退隠して、しかるべき者をえらんで相続させることにしますから、寛大なるご処置あって、徳川家は存続せしめられるように、また箱根以東へ官軍をお向け下さらないようにとの嘆願書を持たせて、お局《つぼね》を上京させられ、そのお局がやはり月末あたりに京都に着いたのであった。

西郷のこの手紙において、我々の先《ま》ず感ずるのは、西郷が慶喜にたいして実にきびしい処置を主張していることである。

大体、西郷の本質は冷厳峻刻《しゅんこく》にはなく、温情抱擁にある。むごいことは大きらいな性質なのである。かつて第一次長州征伐の時、そのはじめにおいては、西郷は、長州藩は禁裡《きんり》にたいして発砲し、鉄砲弾が紫宸殿《ししんでん》のお庭先に落下するというほどの不届きを働いたのだから、領地を削って十万石くらいにしてどこか東国に国がえするくらいにしなければ大義名分が立たないと公言していたが、征長総督の尾張慶勝を助けて参謀長的役割で実際に局《きょく》を結ぶにあたっては、直接の出兵責任者である三家老を切腹させればそれでよいとして、一兵も加えずしてすました。もちろん、削封《さくほう》や国がえなどはしなかった。

声を大にすることによって敵をおそれさせ味方を奮い立たせ、局を結ぶにあたってはうんと寛大仁慈の処置をして懐《なつ》かせるというのは、西郷の戦さを処置する場合の手口といってよいのであるが、この場合には別にまた理由があった。

明治維新は王政復古という名で行われたが、実は復古ではなかった。公家《くげ》に政治能力のないことは明らかである。大化改新から平安朝初期までの王政時代にかえせないことは言うまでもない。だから、名は王政復古でも、実は天皇の下に公家・大名・諸藩臣の優秀分子で合議政治を行おうというのであった。

日本人は長い間日本の本来の政治形態は天皇親政であったと考えて来たが、実はそうではなかったのではないかというのが、最近の一部の歴史学者達《たち》の考え方である。魏志倭人伝《ぎしわじんでん》に出て来る耶馬台国《やまたいこく》では女王ヒミコが最も尊貴な君主となっているが、これはいわば宗教的最高の存在で、政治はヒミコの弟の男王が行なっていたことになっている。日本書紀や古事記に記述されているヤマト朝廷時代のことを虚心に読むなら、天皇はやはり宗教的最高の、いわば象徴的存在で、政治は豪族らがとり行なっていたと解釈しないわけに行かない。つまり、日本では主権は二本立てになっていたのである。

この政治形態にたいして、日本人が批判的になったのは、聖徳太子《しょうとく》の頃《ころ》からであり、聖徳太子がその批判的日本人の代表者である。

中国は秦《しん》の始皇帝の時、天下の主は政治的にも精神的（宗教的といってもよい）にも至高のものであるべきであり、万国万姓を統《す》ぶべきものであり、これを皇帝というということになった。秦は二代にしてほろんだが、この考えはずっと伝承された。それでも、三国から六朝《りくちょう》の頃には、皇帝という名称はあっても、実は天下の主ではなく、ある部分の主たるにすぎなかったが、隋《ずい》の文帝に至って天下が統一され、久しぶりに皇帝の名に恥じない皇帝が出現した。

中国文化にたいして強烈なあこがれを持ち、熱心にこれを学んでいる聖徳太子にとって、中国式皇帝のあり方と日本の天皇のあり方とをくらべて考える時、あれこそ本ものであり、これは野蛮未開な存在であると考えざるを得なかったに違いない。この場合、中国が強力な統一国家となったことにたいして、日本が従来のままでいるのは侵略の脅威を感じ、不安であったという考え方もあり得ようが、私はそこまでは考えない。

ともあれ、聖徳太子は日本の天皇を中国の皇帝のような存在にしようと、大いに努力しはじめた。当時は蘇我《そがし》氏の全盛時代であるから、太子も現実の政治面では天皇家の権力をのばすわけには行かないので、もっぱら教育面から日本人の天皇観をかえて行くことに骨折った。十七条憲法をこの目で見るなら、よくわかるはずである。太子のこの教育がどの程度に効果があったかわからないが、太子の死から二十年と少したって、中大兄皇子《なかのおおえのおうじ》・藤原鎌足《ふじわらのかまたり》らによってクーデターが行われ、豪族代表である蘇我氏がほろぼされ、大化改新が行われ、ここに天皇は中国の皇帝と同じものとなった。注意すべきは、中大兄や鎌足のブレーンになったのは皆大陸からの留学帰りの、大陸文化の影響を強く受けた人々であったことである。この人々にとっては、主権者なるものは中国の皇帝的なものであるべきで、日本固有の天皇のあり方などは未開野蛮なものとしか思われなかったのではないだろうか。

大化の改新によって、日本は天皇親政となったのだが、これは長くはつづかなかった。平安朝初期の清和天皇頃になると、摂関政治がはじまって、天皇は至尊であるだけで政治にはタッチされない存在となった。

摂関政治につづいては、幕府政治がおこって、途中、建武中興《けんむのちゅうこう》という天皇親政時代がありはしたが、これはごくごく短い期間で、考えに入れるほどのことはない。日本の国がはじまってからいくらになるかよくわからないが、仮に那珂通世《なかみちよ》博士の日本紀元には六百六十年ほどののびがあるという説を採用すれば、大体西洋紀元と同じになるから、千九百余年たっていることになる。このうち天皇親政の期間は二百八十年くらいしかない。つまり七分の一しか親政期間はなかったのである。明治維新の頃の人は日本紀元を信じていたから、もっと率が悪くなる。

であるとすれば、天皇親政が日本固有の姿であったと考えるより、天皇は宗教的な最高の象徴的存在で、政治にはタッチされず、政治の主宰者は別にいるのが、日本の固有の姿であった。だからこそ、摂関政治がはじまるのにも、幕府政治がはじまるのにも、ほとんど抵抗らしい抵抗がなくしておちつき、長くつづきもしたのだと考える方が納得出来るのである。

しかし、こういう考え方が出来るようになったのは、今日の自由の時代であればこそで、この戦争前などは絶対に出来ることではなかった。仮に考えたとしても、世に発表など出来ることではなかった。官憲もうるさかったが、世間もうるさかった。右翼とか国粋家とかいうほどの人でなくても、世間は自分の昔聞いた学説と違う学説を受入れたがらないものである。

それはさておき、幕末・維新頃の人は、昔からの識者の言ったことを真向《まっこう》正直に聞いて、天皇親政は日本古代の固有の政治形態だったと信じこんでいたから、幕府政治を廃して、政権を朝廷が持つようになったことを、王政復古と信じたのであるが、実は復古ではなく新しい政治形態をはじめることだったのである。つまり、革命だったのである。

ところが、革命にはある程度の血の祭典が必要なのである。血の祭典という犠牲のない革命ほど困難なものはないからである。現に慶喜の大政奉還という平和事実をもって、いわゆる王政復古はスタートしたのであるが、当時の朝廷——天皇政府は表面はともかくも、実質的にはまるで権威のないものであった。天皇政府の実際の中心であった西郷・大久保・岩倉は、新政府は日本を代表する唯一《ゆいいつ》の政権であることを国際的に認めさせようとして、そのような宣言書をつくって、朝議にかけたところ、山内容堂・松平春嶽の二人は、これは現在まで外交一切を取りしきって来た徳川慶喜にたいして工合《ぐあい》が悪いといって、反対した。政権を返上した以上、外交権の返上も付随すべきで、工合が悪いなどという理由で反対するのは、天皇政府をどうせ長続きするものかと信用していなかったのである。

このすきに乗じて、慶喜の方は大坂城に英・仏をはじめとする外国公使らを集めて、政治の大権は朝廷にかえしたが、外交権は昔のまま自分にあるから、諸君はそのつもりでいてもらいたい、今の天皇政府は一部の大名と一部の公卿《くげ》によって、まるで自分の予想しなかった勝手気ままなことを行なっていると言い、やがて自分はこれをくつがえすであろうという意味のことを言外にほのめかした。

このように、血の犠牲の上に成り立たない新政府は、この程度のこともきかせる力がないのである。次ぎ次ぎに革新的な施策を実行など出来るはずはないのである。

このまるで弱体で、どうせ長続きはしないものと、人々に思われていた天皇政府に力がつき、権威が出て来たのは、伏見《ふしみ》・鳥羽《とば》の戦争の途中からであった。この戦争は本質は徳川方の先鋒隊《せんぽうたい》と薩《さつ》・長軍との衝突であった。薩・長方は全力をふりしぼっているのに、徳川方は先鋒隊だけの力で戦っているのだから、たとえ負けても、徳川方が腰をおちつけて大坂城にこもって戦いをつづければ、決して負けにはなりはしなかったのである。薩・長方はせいぜい三千五百しかないのに、徳川方は伏見・鳥羽で敗れても少くとも一万の新手《あらて》の兵が大坂にはのこっており、大坂湾には諸藩の海軍に懸絶する優勢な徳川海軍艦隊が游弋《ゆうよく》していたのだから、どうそろばんをおいても徳川方の負けるという計算は立たないはずだった。

ところが、その戦争に、薩・長軍が勝ち（つまりは前哨戦《ぜんしょうせん》における勝ちにすぎないのだが）、仁和寺宮《にんなじのみや》が征討将軍宮として錦《にしき》の御旗《みはた》をひるがえして陣頭に出られると、形勢がかわって来た。譜代藩で、現に当主稲葉正邦《いなばまさくに》が老中として江戸で勤務している淀藩《よどはん》が薩・長方に寝返りを打った。伊勢《いせ》の津の藤堂家《とうどうけ》は外様藩《とざまはん》ではあるが、藩祖高虎《たかとら》以来、徳川家に忠誠を運ぶこと深く、もし西国に事あって徳川家が出陣する場合には譜代第一の大藩である彦根藩《ひこねはん》とならんで左右の先鋒をつとめることになっている家であった。この時京都盆地の咽喉部《いんこうぶ》である山崎《やまざき》を守備していたのだが、これが薩・長側になびいて、淀川越しに八幡《やわた》や橋本にいる徳川方に大砲を撃ちかけたのである。

この両藩ですらこの通りであったから、それまで形勢を観望していた諸藩は一斉《いっせい》になだれを打って、薩・長方に味方することになった。

「薩・長方に味方する」といっては、それらの藩としては言いぶんがあろう。「官軍だから所属したのだ」と言うにちがいない。しかし、戦争以前には、外交権が朝廷――天皇政府にあるという当然しごくの宣言書にすら同意しようとしなかった事実を思うと、単に錦の御旗のひるがえる官軍であるから靡《なび》いたという言いぶんは暗かろう。少くとも、薩・長軍の勝利と錦の御旗との相乗作用がこれだけの力となったと見るべきであろう。つまり、伏見・鳥羽戦の勝利という血の祭典が、天皇政府にこの力をあたえたのである。

伏見・鳥羽戦は、前にも言ったように前哨戦にすぎないが、前哨戦でも、これに勝ったために、当時京都に出ていた諸藩は皆官軍の命令に服することになり、慶喜が前哨戦だけの負けで江戸に逃げてしまったので、箱根以西の大名はほとんど全部官軍になびいた。外様藩はもちろん、譜代藩も、紀州藩や尾州藩《びしゅうはん》や越前藩のような親藩まで。しかし、関東から東北はまだ帰服していなかった。祭壇にはまだ血の犠牲が必要なのであった。

ここに西郷が、きびしく慶喜の処分を追及する理由があった。とりわけ、当時の朝廷内には、西郷の手紙にもあるように慶喜にたいする同情者が多数いて、とかく軟弱になりそうなので、一層きびしく主張せざるを得なかったのである。

これは西郷だけでない。二月十六日付で、大久保一蔵が国許《くにもと》の蓑田《みのだ》伝兵衛《でんべえ》(島津久《ひさ》光《みつ》の側近)にあてた手紙があるが、これには西郷よりもっとはっきりと、言っている。

「静寛院宮様がお局をおつかわしになって謝罪状を差出され、越前春嶽公も慶喜の直筆《じきひつ》の謝罪状をもって嘆願され、官軍をさしむけることはぜひおやめに相成るように尽力を頼むとのことであります。慶喜の謝罪の趣意は、身退隠し、しかるべきものを選んで相続させますについて、徳川家の祭祀《さいし》は存するようにしていただきたいというのであります。江戸表《おもて》において紀州家の重役を呼び出して、自分は退隠して紀州殿へあと目を譲るとの意を申しましたので、重役から和歌山へ申して来た由《よし》です。紀州家では甚だ心外に存じて、早速ことわりを申し送り、十分に謝罪の道を立てられるべしと申しつかわしたとの旨《むね》を、紀州家から朝廷へお届けになりました。まことに阿呆《あほ》らしいことで、沙汰《さた》のかぎりであります。叛状《はんじよう》顕然たる朝敵として、天子御親征とまできめられていることでありますのに、退隠くらいのことで謝罪の道が立つと思うなど、朝廷を愚弄《ぐろう》するの甚だしきものです。天地に容《い》るべからざる大罪でありますから、天地の間を退隠した後、初めて兵を解かれてしかるべきものです。そうでなくして、寸毫《すんごう》もご猶予《ゆうよ》あらせられては、彼（慶喜）の持前である譎《けつ》詐《さ》権謀に陥り給《たも》うおそれ十分であります」

要するに、この点においては、西郷と大久保とは判子《はんこ》でおしたように同じ考えでいたのである。

二

ところで、いよいよ東征のことがきまると、西郷は征討大総督有栖川宮《ありすがわのみや》つきの参謀に任命されたが、有栖川宮の御出発に三日先立って、京都を出て、東に向った。その東に向う西郷のふところ深く、一封の書付《かきつけ》があった。それにはこう書いてあった。

徳川氏処分についての意見書

一　よく恭順しているなら、慶喜《よしのぶ》の処分は、寛大仁恕《じんじょ》の思召《おぼしめ》しをもって、死一等を減ぜられること。

一　軍門へ伏罪の上、備前へお預けのこと。

一　城明渡しのこと。但《ただ》し軍艦・銃砲等を引渡すことは言うまでもない。

右三カ条をもって早々実効を挙げるよう、朝廷は厳然たるご命令を下しなされ、もしこれを奉じなかったなら、官軍をもって打ちくだくよりほかはありますまい。

但し、その他のことは追ってご沙汰《さた》に及ぶことにしましょう。

この意見書は、西郷と大久保とが相談して、岩倉の諒解《りょうかい》を得たものの写しであった。この原本は後年岩倉家で発見され、それは大久保の筆蹟《ひっせき》になるものであり、更に西郷がこの年の三月七日に駿府《すんぷ》の大総督府で、同僚の参謀林玖十郎《くじゅうろう》をして、慶喜のために嘆願に来た輪王寺宮《りんのうじのみや》の供奉《ぐぶ》僧《そう》覚王院義観《ぎかん》らに示させた恭順降伏の条件がこれと符節を合するがごときものがあるところを見ると、元来は西郷・大久保の相談の上でこしらえたものであることがわかるのである。

つまり、西郷は口では、飽くまでも慶喜の首を引きぬくなどときびしいことを言いながらも、適当に効果さえ上るなら、慶喜の助命もしようし、徳川家を立てることやなんぞも考えようという心を抱いて京都を出ているのである。「但し、その他のことは追ってご沙汰に及ぶことにしましょう」というのが、そのふくみを持つと思ってよいであろう。

西郷の京都を出るよりはるかに前、まだ官軍が徳川方と京都の南郊の淀《よど》あたりで戦っていた正月五日に、東海道鎮撫使《ちんぶし》橋本実梁《さねやな》、柳原前光《さきみつ》両卿《きょう》の一行が京都を出ている。はじめ熊本《くまもと》藩兵をひきいて大津まで行き、その後因州、彦根《ひこね》、備前、膳所《ぜぜ》、亀山《かめやま》、水口《みなくち》、大村、佐土原《さどはら》等の諸藩兵が馳《は》せ参じた。なぜこの人達《たち》はこんなに早く京都を出たかというと、京都朝廷としては静寛院宮《せいかんいんのみや》様のご運命が心配だったのである。静寛院宮様の御降嫁《ごこうか》に際しては、岩倉は積極的にずいぶん働いた。この縁談がまとまったのは朝廷側では主として彼の力であった。そのために彼は姦人《かんじん》の名をとって朝廷から遠ざけられ、攘夷《じょうい》浪士らに暗殺されようとする危険にまで度々遭ったわけだが、朝廷と徳川家との関係が今日のようなことになると、強い責任を感じないわけに行かない。何とかご無事に京都にお連れもどししたいと思って、宮様にとっては外伯父にあたる橋本実梁卿を総督に任命して、こんなに早く東に向わせることにしたのであった。はじめ橋本卿の一行が京を出発する時は単に東海道鎮撫使であったが、大総督宮が任命されると、東海道先鋒《せんぽう》総督兼鎮撫使ということになった。

この他《ほか》、東山道《とうさんどう》先鋒総督兼鎮撫使も、北陸道先鋒総督兼鎮撫使も、海軍総督府も設置されたのだが、この文章では必要最小限のことしか言わないことにしよう。

東海道先鋒総督兼鎮撫使の橋本・柳原の両卿は、桑名に進んで、桑名藩を降《くだ》し、一月二十八日に桑名城を接収した。桑名の城主松平定敬《さだあき》は慶喜の供をして、大坂から海路江戸に逃れているのである。主君をすておいて降伏したのである。

両卿はしばらく桑名に逗留《とうりゅう》していると、西郷が薩・長の兵をひきいて到着した。到着すると、西郷は先鋒総督の部隊を、薩・長・佐土原・大村の四藩の兵だけで編成して、他藩の兵は皆京都に帰した。装備が旧式であり、兵員の練成も旧式で、とうてい近代戦にたえるものではなかったからである。佐土原・大村の兵はごく少数ではあったが、銃器も新鋭で、西洋式の調練を受けている兵だったのである。

三

ここで筆を江戸に向けてみる必要があるようである。

慶喜《よしのぶ》は一月六日の夜、大坂城を脱出したのだが、それから五日目の十一日に品川沖につき、翌十二日の未明を待ってお浜御殿（今の浜離宮公園にあった）に上陸した。

いくら当時の軍艦でも、大坂湾から東京湾まで五日とはかかりすぎるが、これにはわけがある。開陽丸の副長沢太郎左衛門が、慶喜の出港命令にたいして、

「司令官の矢田堀讃岐《やたぼりさぬき》（景蔵《けいぞう》）も艦長の榎本和泉《えのもといずみ》（武揚《たけあき》）も上陸中で不在ですから、私の一存ではお受けいたしかねます」

と答えてなかなか出港しようとしなかったし、無理やり出港させると、出港と見せかけて湾内を徐行運転していたのだ。戦い半ばに戦場を離脱する主将にたいして憤懣《ふんまん》やる方なく、こうして抵抗をこころみたのである。それをやっと出港させると、途中で暴風に遭って、八丈島附近まで吹き流されたりなどしたので、こんなに日数がかかったのであった。徳川家康《いえやす》は織田信長に招かれて安土城《あづちじょう》で饗応《きょうおう》された後、堺《さかい》見物に行って京にかえる途中、明智光秀《あけちみつひで》の乱の報告に接し、伊賀《いが》の山路をこえて伊勢《いせ》に出、北

伊勢の白子《しろこ》の浜から船を雇って三河《みかわ》に帰ったのだが、途中何のさわるところもなかった。家を興《おこ》すほどの運のよい人間と、家を亡《ほろ》ぼす運の悪い人間とは、同じく危難から逃げ帰るにも、こうも違うのである。

浜御殿から、騎馬で江戸城に入った。午前十一時頃《ごろ》であった。

この帰着はまことに唐突であったので、帰着のことを聞いた者は皆疑い、また驚愕《きようがく》した。上方《かみがた》で合戦のはじまったことは、もちろん知っていた。一体この合戦は江戸ではじめられたのだ。暮の二十五日の薩摩《さつま》屋敷の焼打ちからはじまったのだから。この知らせを大坂に持って行った者は江戸の興奮とともに兵も軍艦で連れて行った。それによって、大坂でもわっと一緒になって興奮して、討薩表をかかげて上洛《じようらく》の軍隊をくり出し、京都の南郊で薩・長軍と開戦するということになったのである。ここまでは知っている。

しかし、その後は何の報告もない。けれども、まさか負けようとは露ばかりも想像していなかった。勝てる自信があればこそ、薩摩屋敷を焼打ちして挑戦《ちようせん》したのである。だのに、供廻《ともまわ》りもごく少く、軍艦で帰って来《こ》られたという。

「一体、どうなさったのだろう」

と、不思議に思ったのは当然のことである。

そのうち、戦況不利で、いのちからがら帰って来られたということがわかって、皆色を失った。

大体、慶喜という人は幕臣に好かれていなかった人である。慶喜の生家である水戸《みと》家《け》が三家の一つでありながら、光圀《みつくに》以来、尊王《そんのう》を藩是として本家にたいして常に批判的であり、慶喜の父の斉昭《なりあき》に至っては反抗的ですらあった。安政五、六年の頃に将軍世子《せいし》問題がおこり、慶喜が最も適当であるとて、親藩・譜代・外様《とざま》・旗本を問わず、賢明で見識があると言われるほどの人はこぞって推し、熱心に運動し、西郷なども主君斉彬《なりあきら》の命を受けて大いに動いたほどであったのに、ついに世子になることが出来ず、大獄までおこったのは、根本的には水戸斉昭にたいする幕臣や大奥の女中らの嫌悪《けんお》感情によるのである。それが、家茂《いえもち》将軍が時局最も多難な一昨年、大坂城中で死んだため、十五代の将軍になれたのは、つまりは旅先で二、三の老中らのはからいによるのである。その上、時局のためとはいいながら、京坂《けいはん》の地を去ることが出来ず、将軍としては一日も江戸にいたことがないのである。幕臣らにとってはなじみも薄いのである。その人がやっと帰って来たかと思うと、大政奉還して、もう将軍ではなくなっている。しかも、戦さに打ち負けて、いのちからがら逃げて帰って来たのだ。幕臣らに好かれようはずがない。将軍であるという気もあまりしなかったのではないかと思われるのである。

しかし、それと徳川家の興亡や薩摩の横暴とは別だ。江戸城内はもちろん、江戸中慷慨《こうがい》の坩堝《るつぼ》となった。

四

勝安房《かつあわ》は、一昨年秋（慶応二年十月）、慶喜《よしのぶ》に命ぜられて広島に出張、厳島《いつくしま》で長州の代表者らと談判して、泥沼《どろぬま》に入った長州征伐の和議をまとめて京都に帰って来たところ、慶喜の心境がすっかり変化していた。フランスが金を貸してくれ、兵器弾薬なども補給してくれるという話があって、それまで出来るだけ早く長州問題を解決しなければならないと思っていた慶喜がすっかり強気になっていたので、勝のせっかくの努力は水泡《すいほう》に帰した。

勝は江戸に帰って、鬱々《うつうつ》として楽しまなかった。軍艦奉行という身分は別に免ぜられはしなかったが、当時幕府は海軍を和蘭式《オランダしき》から英国式に切りかえようとしている時だったので、英国式海軍術の伝習のことを司《つかさど》ったり、燈台《とうだい》の位置を検定するために米・英・仏の船将らを同伴して、わが汽船をもって房総の沿海を航海したりしていた。

当時のはげしい時勢の流れからすれば、彼ほどの手腕のある人間としてはあるまじき閑事務についていたのであるが、英国式海軍術伝習のことを司ることによって、彼はしばしば英国公使パークスや書記官アーネスト・サトウに接触する機会があって親しくなり、それがやがておこった官軍との折衝の場合大便益を得ることになる。人生のことはどこに因縁《いんねん》があるかわからない。人との交《まじわ》りは大事にしなければならないという教訓になることであろう。

勝は、幕府の京都方面の中心であり、将軍である慶喜からも好かれていなかったし、江戸方面の中心である小栗上野介《おぐりこうずけのすけ》らにも好かれていなかった。彼らも、勝の人材であることを認めないではなかったが、思想といおうか、好みといおうかが、まるで違っていたのである。だから、軍艦奉行たる地位は奪いはしなかったが、重要な仕事はさせなかったのである。

「海舟日記」正月十一日の条に、慶喜の乗った開陽艦が品川に投錨《とうびょう》し、払暁《ふつぎょう》（翌十二日払暁の誤りであろう）、役所から急使が来たので、築地《つきじ》の海軍所に出て、慶喜の帰って来たことを知ったと書いている。

「はじめて伏見戦争の顚末《てんまつ》を聞いた。会津侯も、桑名侯も、お供の中におられる。くわしい話を聞こうとしたが、お供の人々は皆顔面蒼白《そうはく》、ただ目を見はるばかりで、口をきくものはない。板倉閣老にたずねて、やっとあらましを聞くことが出来た。以後、人々空論と激論とをくりかえすだけで、とりとめた議論をする者はなかった」と、勝は記述している。もちろん、これは慶喜が江戸城に入ってからのことである。

後年、生きのこりの幕臣らの上野史談会での追憶談によると、当夜から翌日にかけて、城内で大会議がひらかれ、席上、陸軍奉行兼勘定奉行の小栗上野介が主戦論を展開したという。その要旨はこうであった。

「官軍が東下して来たら、箱根も碓氷峠《うすいとうげ》も防がず、全部関東に入れた後、両関門を閉じて、袋の鼠《ねずみ》にしてしまう。一方軍艦を長駆させて、馬関《ばかん》・鹿児島《かごしま》を衝《つ》かせる。こうなれば、日和見《ひよりみ》をしている天下の諸藩は皆幕府に属する。形勢は逆転し、幕威また振《ふる》うに至る」

この戦術は、幕府が砲・歩・騎の三兵伝習のためにフランスから招聘《しょうへい》雇用しているフランス士官らの立てたものである。図上作戦としてはなかなか優秀なものだが、当時の幕府海軍の操船術で、これだけの大作戦が出来るかどうか。現に大坂湾から江戸湾に来るまでの間に風浪によって八丈島附近まで漂わされており、これからしばらく後幕府海軍が江戸湾を脱出して松島湾に行くまでの間に一艦を失ったばかりか、のこらずの艦が全部損傷している。宮古湾《みやこわん》襲撃にも操船術の拙劣のために僚船とばらばらになり、また失敗敗戦している。徳川海軍は軍艦の数だけは諸藩に冠絶していたが、操船術の点は大作戦の出来るほどの熟練度を持っていなかったと断定してよい。しかし、こんなことは素人《しろうと》にはわからない。天性の雄弁家である小栗が自信に満ち、熱情をこめて説き立てるのを聞いて、人々の感奮は一方《ひとかた》でなく、気勢大いにあがったという。

ここで説が二つにわかれる。慶喜が恭順説を持って、小栗を罷免《ひめん》したというのが一説、一旦《いったん》は小栗らの説に従って主戦に決したが、やがて恭順説になり、小栗を罷免したという説。

前説は徳川慶喜公伝に言うところであるが、真相は後説のようであり、しかもその後もたえず慶喜の心は揺れていたようである。

慶喜は城に入るとすぐ、大奥の女中錦小路《にしきこうじ》をもって、前将軍夫人静寛院宮《せいかんいんのみや》に、

「さる三日、上洛《じょうらく》の先供《さきども》が薩摩勢《さつまぜい》の無謀にささえられて、やむなく戦争となりましたが、朝廷が徳川に叛逆《はんぎゃく》の色があらわれていると聞こし召されているやにうけたまわりましたので、賊名が確定してはならじと、ひとまず東帰しました。いずれご面会の上、委細申し上げます」

と申し上げたところ、宮は、

「天璋院様《てんしょういん》は対面されましたか」

とおたずねになった。天璋院というのは島津斉彬《なりあきら》の娘で、十三代将軍家定の未亡人である。

「天璋院御方は申《さる》の刻《こく》（午後四時頃《ごろ》）、ご面会でありました」

それでも、宮はすぐに会おうとはなさらなかった。お会いになったのは、三日後の十五日、しかも、天璋院のとりなしがあってからであった。それについては後になお書く。

慶喜は大坂を引揚げて来る時から、その心中は恐懼《きょうく》謹慎していたというのが、徳川慶喜公伝にいうところである。これを信ずる人が多い、ぼくもかつては信じていたが、いろいろ研究と考察を重ねると、当時の慶喜の心理はそう簡単に言い切ってよいものではなかったようである。城に帰着後間もなく、御用部屋から慶喜の意志を発表しているが、鳥羽野の関門で、薩摩の守兵と衝突した事情を、こうのべている。

「松平修理大夫《しゅりだゆう》（島津忠義《ただよし》）の家来共《ども》が、いわれなく自分の通行を拒み、前もって伏兵などの手配りをしておき、突然発砲に及んで、兵端を開き、粗暴のふるまいに及んだのである。全く修理大夫の家来共が勝手にしたことであり、その上叡慮《えいりょ》を矯《た》めて、我に朝敵の名を負わせ、他藩の者を煽動《せんどう》したため、人心疑惑を抱いて、戦い不利に陥った。こんな風では多数の人命を損ずるばかりでなく、宸襟《しんきん》を安んじ奉《たてまつ》るべき誠意も貫徹出来ず、混雑の際、曲直が明晰《めいせき》に立たなくなっては（賊名を負うことになっては の意）、不本意の至りと、深く心痛いたした。ついては将来にたいして深い考えもあって、兵隊を引揚げ、一先《ひとま》ず軍艦で東帰した次第である。追々《おいおい》申し聞かすこともあるであろうから、銘々心を一つにして、力を合せて、国家（この場合の国家は徳川藩の意）のため、忠誠を抽《ぬき》んずべし」

というのである。

静寛院宮への報告でもそうだが、慶喜は敵を官軍とは言っていない。薩藩勢だといっている。従って自分が朝敵になったとは言っていない。朝敵という名が確定してはならんと思ったから、戦さをやめて帰って来たといっている。つまり、彼には官軍に反抗したために朝敵にされてしまったという意識はないのである。従って、恭順という考えになるはずはないのである。

彼は、自分は大坂城にいて出陣せず、出陣して衝突したのは先供の者だけだと思って、こんなに考えたのかも知れないが、だとすれば、賢明な彼にあるまじく身勝手で甘い考えである。征討将軍宮が錦旗《きんき》をおし立てて出て来《こ》られまでしたのに、主将たる者がそれは先供の者のしたことで、自分には関係のないことだと言って通ることかどうか。蛤御門《はまぐりごもん》の戦でも、毛利侯は国許《くにもと》を出ていないのだが、慶喜を含む幕府方はこれを朝敵として責めつけ、再征までしているくせに、自分の場合はそれとは違うというのでは、理屈に合わない。この時代の人々のレトリックではこんなのを、「類を知らずというべし」ときめつけるのである。そこに気づかないとすれば、慶喜もいいかげんな人間といわねばならない。

やがて、慶喜は隠退するといい出し、これを朝廷にたいする恐懼謹慎のためであるというようになる。しかし、恭順の意識などさらにないのだから、この隠退は恭順のためではなく、先祖から受けついできた政権を返上したり、敗戦したりして、徳川家の名誉をおとし、損失をかけたことにたいするわびのためというのが本当だったろう。これを恭順・謹慎のためなどと言い出したのは、朝廷のきびしい態度を知って調子を合せようとしたことに違いない。

札つきの和平主義者勝安房《かつあわ》

一

　フランス公使レオン・ロッシュは幕府に深く食いこんで、幕府の政治顧問・軍事顧問といってもよいほどであった。いく度か計画されたフランス借款《しやつかん》はその都度いろいろな事情によってついに実ることはなかったが、幕府のために親身になってそういう計画を立ててくれたし、幕府の軍制を改革した後に長州をほろぼし、薩摩《さつま》をほろぼし、やがて封建の制度を廃して日本を中央集権郡県の制度にするのがよいという策を教えてくれたし、幕府にとってはなかなか頼もしい外国使臣であった。小栗上野介《おぐりこうずけのすけ》、栗本《くりもと》安芸守《あきのかみ》（後の鋤雲《じよううん》）などは最もこれに親しみ、慶喜《よしのぶ》もまたその親しみは一通りのものではなかった。

　こんなロッシュだったので、大君《たいくん》政府（徳川幕府）がいとしくてならず、天皇政府がにくてならなかった。昨年の十二月七日は一八六八年の一月一日にあたり、この日から大坂と兵庫《ひょうご》とが貿易港として開港されたので、列国の公使らは祝賀のために皆横浜から大坂に来たのであるが、政治情勢の激変、伏見《ふしみ》・鳥羽《とば》戦争の勃発《ぼっぱつ》などのために、ずっと坂神《はんしん》に滞在しつづけた。ロッシュもその通りであった。

伏見・鳥羽における徳川方の敗戦、引きつづく慶喜の江戸脱走は、ロッシュにとってはまことに歯がゆいことであった。

「何たるいくじない軍隊、何たるいくじない人だ！」

と、歯ぎしりしたい思いであった。

ところが、一月十一日というから、慶喜が大坂城を脱出してから五日目のことだが、備前藩の家老池田伊勢《いせ》と日置帯刀《たてわき》とが兵二千をひきいて、新たに朝廷から警衛を命ぜられた西宮《にしのみや》に行こうとして神戸《こうべ》を通過しようとして、外人居留地にさしかかったところ、フランス人水兵二人が行列を横切ろうとした。日置帯刀の家来は馬を飛びおり、手真似《てまね》でそうしてはならないと制した。居合せた日本人らは皆ひざまずいたがフランス水兵らはかまわなかった。備前兵のうち槍《やり》をたずさえた者が鞘《さや》をはらって一人に突きかけた。その槍を他の水兵がつかんで、傷つきながら、友を救って逃走した。備前人らはすっかり興奮して、外国人と見れば差別なく銃で射撃した。そして二人を殺した。

この射撃の行われている時、英国公使パークスが護衛兵一人を従えて、ちょうど近くに居合せ、弾丸は数度その近くに飛来した。パークスは驚き、また激怒して、領事館に行ってこのことを報告したので、居留地の外国人全部のさわぎとなった。

英国領事館からの通報によって、英軍、仏海兵隊、米軍が来て、備前兵らを追撃した。備前兵らは返し合せて戦ったが、敵せず、山の方へ逃げた。外国軍隊は当時神戸港内に碇泊《ていはく》していた筑前藩《ちくぜんはん》・久留米藩《くるめはん》・宇和島藩・越前藩《えちぜんはん》・肥後藩・平戸藩の汽船、都合六隻《ろくせき》を拿捕《だほ》して、「物的証拠」とした。また列国連合で神戸を占領して、武装した日本人は何人《なんびと》といえどもかたく通行を許さなかった。

これを神戸事件というのである。

この事件の最後的解決は日置帯刀の家来滝善三郎が責任をとって、二月九日に外人らの前で切腹して落着するのだが、その以前一月十五日に勅使東久世通禧《ひがしくぜみちとみ》が神戸に来て、公使団と会って懇談して、ある程度のおさまりがついたのである。その席で、レオン・ロッシュは、この時こそ天皇政府をいじめるいい機会とばかりにずいぶん意地の悪いことを言ったり、天皇政府の言うことを信用するなと他の公使らに言ったりしている。しかし、鳥羽・伏見の戦争で徳川方が負けたという事実は、大君政府の信用をうんと軽くし、天皇政府の信用をうんと重くしていて、他の公使らは耳を藉《か》さなかったのである。

ロッシュは海路すぐ東に帰り、一月十九日、同二十六日、同二十七日と、続けて三回も慶喜に会った。最後の二十七日には海軍提督《アドミラル》を同伴して登城している。その会談の内容については、ずっと後年、慶喜自身の話したことが、「昔夢会筆記」に出ているだけのことしか、公式にはわかっていない。

それによると、ロッシュは飽くまでも恢復《かいふく》のために抗戦せよ、フランスは必ず援助するであろうと言ったが、慶喜は日本の国体を説いて、いかなる事情があっても、天皇にたいしては反抗出来ない、と答えた。ロッシュはこれをよく諒解《りようかい》したというのだが、これはつくろいすぎたことばである。こんな簡単な問答ですむことに三日もかかり、最後の日には海軍提督まで同伴して来るはずはない。現実にはもっといろいろ含みのある問答があって、簡単にロッシュがあきらめきれなかったどころか、十分に希望をつなぎ得るような慶喜のことばがあったと考えた方が真相に近かろう。

石井孝氏の「増訂明治維新の国際的環境」によると、慶喜とロッシュとの会談の内容をアメリカ公使が偵知《ていち》したところでは、十九日の会見では、慶喜は、

「日本人としては、天皇の意志にそむくことは出来ないが、徳川家の主《あるじ》としては、徳

川家の領地を奪われることを拒み、全力をあげてこれを防がざるを得ない」

と告げ、また、

「天皇は目下監禁状態におかれ、ご自分の意志で自由に行動しておられるのではない。従って自分の戦うのは官軍が相手ではなく、薩《さつ》・長が相手なのだ。何のはばかるところがあろう」

と言い、二十六日の会見の際は、

「自分は隠居し、徳川家は紀州家が継ぐが、自分は引きつづき徳川家を代表し、家政の監督をする。自分が京都を相手に戦争するのは、祖先伝来の領地を守るためであって、他意はない」

と言ったというのである。これらは、いずれも慶喜の朝廷にたいする恐懼《きょうく》の情を語るよりも、彼の徳川家にたいする責任感と権力にたいする未練とを語るものであろう。

慶喜の権力にたいする未練を語る話はまだほかにもある。英国公使パークスは、慶喜の東帰後の幕府の意向を知るために、書記官ロコックを急派した。幕府の外国事務がかりの老中小笠原壱岐守長行《おがさわらいきのかみながみち》は、ロコックの質問に書面で答えた。それは、幕府があくまでも日本の外交権を掌握していることを声明し、兇徒《きょうと》を退けるまでは、兵庫地区の処置を一時外国公使団にまかせておくが、外国公使団が京都の勅使を接見するような行為は、条約の違反と見なすというのであった。

書面の日付は一月十五日になっていた。この日、神戸では外交団が勅使東久世通禧と接見しているのだが、それは江戸ではまだわかっていないのである。小笠原の声明は慶喜の考えである。慶喜は自分が日本の外交の正当な担当者であるとの考えをかえてはいないのである。未練でなくてなんであろう。この際、未練とは旧幕府勢力の恢復の望みであるはずである。

二

この時点の慶喜《よしのぶ》に未練があったのは、決して無理ではない。京都の南方での戦さには負けたとはいえ、つまりはそれは先鋒隊《せんぽうたい》が負けたというにすぎない。全体としての兵力は、こちらがはるかに立ちまさっていたのである。ねばって戦えば、終局的にはこちらが勝つにきまっていたのだ。長引けば賊名が確定してしまうと思って引揚げて来たから、全軍の負けということになったのである。力はまだまだ失墜していない。

徳川方全体の軍事力は薩《さつ》・長に数倍するはずである。とりわけ、海軍力に至っては懸絶してこちらが大きい。直接薩・長の国許《くにもと》をおびやかすだけでも、彼らにとっては非常な打撃となろう。関東から東北にかけての地域は、皆こちらの地盤だから、決戦ということになれば、なかなかの抵抗力となるであろう。その上、フランスが助けてくれる。金を貸してくれるというし、兵器・弾薬・軍艦なども提供してくれるというし、兵員の訓練もしてくれるという。

もし慶喜が後年自ら言う通り、大坂を引揚げる時からすでに恐懼《きょうく》謹慎の心があったとしても、持ち前の揺れてやまない、迷いの多い性質では、強い誘惑となって心をゆるがさずにはいられなかったろう。ぐずぐずしていては動かぬ賊名を着せられてしまうから、ひとまず江戸にかえって再挙をはかろうという考えであったのなら、なおさらのことである。

慶喜がこんな風だから、主戦論も盛んである道理である。

この慶喜の心が急に変った。もっとも、変ったといっても、全面恭順になったのではなく、恭順ということを標榜《ひょうぼう》しなければ乗り切れないと気がついたと言えば、最も適当な言い方かも知れない。この変化は、静寛院宮《せいかんいんのみや》様に拝謁《はいえつ》したことが動機のようである。

先に書いたように、慶喜は江戸城に帰着した一月十二日に、静寛院宮の侍女錦小路《にしきこうじ》

をもって、東帰の次第を言上したが、宮は戦争のおこった次第をすでに承知であったので、

「もし慶喜が賊名を受けるような所為があったのなら、対面は許さない」

と仰《おお》せられた。

慶喜は、天璋院《てんしょういん》にはすぐ面会して委細を言上したのだが、十四日また面会して宮へのお取りなしを願った。天璋院がとりなしてくれたので、お許しになり、十五日の午後、宮の御殿に天璋院と慶喜とが来て、お目通りした。

三人で、慶喜が徳川家の当主を隠退するという条件で、朝廷にたいする慶喜の雪冤《せつえん》運動をすることと相続者のことについての相談があった。宮は慶喜の謝罪のことについては骨折ってみようといわれたが、慶喜の退隠には賛成ながら、その退隠と相続者のことについての申請は公事であって、女である自分の関係すべきことではないとおことわりになった。

このように、宮は相続者のことについて朝廷に申請することはおことわりになったのだが、ともかくも、慶喜のために朝廷に嘆願書をお書きになり、侍女の土御門藤子《つちみかどふじこ》を上京させられた。それは一月二十一日のことであった。また慶喜自身も、尾張慶勝《おわりよしかつ》・越前春嶽《えちぜんしゅんがく》・浅野長勲《ながこと》・細川護久《もりひさ》・山内容堂《やまのうち》等《ら》の人々に朝廷への取りなしを頼む自

筆の手紙を差立てた。これらが一月末日に京都につき、西郷吉之助《きちのすけ》や大久保一蔵を、退隠くらいでおわびが立つと考えているのかと、その罪の意識の浅薄さに憤慨させたことは、冒頭で書いた。

それはともあれ、慶喜は静寛院宮様の皇室にたいするきびしい忠誠心に触れて、思い知らされたのかも知れない。宮にお目通りした翌十六日に、最も強硬激烈な主戦主義者である小栗上野介《おぐりこうずけのすけ》を、陸軍奉行並《なみ》勘定奉行の要職から罷免《ひめん》した。お直《じき》の罷免として直接口ずから職をとりやめさせたのであったという。こんなきびしいことは、幕府はじまって以来はじめてのことであると伝えられている。よほどに慶喜を激怒させることを、小栗が言ったのであろう。思うに、前日、静寛院宮にお会いして、慶喜の心境に変化があり、これまで取っていた強硬態度をゆるめることにしたと、小栗が論難攻撃して、

「そういう生《なま》はんじゃくなお心が、勝つべき力を持ちながら、大坂でお負けになった大原因でありますぞ。まだお懲りにならないのでありますか」

ときめつけでもしたのが、怒りに触れたのであろうか。あるいは策略家の慶喜のことだから、これくらい激烈なことをしなければ、自分の謹慎を効果的に表現出来ないと思ったのかも知れない。小栗は幕府部内で、レオン・ロッシュと最も密接に結んで

いる人物であったのである。

三

この翌日、勝安房《かつあわ》が海軍奉行並《なみ》になった。

勝は早速、十八日（一月）、越前家《えちぜんけ》へ書面を送っている。

近々、官軍が問罪のために関東へ御下向のことがあるとうけたまわります。臣子の分としては、唯一死《ただいっし》もって主家に殉ずるのみです。涼しく心定まって、何の迷いもありません。そのことの是非曲直については、今は強いて考えますまい。暫《しばら》く放置して百年にして世の批判の定まるのを待ちたいと思います。

この頃《ごろ》、アメリカの報告によりますと、官軍が兵庫《ひょうご》の外人居留館を襲ったため、米人らは土塁を築き、兵士を分って、固くその地を守って、軍艦を呼びよせたとのことです。英・仏人らもまた同様であると聞きます。（神戸《こうべ》の備前人事件のことである。）長崎《ながさき》地方もまた、確実な報告ではありませんが、恐らくは同様なことがおこっているのではないかと思われるものがあります。

私は愚昧《ぐまい》な者ではありますが、皇国のために痛哭《つうこく》悲嘆にたえません。遠くは印度《インド》の亡《ほろ》びたのも、近くは支那《しな》の地において長髪賊と官兵とが是非曲直を争って、同民族相伐《あいう》ち、西洋諸国がその虚に乗じたのです。今やわが皇国も同じ轍《てつ》をふまんとしています。口に勤王《きんのう》を唱えながらも、その実は大私を挟《さしはさ》んで、皇国土崩《どほう》し、万民塗炭に陥るの途《みち》を歩いていることを悟らないのです。何たることでしょう。

朝廷にむかって、この深憂を訴え申したいのですが、有罪の小臣として、我が主とともに死罪を待つ身の上です。恐れ多くて、訴えようもありません。しかしながら、かほどの深憂を申し上げないわけにはまいりません。斬首《ざんしゅ》されるを覚悟で申し上げます。

願わくは、私のこの微志を、代って朝廷の参与閣下に訴えて下さい。恐惶謹言《きょうこうきんげん》。

辰《たつ》正月　　徳川陪臣　勝　安房

勝のは嘆願ではなく、勤王だの、佐幕だのというようなことに血道を上げて、兄弟喧嘩《げんか》していると、欧米人に国をうばわれてしまうぞ、殷鑑《いんかん》遠からず、印度がそう、中国がそうだったじゃないかと、越前藩要人の口を通じて朝廷の参与らに教示しようとするのである。

勤王や佐幕の争いなどは末の末のもので、国を愛し民を愛することが根本であるというのは、勝の終生かわらない信念であった。愛国と愛民を考えない勤王など無意味なものだと、彼は明治三十年という時点ではっきりと言っている。これは彼の死の前々年である。彼は終生この信念を持ちつづけたのである。

このような文書戦が、現実にどれだけの効果のあるものか、考えれば勝も心細かったには違いないが、この時点ではこれよりほかに方法はないと思ったのであろう。しばらくこの文書戦術をつづけるのである。たとえば、東海道、中仙道《なかせんどう》、北陸道三道の城主へ、風聞によって雷同して、官軍に附属して、江戸に攻め下ったりしないようにしてほしいと書きおくっている。

勝のこの一月十八日の日記に、徳川家からも朝廷へ嘆願書を差出すことになり、その使者を誰《だれ》にすべきかが詮議《せんぎ》された時、勝が最も適任だと決定して、閣老から自分に即刻上京せよと命令が下り、自分もお受けしたのだが、その夜、取消された。

「安房ならば十分に嘆願の意を朝廷に申しのべることが出来ようが、そのまま抑留されて帰されないかもしれない。そうなってはこまる」

という意見が出たためであると記している。

二十三日には陸軍総裁、若年寄《わかどしより》を仰《おお》せつけられた。勝は、陸軍は自分の専門でない、また若年寄は恐れ多いと固辞したが、きかれない。陸軍の士官らの輿望《よぼう》であるともいう。ついに受けたが、若年寄は強いて御免こうむった。嫉妬《しっと》されるのを恐れたのだと日記に書いている。徳川氏はもはや政権の座にいない。それどころか、ほろびるかも知れない場にある。そうであるのに、若年寄の地位が嫉視の対象になるというのだから、人間というものはおかしなものである。

それはさておき、勝を陸軍総裁にするのが、陸軍の士官らの輿望であったということは、後のことを考え合せると、海軍士官と陸軍士官との共同陰謀だったのかも知れない。

江戸城の明渡しがあった後、徳川家の海軍の連中は軍艦の引渡しを大へん渋って、官軍にも徳川方にもいろいろ手を焼かせた後、いくらかは引渡すが、優秀艦だけは渡さず、結局は全部脱走して松島湾に行き、最後には北海道に行って北海道独立国を立て、五稜郭《ごりょうかく》の戦まで行くのである。この時はもちろん北海道脱走までのことは考えているはずはないが、脱走して官軍に反抗することは、陸軍ともしめし合せて決定していたのではなかったか。しかし、脱走となると、勝が海軍にいては工合《ぐあい》が悪い。勝は海軍の大先輩だ。恭順論者であっても殺すわけには行かない。そこで、陸軍としめし合せて、陸軍士官らの輿望であると言い立てて勝を陸軍総裁にして、海軍からはずしたのではなかったかと思われるのである。もっとも、この時は勝ほどの智者《ちしゃ》も、これに気づかなかったようである。輿望であるなどと言われると、人間はあまくなるものなのであろうか。

この頃、勝と同じように任命されたのは、陸軍副総裁藤沢志摩守《ふじさわしまのかみ》、海軍総裁矢田堀《やたぼり》讃岐《さぬき》（景蔵《けいぞう》）、副総裁榎本和泉《えのもといずみ》（武揚《たけあき》）、会計総裁大久保一翁《いちおう》、副総裁成島大隅《なるしまおおすみ》、外国総裁山口信濃《しなの》、副総裁河津伊豆《かわづいず》等で、皆若年寄格と並《なみ》であって、国内の事務は参政川勝備後《びんご》、浅野美作《みまさか》、石河若狭《わかさ》、松平右衛門等。

小栗上野介《おぐりこうずけのすけ》を免職にして、札つきの和平派である勝を重く登庸《とうよう》したところに、慶喜《よしのぶ》の意図がわかるわけであると、一応は考えられるが、そう簡単には結論出来ないところが、当時の慶喜にはあったようである。小栗を免職にはしたが、真に心から恭順したのではなかった。忌憚《きたん》なく言えば、札つきの主戦主義者である小栗を免職し、札つきの和平主義者である勝を登庸し、自分は隠居すると宣言することによって、恭順の名を得ようとしたに過ぎなかったようである。

「賊名を着ることは真平《まつぴら》ごめんだが、何とかして徳川氏の身代と威勢とをとりとめたい。出来ることなら、薩《さつ》・長にかわって、天皇の下、新日本の中心となりたい」

という、つまりは大政奉還直後の時のままの心があったようである。勝を登庸したのは、勝が札つきの和平主義者であることと、以前から薩・長の連中と親しくしてい て受けのよい人物だから、薩・長人を蕩《たら》すに都合がよいというにすぎなかったようにぼくには思われる。元来、慶喜は勝を好きではないのである。

何よりも、慶喜という人はなかなかの策略家で、その策は往々にしてあれほど高貴な生れ育ちをした人にあるまじく、小才子的権謀のある人であった。これは、実父斉《なり》昭《あき》の遺伝かも知れない。斉昭という人がそういう人であった。

さなきだに、人の心が激情的になっているところに、慶喜の下心がこうであるとあっては、主戦論が少しもおとろえず、かえってさかんになるはずである。

勝の日記によると、人々は皆いろいろな策を立てて、勝手な議論をし、慶喜に目通りを願い出、自策を建議した。

「早くて深夜十二時、普通払暁《ふつぎよう》、往々にして夜を徹した。君上《くんじよう》の御焦慮、また思うべし」

とある。勝にたいしても議論を吹っかけ、「夜も大抵鶏鳴を聞いてやむ」と記している。

四

二十七日には、レオン・ロッシュが新たに任命された諸局の総裁や副総裁に会いたいと願い出た。慶喜《よしのぶ》はこれを許した。その日はロッシュは慶喜との三度目の面会で、しかも海軍提督まで連れて来ている。慶喜の後年語るところでは、前述した通り、ロッシュの再起抵抗のすすめを、日本の国体を説いてことわったところ、ロッシュもよく了解したということになっている。了解したなら、未練がましく何度も面会を願うことはあるまいと思われるし、慶喜も重ねて三度も会うことはあるまいと思うのだが、ともあれ、面会は三度にわたって行われている。勝《かつ》もこの三度目の場合には、新任命の総裁の一人として列席している。どんなことをロッシュが言い、慶喜が答えたか、それは一つも伝わっていない。

「大君《たいくん》は京都朝廷に反抗なさるお心はないとの仰《おお》せである。まことにお立派なお心ではあるが、諸君は卑屈になってはならない。主張すべきは主張して、徳川家の名誉と利益とを守ることに努力なさるべきであると、わたしは思う。それが諸君の義務であると信ずる」くらいのことを人々に言ったのではないだろうか。ロッシュのこういう忠告は、この時点では、まだ慶喜にも、諸役人にも好意をもって迎えられたはずである。しかし、勝とその同志である大久保一翁《いちおう》とだけは別だ。この二人は、当時幕府部内を蔽《おお》うていた親仏的空気には、そのはじめから批判的というより、最も強い反対意見を抱いていた。

「フランスにかぎらず、どこの国でも、国際間のことは底に利害関係が横たわっている。フランスが我に親切を見せるのは、我から利益を得んとしているのである。そこのせんぎをおろそかにしては、わが徳川家は永世日本人にうらまれることになろう」

というのが、二人の主張であった。実際そうであった。最初のフランス借款《しゃっかん》は、絹・茶等の、当時の日本の輸出品の主なものを、全部幕府が一とまとめにしてフランスにだけ輸出するということを条件にして成立しようとした。しかし、これは事前に列国外交団の知るところとなって、その猛反対に逢《あ》ってつぶれた。その後いくつもあるが、皆いろいろな事情でつぶれた。

最後の借款案は北海道を質入れする条件であったが、これは成立になんなんとして、急に潰《つぶ》れた。ヨーロッパの風雲が急になって、フランスが日本援助どころではなくなったという事実もあるが、ヨーロッパにおける大君政府の評価を大下落さすべく薩摩《さつま》が打った大芝居のためもある。

ナポレオン三世の思いつきで、パリーで万国大博覧会がひらかれたのは、日本の慶応三年のことである。日本にも出品の招待があり、幕府は出品し、また大君名代として慶喜の弟民部大輔《みんぶたゆう》昭武《あきたけ》が出席した。渋沢栄一は当時渋沢篤太夫《とくだゆう》といって一橋家《ひとつばしけ》の家臣であったが、これにお供した。幕府側としては口にはしないまでも、大君名代とは日本国王名代の意のつもりであり、フランス側でもそう受取って、大いに歓待した。

これに水をさしたのが、薩摩藩である。薩摩は当時ヨーロッパに多数の留学生を送っていた。森有礼《ありのり》など、まだ少年であったが、その一人であった。この留学生の監督のために重臣クラスの者も行っていたのであるが、ちょうどこの頃《ころ》、その更迭《こうてつ》が行われて、行ったのが岩下佐次右衛門（後の子爵《ししやく》方平《まさひら》）である。岩下は門閥の生れであるが、若い頃から大久保一蔵などと交わって、この頃では西郷・大久保・小松などとならぶ薩摩の中心的存在になっていた。

民部大輔昭武が、日本国王の弟でその名代となって来たと思われ、フランスの上下をあげて大評判であるのを見て、幕府の国際的評価を大下落さすべき策を思いついた。もちろん、そこにはモン・ブランという怪フランス貴族がいて、筋書を書いてくれたのだが。

幕府が日本という肩書で出品しているのにたいして、薩摩・琉球国《りゆうきゆうこく》という肩書で出品し、また薩摩・琉球国の勲章をつくって、朝野の名士らにばらまいた。

フランスの新聞記者らは不思議がって、大君政府と薩摩・琉球政府との関係を聞きに来た。岩下は悠然《ゆうぜん》として答える。

「貴君らが大君政府と呼んでいるのは、日本では徳川幕府というのだ。日本は多数の諸侯国の集まっている連邦国であるが、徳川氏も本質はその諸侯で、単に比較的大きいというにすぎない。わが島津氏もその諸侯で、薩摩・大隅《おおすみ》・日向《ひゅうが》・琉球国を領土としているのである。だから、徳川氏と島津氏とは、本来は同格であって、君臣上下の関係などは少しもないのである」

これが新聞に発表されると、ひとりフランス人ばかりでなく、全ヨーロッパ人が仰天せんばかりにおどろいた。フランス政府は、幕府を信用し親しみたいので、強いて動揺の色を見せなかったが、一般の人々の大君政府にたいする信用はガタ落ちになった。元来、この借款は、銀行が日本公債として売り出して民間の投資を吸収して幕府に融通することになっていたのだから、こうなっては成り立つはずはないのであった。

覚えず筆が横にそれてしまった。話を勝《かつ》にもどす。

五

レオン・ロッシュが幕府にたずねて来た日、陸軍の雇教師のフランス士官シャノワン少佐が同僚の士官らと勝をたずねて来た。勝は新たに陸軍総裁になったのだから、彼らの長官にあたるわけであった。シャノワンらは言う。

「我々がこれまで伝授して、その業成った幕府の士官と兵隊とは、すでに数百名ある。皆いわゆる精兵である。今や、貴君はこれらの精兵を持つ陸軍の総裁である。戦うならば必ず勝つことが出来るであろう。士官も兵卒もみな勇気に満ちて、その勢いまことに盛んである。戦いに決心されよ。我々も貴君の指揮下に入って、出来るだけのことをするであろう。この際にあたっては、疑惑の念によって、時機を逸することは大禁物である」

抗戦をすすめて、箱根によって敵を迎撃する法や、城を守る手段や、戦闘計画を立てて、図面をこしらえて来たから献上しようと言い、

「これまで自分らが熱心に教授し、訓練したことを、今日実用する機会が来て、まこ

とにうれしい。ぜひご決断をうかがって帰りたい」

と言う。勝は返答にこまって、ご返事は明日すると答えて帰し、その夜ロッシュに面会して、近日の形勢を述べ、また趣旨のあるところを告げて、シャノワンらの厚意を謝し、その雇用を解く相談をした。

旅費や給与などを十分に支払うこと、またその頃《ころ》海軍教師は英国から招聘《しょうへい》し雇用していたが、これも同時に解雇すること、この二カ条を条件にして、相談をまとめた。英国の海軍教師を解雇することを条件にしたのは、フランスの嫉妬《しっと》を防ぐためである。なかなかうるさいものなのである。

翌日、勝は教師館を訪問して、戦うことの出来ないことを述べ、この方針はすでに決定して動かないものであると告げた。シャノワンは大いに怪《あやし》んで、

「旗本の子弟らに聞けば、西国の諸藩は朝廷にくみして大君《たいくん》政府に叛《そむ》いているが、東国の諸藩は朝廷の命令に服せず、皆兵を挙げて、薩《さつ》・長二藩を撃つことを議しているというではないか。貴君には現在これほどの大兵があって、日本国の半ばは君のさしずに従うのではないか。一旦《いったん》大勝利を得た上で、東国を固守して雄を養い、時機を見て大坂に出て、海陸から薩・長の国許《くにもと》との連絡を絶つならば、敵は手も足も出なくなるであろう。そうなれば、彼らの方から、こちらに和を望んで来るであろう。その時

において、十分なる趣意をもって、寛厳時に応じて、志を達すべきである。これは最も容易なことであって、決して至難なことではない。しかるに、これを捨てて、至難の道をえらんで、家国を保とうとするのか。貴君は訓練十分な兵を用いずして、空《むな》しく兵らを怒らせ、貴君の名望を地におとし、敵の術中に陥って、後悔臍《ほぞ》をかむにきまっている道をえらぶのか。自分は貴君のために憂え、貴君のために嘆かざるを得ない。しかしながら、自分は、貴君が大任を受けて、他説に惑わされざる、確乎《かっこ》たる識量のある人であることを、よく知っている。だから、我々の雇いを解いて、我々を去って帰路につかせるのである。我々は少しもかまわないけれども、貴君のその策なるものが画餅《がべい》に帰して、貴君の屠殺《とさつ》せられることに忍びないのである」

と、懇々と言った。勝はその厚意を謝しながらも、

「自分は死はもとより覚悟している。ただ天が自分の志を知ってくれるであろう。君の懇篤なる教諭は心肝にきざんで、決して忘れないであろう」

といって、辞去した。

官軍先鋒《せんぽう》三島に達す

一

月が改まって二月になると、伏見《ふしみ》・鳥羽《とば》の敗卒らが続々として帰って来た。皆慷慨《こうがい》の気に満ちている。この連中の屯所《とんしょ》もないのに、幕府役人らが勝手に兵を募っていた。陸軍の武官だけでなく、文官まで兵を集めたと海舟の日記にある。

「思いもかけない大変となったので、役人共《ども》の中には無謀過激、時の勢いも察せず、みだりに干戈《かんか》を動かそうとして、一人でも多く兵をかき集めようとあせった」

と、勝日記にあるから、統制も何も立ったものではなかった。だから、屯所も不足、給与も不足、兵隊共は腹を立てて脱走するさわぎになった。元来、この兵隊は、近郊の農民や江戸市中のならずものを集めてつくったものだったから、食えないとあっては脱走するのは当然であった。

兵隊共の脱走さわぎのことを、勝は後年こう語っている。

「慶応四年（明治元年）といえば、随分物騒な年だが、その頃《ころ》幕府の兵隊はおよそ八千人もあって、それが機会さえあれば、どこかへ逃走して事を挙げようとするので、おれもその説諭には骨が折れた。なんでも二月であったか、三番町に兵隊が二大隊、およそ千人ばかりいてさわぎ出した。一大隊はどうにかこうにか説諭して鎮《しず》めたが、今一大隊の方が、そのひまがないうちに、二百人ばかりが五日に脱走し、あとの三百人も七日の夜、塀《へい》を越えて町に出、無暗《むやみ》に鉄砲を放って乱暴し、士官らも手のつけようもなく、こまっていた。そこで、おれは先きに説諭した一大隊を土《ど》手際《てぎわ》に整列させて、

『もうこうなってはしかたがない。貴様らのうちでおれの説諭のわからない者がいるなら、この際勝手に逃げろ』

と言った。

その間に塀を越えていた三百人はどんどん九段坂をおりて逃げて行く。

こちらのやつもじっとしておられなかったらしく、五十人ばかりが闇《やみ》に乗じて、うしろの方からおれにむかって発砲した。すると三百人の中にふみとどまって、おれの提灯《ちょうちん》をめがけて射撃するやつがいる。おれの前に立っていた従卒二人が忽《たちま》ち胸

を打ちぬかれてたおれた。提灯は消えて真暗だ。おれは幸い無事だったが、三百人はのこらず逃げてしまった。すると、土手際の一大隊も逃げて千住《せんじゅ》の方へ行ってしまった。

この二日前の五日の夜には、小川町の伝習隊の兵隊が二大隊、これも乱暴しながら脱走した。高田馬場《たかだのばば》に集結しているというので、おれは一人で馬に騎《の》って追いかけた。ところが大部分はすでにどこかへ行ってしまって、暗いなかに七、八人とどまって、追手でも防ぐ用意をしているらしい。おれが近づくと、いきなり提灯を目がけて発砲した。雨が降り出して来た。おれが一人なものだから、追手ではないと思ったらしく、この連中も逃げ出した。おれはあとを追って、夜明け頃、板橋で追いついた。ここにずいぶん兵隊がとどまっていたので、色々説諭して、やっと三十六人だけ連れて帰った。

この月の十五日には赤坂屯所の兵隊が甲州に逃げかけたのを八王子で追いついて、新宿の宿屋まで連れて帰り、いろいろ説諭を加えている間に、脱走の張本人たる伍《ご》長《ちょう》某はとても志を達せられないと覚悟したと見えて、突然反対派の伍長某を刺し、自分もその場で自殺してしまった。これがため、おれは殺されないですんだ。

全体、この時代の人気は、老人でも、子供でも、ただ戦争とか、自殺とかいうことを無暗によいことに思って、壮士らに酒を飲ませたり、ご馳走《ちそう》したりして、励ますものだから、脱走などということも、いわゆる騎虎《きこ》の勢いで、容易にとめることが出来なかったのだ」

大東亜戦争の敗戦は、一滴の余力のないまでに戦って、しかも天皇の宸断《しんだん》による降伏だったから、部分的には多少のことがあっても、全体としては何事もなくおさまったが、これは前哨戦《ぜんしょうせん》だけの負けで逃げ帰ったのだ。戦力は十分にあるとの自信がある。薩長《さっちょう》と一部の公卿《くげ》とによって朝議が専断されているとの憤《いきどお》りがある。しかも、慶喜《よしのぶ》の態度は戦いを欲《ほっ》するがごとく、欲せざるがごとく、あいまいを極めている。人気は激揚せざるを得ず、統制は失われざるを得ないのである。

「慶喜公などはのけものにして、誰《だれ》か適当なご一族の方をかつげばよい」

という議論まで、ほとんど公然として行われていたというのだから、混乱工合《ぐあい》が察せられる。

勝《かつ》は陸軍総裁なのだから、脱走兵が出れば抑制しなければならない責任があるわけだが、彼には積極的に抗戦する意志はない。彼には三つの目的がある。一つは同胞相争うようなことをして日本を危険に陥《おとしい》れてはならないということ。一つは慶喜の生命の安泰と徳川家の名誉を守ること。もう一つは出来るだけ多く徳川家の利益になるように局を結ぶこと。以上の三つである。

「この三つを遂げるためには、戦争はしてならない、向うはしかけようとするかも知れないが、こちらはしかけられないようにしなければならない、それには絶対恭順にかぎる、少くとも絶対恭順的である必要がある」

というのが、彼の策の基本であった。

こんな彼だから、逃げるなら勝手に逃げろと言いもしたのであろう。よく言えば、彼らしい機略、悪くいえば、横着なやり方である。

二

二月十一日に、慶喜《よしのぶ》は新たに諸局の総裁や副総裁に任命した人々を集めて会議をひらいた。

慶喜がこの会議をひらいたのは、今度こそゼスチャーだけでなく、恭順の覚悟をきめたからであった。慶喜にこの覚悟をきめさせたのは、越前春嶽《えちぜんしゅんがく》からの来書であった。春嶽は、慶喜の手紙が、口に謹慎しているといいながら、少しもその実がなく、おのれの行為にたいする言訳《いいわけ》がましい言辞ばかりを弄《ろう》していることを指摘し、鳥羽《とば》・伏見《ふしみ》の事を完膚《かんぷ》なきまでに非難して、だから、朝廷はもちろん、天下万人が見て信ずるような改過恭順の証拠をはっきりと示せと言ってよこしたのであった。慶喜にしてみれば、最も頼りにしている春嶽にこう言われては、頂門《ちょうもん》に痛棒三百を喫した思いであったはずである。

さて、その日の会議の模様を「海舟日記」、海舟の著書「雞肋《けいろく》」、「続徳川実紀」等によって考えると、こうである。

慶喜は先《ま》ず、人々に思う所を言わせた。人々は、ある者は箱根の嶮《けん》によって官軍を禦《ふせ》ぎ、関東の諸藩を連合して割拠の勢いをなし、京都と対峙《たいじ》しようといい、ある者は使者を出して、官軍の関東に入ることをやめるように説得しようと言い、ある者は上様が単騎上洛《じょうらく》なさるご英断に出給《でたも》うなら、人々奮起して軍威上るであろうと言い、ある者は軍艦をもって大坂湾を扼《やく》し、薩《さつ》・長軍の国許《くにもと》との連絡を絶とうと言い、ある者は軍艦をもって薩・長の本国を衝《つ》こうと言い、喧々囂々《けんけんごうごう》、一昼夜に及んだ。

やがて、慶喜は言った。

「わしは多年京坂《けいはん》にあって禁裡《きんり》に接し、朝廷にたいして毫《ごう》も疎意《そい》を挟《はさ》まなかった。伏見・鳥羽のことは思いもかけない間違いで、はからずも朝敵の名をこうむることになった。そうなってはならぬと思って早や早やと引上げて来たのであるが、そうなってしまったのだ。申訳のしようもない。ひとえに天裁を仰いで、従来の落度を謝するよりほかはないと思っている。その方共《ほうども》の激憤の気持はよくわかるが、抗戦して長引けば皇国瓦解《がかい》し、万民塗炭の苦に陥り、また罪を重ねることになる。それはいかんのだ」

勝《かつ》は最初から一語も吐かず、ただ各人の説を聞いているだけであった。慶喜は、

「安房《あわ》、そちの意見を聞きたい」

と言った。

「はっ」

勝は平伏し、じゅんじゅんと説き出した。彼には親ゆずりの勝負師の天分がある。勝負の機、ものごとの急所をよく心得ている。恐らく、これまで、この問題について自分の意見を人々の前で語ったことはなく、これがはじめてであったのではなかったろうか。

「およそ興廃存亡は時の気運（勢い）によるもので、人力をもっては如何《いかん》ともすべからざるものであります。朝廷の威振《ふる》うようになり、幕府の威衰えたというのも、いく十百年の気運の結果であると存じます。しかしながら、もし上様におかせられて、決戦せんとのご決断ならば、策がないわけではありません。拙者は艦隊をひきいて駿河《するが》

湾《わん》に赴き、二、三百の兵を上陸させ、官軍を防ぎましょう。衆寡《しゆうか》の勢い、わが軍は敗れるでありましょうが、これは餌兵《じへい》でございます。敵は必ず勢いに乗じて清見潟《きよみがた》や清水港にせまるでありましょうから、わが艦隊は進んで迫り、海上からこれを砲撃いたしましょう。敵の敗れることは必定《ひつじよう》であります。そこで、われは多数の兵を上陸させて接戦し、同時に横から敵の中央を砲撃すれば、戦さはそれまでです。敵軍大敗、わが軍大勝を博します。そうなれば、関東の士気は必ず大いに奮い立ちますから、海道筋のわが軍をして火を放って敵の来往を防ぎ、同時に軍艦三隻《せき》をわかって大坂湾に入り、国許との連絡線を海陸共に絶ち、時宜によっては大坂を焼きはらい、京都に一粒の食糧も入らぬようにして、天下の変をうかがうのでございます。このようにして、東海道筋の本軍が敗るれば、甲州を経由して来る敵軍も、東山道《とうさんどう》を経て来る敵軍も、進退拠《よ》りどころを失って、どうすることも出来ないでありましょう。すでに京都があらゆる連絡路を絶たれて、兵員の増加はもとより、糧食の補給もたえた以上、何をすることが出来ましょう。薩・長共に施すに術《すべ》ないことは明白であります」

滔々《とうとう》として必勝の戦略を説いた。徳川氏は軍艦の数こそ諸藩を圧して多数持っていたが、その操船術は決して優秀でなかったことは、すでに説いた。この見事な作戦をやれるほどの海軍技術があるかどうか、まことに疑わしい。勝は海軍の専門家だから、それは知っている。知っていながら説いているのは、これを実行するためではなく、慶喜に恭順説を説き、それをその心に定着させるための手段のためである。彼は慶喜の揺れやすい性格を知っている。一応説得し得ても、逆転するおそれがある。だから、先ず必勝の策を説き、次にこれを否定して恭順説を説き、しかもこれもまた危険はかりがたいと説き、最もきびしいところに慶喜をほうり出して、その恭順心を確乎《かっこ》不動のものとしようと思うのであった。

だから、ここで論を一転した。

「しかしながら、ここで考えなければならないことは、日本の運命でございます。こうして戦さには勝つことが出来ますが、日本は瓦解するのでございます。大々名らは各々《おのおの》外国に通じて自国の利を図ろうとするでありましょうし、また商人共は外国商人共と結んで勝手に交易し、国の統制は四分五裂し、ついには外国人共に乗ぜられて、日本は亡滅するでありましょう」

ここで、議論は再転する。

「しかしながら、もし上様が日本の運命に深く思いを致され、天朝の怒りをかしこみ、天朝のお裁きをお受けになり、条理を踏まんとなされても、現在の情勢では、お難儀なことが重なり、どんなことになるか。あらかじめはかることも出来ないのであります。いずれに決し給いますか、それをおうかがいいたしとうございます」

抗戦に決すれば、一旦《いったん》の勝利は得ても日本は亡滅し、恭順に決しても運命ははかりがたいというのである。慶喜は黙然として答えない。

やがて、勝のことばがまたつづく。

「およそ関東人の気風として、激情的であります。一旦の怒りに生命をなげうつ人は多くございますが、従容《しょうよう》として大道を踏む人は至って少のうございます。今、薩・長は大勝に乗じ、天皇を擁して、天下に号令しています。尋常の策では敵することは出来ません。これに対しては、至柔を示し、ただ日本の安危、万民の苦楽だけを念として、彼の要求にたいしてはひたすらに誠意をもってし、居城をも明け渡そう、領土も返納しよう、職権も捨てよう、徳川家の興廃はただ天朝のご意志のままという工合《ぐあい》に、絶対無抵抗の態度に出るよりほかはありません。こう出るものを、彼いかに暴悪といえども、どうすることが出来ましょう。まことに至難にして、容易に行えることではありませんが、これよりほかに、拙者は良策を存じません。今はもう議論して空《むな》しく日を費《ついや》すべき時ではございません。速《すみや》かにご決断を願い奉《たてまつ》ります」

こんな議論にたいして、人々の異議がなかったろうとは思われない。また慶喜にしても、春嶽からの来書によって、口先きだけやゼスチャーだけのものでない恭順をするつもりになってはいたものの、ここまで何もかも捨て切る心にはなっていなかったに違いない。言われてみて、一切を捨て切っての、絶対恭順・絶対無抵抗以外には途《みち》のないことがわかって、勝にその任にあたるように命じた。勝は再三固辞した後、ついに受けた。

「ただ恐懼《きょうく》して、確答その道を失ふ。涕泣《ていきゅう》して御前を退く」

と日記に書いている。卒然として読過すると、お受けする返事すら出ず、ただ泣いてご前を退《さが》ったという意味にとれるが、勝の後に書いた「解難録」によると、勝は、お引受けするとすれば、今日以後、大難事、または大変事になりましても、上言してご指令を仰ぐことはせず、すべて独断でいたしますが、それをお認め下さいましょうかといい、それでよいと慶喜が言ったので引受けている。「確答その道を失ふ」とは、こういうことを含んで表現していることがわかるのである。

勝が一身に責任を負うて大任にあたり、江戸開城の立役者となることは、この時にきまったのである。

慶喜という人は、勝がきらいだったので、ずっと後年に至っても、勝の功績を認めたがらず、恭順は自分の素志であって、勝なぞは最初は官軍と戦うことをすすめ、その戦術を説いたほどだが、自分はそれを採用しなかったのだなどと言っている。勝が戦術を説いたのは、慶喜の揺れやすい心をつなぎとめる手段として言ったので、戦いをすすめたのではない。慶喜という人は、かしこい人だし、あの身分にしては大変深刻な経験をした人だが、少しもアクがぬけず、精神が高くなっていない。苦労が身につかなかったのである。それはつまり、自らを責めることなく、いつも他《ひと》を責めていたからであろう。

徳川慶喜公伝には、会計総裁の大久保一翁《いちおう》もまた、この時一意恭順を主張したとある。勝と大久保とはずっと以前から最も親しいなかである。最初に勝という人物を認めて、世に出る途をひらいてやったのは大久保で、以後最も親しい友情を結んで、たえず接触して談論し合う機会を持ったためだろう。政治問題には常に同じ考えを抱いていた。たとえば長州問題、たとえば政権返上問題、たとえばフランスとの協力問題、皆同じ考えであった。こんどの恭順問題についてもそうで、かねてから両人の間で熟議していたのであろう。

この翌日の二月十二日、慶喜は城を出て、上野寛永寺の塔頭《たつちゆう》大慈院に入り、蟄居《ちつきよ》謹慎の生活に入った。

三

西郷が、征討大総督宮に先立って二月十二日（ちょうど慶喜《よしのぶ》が上野大慈院に入った日だ）に京都を出発、桑名で東海道鎮撫使《ちんぶし》兼先鋒《せんぽう》総督橋本実梁《さねやな》らに追いつき、先鋒部隊を編成し直して、薩《さつ》・長両藩の兵に佐土原《さどはら》・大村両藩の兵をまじえたものとしたというところまでは、すでに説いた。

その後、間もなく桑名を出発、二月二十五日以前に駿府《すんぷ》に着いた。三月五日付で、彼が在京の吉井幸輔《こうすけ》に出した手紙の中に、こういう一節がある。

「東海・東山《とうさん》両道の官軍、日々進むにつれて士気旺盛《おうせい》、全軍弛廃《しはい》などの様子はさらにありません。越前侯《えちぜんこう》よりお申し立てになった由《よし》で、諸軍の士気が振起するよう布告すべしとのお達しはいただきましたが、この士気旺盛のところへさような布告をしましては、諸軍かえって疑惑するでありましょうから、布告は見合せましたから、おついでの節によろしく仰《おお》せ上げ下さるようお願いします」

松平春嶽《しゅんがく》から朝廷へ申し立てたのは、多分、諸藩の意志は朝廷に帰一して確然として不動であるから、心を安んじて軍事に励めというような布告を諸軍にするがよいというようなことであったのであろう。大義名分論や時勢眼は別として、親藩の一つとして、徳川家にたいして同情の念禁じがたい春嶽としては、旧幕府の潜勢力——つまり諸藩の旧幕にたいする恐怖心や思慕の情を相当強く意識せずにいられず、従って心配したのであろう。しかし、西郷は、兵士らはすでに十二分に士気旺盛であるから、そんな布告を受ければ、かえって、こんな布告のあるところを見ると、あぶない藩が相当あるのではないかと、逆効果を生ずるおそれがあると判断したのである。東海道の軍勢は、薩・長・佐土原・大村の四藩兵だから、何がどうあろうと心配はあるまいが、東山道軍は薩・長軍の外に土佐・因州・彦根《ひこね》・大垣《おおがき》・西大路《にしおおじ》・高須《たかす》等の諸藩兵をもって組織されているのだから、風声鶴唳《ふうせいかくれい》にも心をゆるがす心配は大いにあると、京都では案じたのであろう。

大総督府の命令では、諸軍は駿府にとどまって、大総督宮のご到着を待つようにというのであった。西郷は形勢を按《あん》じていたが、時がのびればのびるほど旧幕の勢いが増して来そうな今のような場合、箱根のような嶮岨《けんそ》を前にして、駿府などに兵をとどめておくとは、戦さの道を知らないことだと思って工夫を凝らしていると、勝安房《あわ》からの手紙を受取った。兵を箱根から東に入れてくれるなという意味のものである。すると、忽《たちま》ち工夫がついた。

二月二十五日の昼過ぎ、各隊の隊長を呼び集めて言った。

「貴殿方に集まっていただいたのは、貴殿方のお考えをうけたまわりたいことがおこったからでごわす。かねて貴殿方にもご承知を願っている通り、大総督府の大命は、大総督宮様がご着陣あるまで、この駿府に滞陣しておれというのでごわす。しかし、戦争の道というものは、一から十まで命令で縛らるべきものではなく、軍の行動の遅速は地形により、時の勢いにより、おのずから決定さるべきものであると思います。ところで、今の場合、その地形の上から申すなら、箱根のような嶮岨を前にして、当地に滞陣して空《むな》しく日を送るというのは、決してようないと、拙者は思います。次ぎに時の勢いについて考えてみとうごわすが、それについては、拙者がとやかく申そうより、ここに徳川の要人である勝安房から拙者にあてて手紙がまいっておりますから、それを見て下され」

といって、一通の手紙を出して見せた。

この手紙は今日伝わっていないが、この時見せてもらった隊長等《ら》の一人である大村藩の渡辺清左衛門(後、清)が大要を記憶していて、後年史談会の席で物語っている。

それはこうであったという。

「一体、徳川慶喜においては、大坂を引きはらって江戸へ帰って来たのは、その趣意は、全く朝廷にたいして恭順の実を捧《ささ》ぐるにある。我々徳川家の臣僚もその意を体して、どこまでも恭順を主にしている。しかるに、朝廷においては堂々と征伐の兵を向けられ、今にも江戸城に打ちかからんとする勢いを持《じ》しておられるが、それはいかなるお考えによるのであろうか。

仮りに徳川家において朝命を拒み、あるいは征討の兵を拒《ふせ》ぐ策に出ようとするならば、その方法がないわけではありません。徳川家は軍艦を十二艘《そう》持っています。そのうちの二艘を大坂湾にうかべ、また二艘をもって薩摩と長州から上って来る兵をさえぎり、また二艘を東海道筋のしかるべきところにおき、また二艘をもって東海道を下って来る官軍を攻撃し、のこる四艘を横浜において同港を確保します。この策に出るなら、恐らく薩摩から京に登る兵も、京から関東に下る兵も、進退に窮するどころのことではありますまい。

しかし、徳川家はこの挙に出ないのです。出ないところに、恭順の実をあげている証拠を見ていただきたい。

貴殿は拙者の昔からの知己です。天下の大勢はよくおわかりのはずです。どうして、今日手を束《つか》ねて詫事《わびごと》を言っている者に兵を加えようとなさるのです。平生の貴殿のようでもない。

これは暫《しばら》くおくとしても、ともかくも、征討の兵は箱根以西にとどめていただきたい。でなくば、慶喜の恭順の意も、これに奨順せんとして我々の奉ずる意も、遂げられないことになって、どのような乱暴者が沸騰《ふっとう》するかも知れない。今の江戸の人心は実に沸き返る湯のようである。右往左往して努力しても、何とも制することが出来ない有様である。このような時、官兵が箱根を越すなら、とうてい我々は恭順の実を挙げることは出来ないであろう。何とぞ我らの苦心を諒《りょう》として、箱根を越えないでいただきたい」

四

隊長らの読みおわるのを待って、西郷は言う。

「貴殿方はこの書面を見て、何とお考えでごわすか。実に首を引きぬいても飽き足らぬは勝《かつ》ではござらんか。官軍を何と見ているのでごわしょうか。真に恭順の意があるものなら、官軍に向ってこのような注文をつけることはないはずとはお考えでないか。

勝がずるい男であることは、今日にはじまったことでありません。こんなことを言うてよこす勝は申すまでもなく、慶喜《よしのぶ》の首も引抜かねばおかれんではごわはんか。況《いわ》んや箱根を前にしてここに滞在するのは、軍略上にも最もよろしくないと、拙者は思うております。貴殿方のご意見はどうでごわしょうか」

西郷は顔面火のごとくなって、憤《いきどお》りの色を浮べていたと、渡辺清は言っている。これが士気を励ますための西郷の機略であることは、京都出発以前における大久保・岩倉との極秘の打合せや、最後の始末のつけ方から見ても、彼の平生の戦いにおける手口から見ても、明らかである。しかし、隊士らは、

「仰《おお》せの通りであります」

と、同声に言った。

西郷はうれしげにうなずいて、

「よく同意して下された。しからば、明日からすぐさま東征にかかりますから、その覚悟で出陣なさるように」

と命令した。

三日目、興津《おきつ》につくと、西郷はまた諸隊長を召集した。

「街道筋《かいどうすじ》に出しておきました探偵共《たんていども》の報告では、輪王寺宮《りんのうじのみや》（上野の宮様、公現法親王《こうげんほっしんのう》。

後の北白川宮能久《よしひさ》親王）様が、諸藩の重役等を引連れて、大総督宮にお目にかかられて、慶喜の恭順を申され、官軍を箱根以西にとどめることをお願いなさるために、江戸をご発足になり、今頃《いまごろ》は多分小田原あたりにお着きであろうとのことでごわす。これは多分勝などが宮様にお願いして、この運びにしたのであろうと思います。宮様同士のことでごわすから、お出《い》でになれば、大総督宮様もお会いにならないわけにまいりますまいが、そうなっては大総督宮様もすげないご返事もなさりにくかろうと思われます。そうすれば、まことに困ったことになります。ですから、わたしの考えでは、この宮様が箱根を越えてこちらにまいられないようにするがよいと思いますが、どうでごわしょう、この趣向は。その方法を考えてみて下さい」

こう言いおいて、西郷は席をはずしたようである。隊長らは相談にかかった。中村半次郎（後の桐野《きりの》利秋《としあき》）は人斬《ひとき》り半次郎といわれた時代の猛気がまだ濃厚にのこっている。

「宮様でも、何でも、今日の際、かまうことはなか。今夜は小田原におじゃるということなら、小田原に行って討ちとめてしまうがよか」

と、はげしいことを言ったという。

皆おどろいて、いきなり斬るというのは穏《おだや》かでない、それは最後の最後の時のことじゃ、何とか議論をもって食いとめようときまった。西郷の許可を得て、各藩から選抜して一人ずつ出して、薩摩《さつま》から中村半次郎、長州から一人、佐土原《さどはら》から一人、大村から一人、計四人が早駕籠《はやかご》で小田原に向った。西郷に報告をつとめる人間も二人同行したようである。

渡辺は隊に帰った後、何となく心許《こころもと》ない気がして考えつづけていたが、やがて一計を案じ出したので、西郷の許へ出かけた。

「この前拝見しました勝安房《あわ》の手紙の文句と輪王寺宮のまいられるご目的とが一致していますが、この一致しているというところに、警戒せねばならぬところがあるような気がいたすのでございます。こうして官軍の進発をとどめておいて、箱根をしっかりと閉ざし、関東をかためてしまおうという謀略であるかも知れません。小田原藩は、かねてさぐったところでは、恭順などということはさらになく、まことに危険であります。チャキチャキの譜代藩でもありますから、格別なことがなくても、箱根の関所で官軍を防ぐのは最もありそうなことであります。各藩から選抜して四人を差し立てはしましたが、宮をおとどめすることが出来るかどうかも不明、たとえそれが出来たとしても、それは宮だけのことで、小田原藩がどういう手に出ますことか、あるいは関所を閉ざしてわが軍を拒《ふせ》いで入れず、四人を袋の中の鼠《ねずみ》とするかも知れません。拙者は心配になって来たのであります」

「貴殿の言われる通りでごわす。面倒なことでごわす。しかし、ここから箱根といえば、かれこれ二十里近くある訳でごわすから、行くにどうしても四日はかかりもす」

「それについてまいったのであります。仰せられる通り、大兵は行くことは出来ませんが、少数の兵なら行けないことはありません。願わくは、拙者が、隊の兵半分だけを連れて行くことを許していただきたいのです。ごくごく急《せ》けば、明晩は必ず三島に着き、明後日早天には箱根宿《じゅく》を越すことができます。これを斥候兵《せっこうへい》と認めていただきたいのであります」

西郷はしばらく考えてから言う。

「よろしゅうごわす。拙者もどうにかしなければならんと考えて、わが藩内の者から遣わそうと思うていましたが、貴殿が行って下さるのであれば、まことに結構でごわす。しかし、その半隊の兵をどういう風にしてお連れになるつもりでごわすか」

「それは拙者に一任して下さい。必ず明日、明後日には行ってごらんに入れます。その代り、或《あるい》は箱根で我々は斥候兵としてたおされるかも知れませんから、どうかその後はよくやっていただきます。我々がゴテゴテやっている間は、敵も躊躇《ちゅうちょ》するでしょうから、その間に大兵をお進めになる便利もありましょう。明朝行って下され」

「それでは、そういうことにしてもらいましょう」

渡辺はすぐ用意して、半隊の兵を夜半から出すことにした。渡辺は英式一小隊の兵をひきいていたという。英式一小隊は百人をもって編成されるのだが、この時の渡辺の隊は百人には足りなかったという。半隊では五十人足らずだ。

渡辺は、兵さえ早く行きつけばよいという考えのもとに、雇えるかぎり多くの人馬を雇い、駅馬や駕籠を集め、兵士の鉄砲その他重い荷物は皆馬につけた。刀のようなものも、馬の背や駕籠につけた。兵士が足を痛めたら駕籠に乗せるつもりで駕籠も従え、兵士は素裸同然の身軽さになって、午前二時頃に出発した。

一人二人、足を痛めた者も出たが、十六里の道を乗り切って、午後四時すぎには、三島についたが、つくと、興津を出る前に小田原その他に出しておいた密偵が、待ちかねた風でやって来て、容易ならないことを報告した。

山岡《やまおか》鉄太郎登場

一

密偵《みってい》はひそひそと言う。

「まことによい時に、兵を連れてお出《い》でになりました。小田原の藩論はいろいろ分れていますが、最も勢いのよいのは官軍を拒《ふせ》ごうという派なのです。そこへ大鳥圭介《けいすけ》(幕府の陸軍奉行)が参りまして、飽くまでも箱根で官軍を防がなければならないと主張しましたので、一層その派は勢いがよくなりました。しかし、小田原藩当局は、それはわが藩だけの力では出来ない、伊豆《いず》韮山《にらやま》の代官江川太郎左衛門の同意がほしい、江川が同意して、横合から官軍を中断して出るというなら、何とか出来ないことはないと思うと言いました。それで、大鳥は韮山へ急使を遣わしましたところ、江川は大鳥の使《つかい》の到着する前日に出発して先鋒《せんぽう》総督府へ伺候《しこう》した後でありました。大鳥は落胆して、到底いけない、この上は江戸へもどって幕兵をくり出すよりほかはないといって、江戸に帰りました。こんな風ですから、早く箱根を占領してしまわなければこまったことになりましょう」

どうやら、この密偵は普通のスパイではなく、将校クラスの武士で、相当な人物をえらんで任じていたもののようである。目のつけどころや判断の下し方から、そう思われるのである。後世、探偵のようなことは誇りある人物のすべきことではないとされるようになるが、日本では日露戦争頃《ごろ》までは、軍事探偵には相当立派な人物が好んでなっている。国家のためということはすべてを浄化するという観念があったのである。

それはさておき、渡辺は密偵の言うことを道理と聞き、箱根の関所の占領を決心して、兵士たちにも語って納得させ、用意をととのえていると、夜に入る頃、興津《おきつ》にのこして来た半隊が、あとを追ってやって来た。渡辺はおどろいて、あとを頼んで来た土屋善右衛門にむかって、

「どうしてこんなことになったのだ。こんなことをされては、西郷殿に申訳がない。貴殿は兵事には熟練しておられまいが、大将の命令のゆるがせにすべからざることぐらいはご存じであろう。西郷の命令によらずしては、一兵も動かしてはならんのだ。

こんな粗忽《そこつ》なことをするなど、どうしたわけだ！」

とどなりつけると、土屋はいう。

「まあ、聞いて下され。何分にも残っている兵隊共《ども》が興奮して、皆一緒に死のうと、かねて覚悟をきめているのに、あの者達《たち》だけを死なすのは忍びないと、いきり立ってならんので、いたし方なく連れて来たのです。どうか勘弁して下さい」

渡辺にしてみれば、部下の兵らが死なばもろ共とすずしい覚悟を定めているのがうれしくもある。何よりも、こうして来てしまったものを、どうすることも出来ない。

全部の兵をひきいて、箱根の関所を襲うことにした。

兵をひきいて、夜なかに、三島と箱根の中ほどの山中宿《やまなかじゆく》を過ぎて、箱根宿（今の元箱根町）まで五、六町ばかりの地点まで行った時、先手《さきて》の兵がわあわあさわぎ立って、隊長隊長と呼ぶ。何ごとかと急いで行ってみると、兵士らは言う。

「坊主《ぼうず》を二人捕えました。供の者を四、五人連れて、何かわけのわからんことを言って、威張っています。どういたしましょう」

近く寄ってみると、なるほど僧侶《そうりよ》が二人いる。供が数人いて、しかるべき身分の僧のようである。

名前をたずねて、輪王寺宮《りんのうじのみや》の供の僧であることがわかった。渡辺は後年史談会での追憶談で、輪王寺宮についている覚王院と龍王院《りゅうおういん》と名乗ったと言っているが、覚王院義観《ぎかん》はこの日は輪王寺宮について小田原に留《とど》まっていたはずである。この時は供の僧の中から上野山内の戒善院慈常、牛込市ヶ谷《うしごめいちや》の自証院亮栄《りょうえい》を総督府に向けて先発させているから、この二人であったろう。

僧らは言う。

「輪王寺宮様が大総督の有栖川宮《ありすがわのみや》様にお会いになって、官軍を箱根以西に駐《とど》めておくようにお頼みになるために、お出かけになっています。それはあなた方もご承知でありましょう」

さあ、来た、と渡辺は思いながらも、さりげなく、

「それは知りませんな」

と答えると、

「そんなことはありますまい。ご承知でなければならんはずです。と申すのは、昨日から小田原へ、薩摩《さつま》・長州・大村・佐土原《さどはら》四藩の人々がまいって、やたら無性に宮様の西へお出でになるのをせきとめようとします。貴殿が官軍の隊長級の人である以上、輪王寺宮様が今申したようなことをもってお出かけになっていることを、ご承知ないはずはない。ともかく、宮様は妨げられ給《たも》うので、詮方《せんかた》なく、拙僧らに、大総督府に

まいって大総督宮様に拝謁《はいえつ》してよく事情を申し上げるようにと仰《おお》せつけになり、拙僧らはこうして出てまいったのです。拙僧らの使命の大趣意は、兵を箱根以西にとどめて、関東に入れていただきたくないとの輪王寺宮様のおことばを大総督宮様に申し上げて、お聞入れをいただくにあります。しかるに、お前様はこの兵をひきいて関所を越えんとしていなさる。それでは輪王寺宮様のお心をふみにじり申すことになります。一応兵を駐めて、箱根以西に屯《たむろ》していただきましょう」

輪王寺宮のおことばということを真向《まっこう》にふりかざしている。格式高い坊さんで、人に服従されなれているのだろう、高飛車な態度と口のきき方が板についている。しかし、こちらは革命軍の将校である。旧幕府によって保証されている権威などに縛られはしない。

「以《もっ》てのほかのことを言われる。拙者は朝命をもって兵を運用するのです。朝命以外には我々を束縛するものは一切ありませんぞ。輪王寺宮様であろうと、何様であろうと、我々にたいしては何の力もないのですぞ」

と言い切った。

僧らは躍起になった。

「聞き捨てならぬことを申される。拙僧らの受けているのは輪王寺宮のご命令、お前様方の受けていなさるのは有栖川宮様のご命令、いずれも宮様のご命令でありますぞ。高低上下がありましょうか」

渡辺は、宮様のご命令に高低上下はなくても、今の場合有栖川宮様のご命令は勅命と同じであると言いたかったろうが、議論なんぞしている場ではないと思ったのであろう、

「貴僧方が何を仰せられようとも、我々は総督宮のご命令を奉ずるのが職分でありま す故《ゆえ》、兵の進行をとどめることは出来ません。もし貴僧方がこれを妨げようとなさるなら、武力をもって処置いたします故、そのつもりでいなさい」

とすごんで、兵士らに、

「さあ、行くぞ。気をつけーッ！」

と号令し、僧侶らにたいしては、

「貴僧らは好きになさるがよい」

といって、行進をはじめようとした。すると、僧らは、

「そういうことなら、しかたはありません。輪王寺宮様は別としても、どうか、我々だけでも先へ通れるようにしていただきたい」

と、折れて来た。

「それはご勝手です。この際、拙者らも貴僧らを捕縛しようとは思いません。僧侶を捕えても、何の益もないことですから。勝手に行きなさるがようござる」

「それでは、そのことを書面にしたためていただきたい」

「それには及びません。咎《とが》められたら、その場において、その訳を申されるがよい。すぐ通しますから」

かれこれと問答している間に、夜が明けて来た。僧らはとうとうあきらめて行きすぎてしまった。

この二人僧《ふたりそう》は浜松で、大総督府の先駆である参謀正親町《おおぎまち》少将に謁して使命の旨《むね》を告げたが、「このことは主上はご親征のご趣意で、大坂まで行幸あらせられているほどである故、慶喜《よしのぶ》が真心からよほどの恭順の実証を立てる以外には、解決のつくことではない。たとえ輪王寺宮様が大総督宮にお会いになって嘆願をされても、京にお上りになって玉衣のお袖《そで》におすがりになって嘆願なされても、無駄《むだ》であろう」と少将に言われて、仰天して、翌日引返しにかかった。

二

渡辺の隊は前進をつづけ、箱根宿《じゅく》についた。大体今の午前七時頃《ごろ》であった。やがて、関所にさしかかった。見ると、関所の玄関の障子は閉め切ってあるが、関所役人らはもう起きている様子である。

渡辺は、兵をひきいて関所の前に行き、整列させて、ラッパを吹き鳴らさせた。おどろかすためにやったのである。ラッパの音は早朝のしずまりかえった山によく響いた。関所では驚きあわてて障子をあけてみると、前に整然として官軍の兵が居ならんでいる。仰天して、報告のため、奥へ走りこんだ。

ちょうどその時、かねて顔見知りの薩摩《さつま》人相良《さがら》某とほか一人が、小田原の方からやって来た。この男らは西郷への連絡がかりとして中村半次郎らとともに小田原へ行ったのだが、その連絡のために西郷のところへ行くのだと言った。渡辺がこれから関所を乗取るのだというと、忽《たちま》ちおもしろがって、おいどんらも加えてくれと言い出した。天下に関所は数あるが、この箱根の関所が最上の格式で、最も威張っている。西国の武士として、これまでずいぶん威張られた経験のある相良としては、こんどは官軍として大いに威張って接収する快感を味わいたいのであろう。

「よろしい。一緒にお出《い》でなさい」

渡辺は相良とともに、土足のまま関所の玄関の式台に上った。ここの関所がはじまって以来、こんなことをした者は一人もない。関所側では大いに驚いたらしく、何やら奥でごたごたさわぐ声が聞えていた。渡辺は機先を制して、

「自分らは征討大総督府所属の官軍先鋒《せんぽう》の隊長、大村藩渡辺清左衛門である。大総督府の命によって、この関所を受取りにまいり、今受取る。さように心得よ」

というと、関吏は気をのまれて、

「委細かしこまりました」

と、至って素直であった。

「神妙であるぞ」

といいながらも、渡辺は拍子ぬけしたあまりに聞いてみた。

「時に、お前方がここを守っているのは藩命によるのであろうが、藩からは官軍が東下して来た場合の心得について、かねて何か達しがあったのか」

「いいえ、それについては別にご覧に入れるべき書付《かきつけ》のようなものはまいっていません。しかし、ともかくも、官兵にたいしては抵抗してはならぬという命はうけたまわ

っています」

聞いて、渡辺は皮肉な気になったのであろう。

「二百年近くもの間、あずかっていた関所を引渡すということは、小田原藩にとっては大変なことである。しかるに、その方らは一戦もせず、たやすく引渡した。職掌上、これをどう考えるか」

「まことにごもっともなお尋ねでありますが、官兵のご通行には抵抗出来ぬものでありますから、いたし方はございません」

「しからば、先《ま》ず武器を受取りたい。差出すように」

と命ずると、唯々《いい》として差出したが、それが今日ではもう武器とは言えないようなものばかり。錆《さび》ついた火縄銃《ひなわじゅう》、おどかしのために関所の前に飾ってある槍《やり》・つく棒・さすまた・袖《そで》がらみの類《たぐい》、火消し道具類、その他烟硝《えんしょう》、弾丸、これが皆別々になって、胴乱にも入れてないのである。いずれも、今日では何の役にも立たず、受取っても始末にこまるものばかりであった。それでも、出させて、このへんの地図を出せというと、本道、間道、その他の絵図を全部出した。

「こちらの命令は何事でも聞かざるなく、意外に恭順の風であった」

と、渡辺は史談会の席で語っている。

箱根の関所にそなえつけてあった武器が実用的には何の役にも立たないものであったということは、まことに象徴的である。要するに、箱根の関所なるものは、幕府という権威だけで成り立ち、実力的には何の防禦力《ぼうぎよりよく》もなく、関所役人にしても、守衛しなければならないという責任感も勇気もないものだったのである。太平が続き、幕府の権威に変りのない間は、それで十分に用が足りたのだが、幕府の権威がなくなって、革命の時代となっては、何の役にも立たなくなったのは、むしろ当然のことといえば言えるのである。しかし、それはすんだ後から言えることで、その時代の人としては、神のごとく達識の人でないかぎり、わかることではない。

渡辺は関吏にむかって、

「こうして一応関所は受取ったが、拙者はこの関所をこえて行かなければならない用務がある故《ゆえ》、拙者からさらにその方らにこの関所を預ける。心得としては、従来藩から命を受けていた時と同じと考えてよろしい。拙者は今から波多宿《はたじゆく》に行って、あそこに宿陣する故、もし用事があるなら、使をつかわして指揮を仰ぐように」

と言いつけて、しばらく兵を休息させ、昼食させた後、波多宿に行き、番兵を配って、相良某ら薩人に委細のことを西郷に報告するように頼んで、波多宿に宿陣して、西郷からの命を待った。

波多宿は箱根と小田原との中間にある小駅である。相良もご苦労なことで、一旦《いったん》来た道を引返して、渡辺につき合った訳だが、これは渡辺がさそったのかも知れない。渡辺は勤王の志が厚く、煮え切らない大村藩の方針の中にありながら、西郷に頼り切って、一小隊の兵をひきいて最初からことを共にしたのだが、何といっても小藩だ、西郷の信用を得る必要がある。自分の功績を認めてもらうには、自らこれを報告するより、薩摩人によって薩摩人の見たままを報告させることが最も効果的であると計算したと思われるからである。

渡辺は三晩波多宿にとどまって、西郷からの指令を受取った。

「諸藩の先鋒兵は、本道と、足柄越《あしがらご》えと、韮山《にらやま》の三方から進んで、小田原で合することになっている。貴藩の兵も小田原に出て、待合わされよ」

渡辺は直ちに小田原に向った。その途中にすれ違ったか、あるいはまだ波多宿に駐《とど》まっている間に、輪王寺宮の一行が行き過ぎてしまったはずだが、渡辺はそれを知らない。宮はあきらめて江戸にお帰りになったと思っている。後年までそう思いこんでいた。

三

輪王寺宮《りんのうじのみや》は、三島宿《みしまじゆく》近くで、浜松まで行って引返して来た二人の僧と出会われ、二人も供に加えて旅をつづけられ、三月六日に駿府《すんぷ》に入られ、七日に龍王院《りゆうおういん》・覚王院・自証院・戒善院などの、上野山内の歴々の僧侶達《そうりよたち》を従えて登城なさったが、大総督宮がお会いになったのは輪王寺宮お一人だけであった。嘆願書を差上げ、口頭でお願いなさり、書類を預けて下城なさった。覚王院と自証院とがのこってご沙汰《さた》を待っていたところ、偶然に西郷参謀と林玖十郎《くじゆうろう》参謀とを見つけたので、覚王院から嘆願の次第を説明し、譜代大名二十一家連署の嘆願書を渡した。

「とくと相調べました上、大総督宮ご熟考あって、後日回答に及ばれますから、退出していて下さい」

と、西郷は応対して、引取らせた。西郷は先鋒《せんぽう》四藩の兵をして箱根を越えて小田原まで進めさせるようにしておいて、三月三日駿府にかえって来たのであった。

この時から輪王寺宮の一行はいろいろとあったが、結局、嘆願書その他の書類は差しもどされたばかりか、自証院と覚王院とが、恭順の実効を明らかにして勅許をいた

だく具体的方法はどうすべきであるかと尋ねたところ、林玖十郎は、

「慶喜《よしのぶ》自らが官軍の軍門に臨んで罪を待ち、城を明け渡し、親族らは向島《むこうじま》に退き、軍艦を引渡し、大砲・小銃その他の軍器一切を差出すなら、恭順の道が立つものと言えよう。しかるに、天皇御親征のことさえあるほどの大事であるのに、ただ紙の上で謹慎恭順といってお詫《わ》びしたところで、ご寛典のご処置のある道理はない」

と、最もきびしい態度と調子で答えた。これは三月七日のことであった。

後述する通り、この翌日の八日か、翌々日の九日には、山岡《やまおか》鉄太郎が駿府に来て、西郷に会って嘆願している。西郷が山岡に示した条件より、この時林の示した条件の方がはるかにきびしい。しかし、これは林が勝手に厳刻にしたのではない。林がここに示した条件は、西郷が大久保と談合し、岩倉の了解を得てふところに携えて来た、あの恭順降伏条件そのままである。西郷はすでにあの条件書を大総督府内に披露《ひろう》していたのである。大総督府内にこういう打合せがあったことは、「熾仁親王《たるひとしんのう》御日記」に明らかである。山岡が嘆願に来た時、山岡の熱誠と人物に感動した西郷は、大総督府内を説得して条件をゆるめたのであろう。

それはさておき、覚王院義観らに示した大総督府の厳格な条件は、覚王院をかんかんに立腹させた。後に上野の山に集まった彰義隊は、そのはじめに慶喜の朝廷にたい

する忠誠を顕彰することを目的とする一橋家《ひとつばしけ》の有志家臣の団体だったのだが、やがて官軍にたいする反抗団体と変って行ったのは、主として覚王院の煽動《せんどう》によると言われている。

四

慶喜《よしのぶ》が上野大慈院に蟄居《ちっきょ》謹慎の生活に入ってから、勝《かつ》は一身に大任を負うて、朝廷にたいして、慶喜の名や徳川家家中《かちゅう》の名をもって、嘆願書をたてまつった。前者は伏《ふし》見《み》のことをわび、東叡山《とうえいざん》に蟄居謹慎して待罪していることをのべ、処罰は一身をもって受けますが、官軍東下のことは無辜《むこ》の生民《せいみん》を苦しめることになる故《ゆえ》、しばらくご猶《ゆう》予《よ》いただきたいという趣意のものであり、後者は主人慶喜の謹慎の次第をのべて、慶喜が元来皇室にたいして一点の私心なく、忠誠無二のものであることをご諒察《りょうさつ》あり、祖先の勲功をもお酌《く》み取り下さって、寛大なご沙汰《さた》を懇願し奉《たてまつ》るという趣旨のものであった。

一方また、自分の名をもって越前家《えちぜんけ》を通じて朝廷に働きかけている。

「日本近年のさわぎは、その根元を開国・鎖国の論に発している。それがもつれて、先年は長州藩が朝敵の汚名を着て苦難に沈み、今日はわが徳川家がそうなった。しかしながら、開国といい、鎖国というも、同じく国を憂《うれ》うる至誠から出ているのである。伏見・鳥羽《とば》のことはまことに申訳ないことであるが、天朝としてご哀憐《あいれん》を垂れ給《たま》い、同胞たがいに争うようなことをなさるべきではあるまい。とくに譜代大名を駆り立てて官軍に属せしめ、徳川氏を伐《う》とうとされるのは、人倫の大道を紊《みだ》すもので、天朝のなさるべきことではあるまい」

という趣旨のものであった。

慶喜を一意に恭順させると共に、こうして文書をもって運動する一方、官軍がこちらの恭順の誠意を認めず、あくまでも力をもって迫るなら、武力抵抗もやむを得ないとして、その用意もまたした。すなわち、江戸の博徒《ばくと》の親分三十余人をひとりひとり訪問して、

「もし官軍が無理に市中に進入して来る場合、おれが合図したら、町々に火を放って官軍を焼き殺せ」

と依頼し、金子《きんす》・食糧・放火道具まであたえた。

また、房総の漁民らに、江戸に火の起るのを見たら、すぐ舟を漕《こ》ぎ出して来て、市民らを救い出してくれるようにと頼みこんだ。

　これらのことにたいして、後年、無駄《むだ》なことだと批評した者があったのにたいして、勝は無駄ではない、これだけの用意をしていたから、おれは官軍との交渉に凜乎《りんこ》たる勇気を失わず折衝することが出来たのだといっている。西郷が三条実美《さねとみ》以下の五卿《ごきょう》を長州から九州に移す談判を長州諸隊の幹部らとするために、単身下関《しものせき》へ乗りこんだことがある。その時、西郷は筑前芦屋《ちくぜんあしや》浜《はま》に薩摩《さつま》の軍艦を集結して、もし長州側が自分を殺すようなことをしたら、直ちに軍艦を出動させて長府を襲い、五卿を奪い、諸隊をたたき潰《つぶ》すことにしておいたのである。最悪の場合を予想して、ギリギリの対策を立てておくのはこんな場合における英雄の手口といってよい。口舌の徒の知るべきことではない。

　勝日記の二月二十五日の条によると、慶喜から呼ばれて、大慈院へ出頭すると、京都へ使《つかい》に行くようにとの命令があった。勝は、参りますが、陸軍総裁はご免を願いたいと言って、聞き入れてもらった。すると、夜になって、諸有司から異議が出て、また軍事を取りあつかうべき旨《むね》を仰《おお》せ渡され、京都行きは中止となった。

　京都行きの用件は、官軍が日にせまるとのことなので、慶喜の恭順の衷情を朝廷に徹底させ、官軍進撃のことはご猶予下さるようにと懇願することであったが、有司らは勝が京都に抑留されたり、途中で足どめされたりしてはまことにこまる。京都へ勝を遣わされるのはやめられた方がよいという意見が多かったからである。

一週間前の十八日にも同様のことがあったのだ。盤根錯節《ばんこんさくせつ》にあわずんば以《もつ》て利器をわかつなしだ。この時点においては、勝がかけがえのない人物であったことがわかるのである。もっとも、意地の悪い考え方も出来るかも知れない。うかうかすると、勝は朝廷の用を為《な》す人物になるかも知れないという不安が、人々にあったのかも知れない。慶喜が勝を起用した心が、すでに勝を信頼しているからではない。勝が薩・長人に親愛されていることを利用しようとしているのであることを考えれば、幕府の有司らには勝の心事を疑う者が多かったに違いないのである。

五

勝《かつ》が慶喜《よしのぶ》にたいしては絶対謹慎、朝命にたいする絶対服従の態度をとらせながらも、彼の真に意図していたことは何であったか。

第一は、もちろん、慶喜の生命の安全である。

第二は、慶喜は隠居はするが、もちろん名誉を保ってだ。

第三は、徳川家の大大名としての実質をとりとめることだ。具体的にいえば、多数の幕臣を養うに足りるほどの石高《こくだか》を持ち、大名としての体面を保つべき軍艦、兵器もとりとめることである。

大体、以上であったようである。なぜぼくがこんな判断を下すかといえば、英国大使館の書記官アーネスト・サトウは勝と懇意で、情報を得るためによく勝を訪問したと、その著書「維新日本外交秘録」の中に書いているが、同書に、その頃《ころ》勝がサトウに、

「主君の一命が助かり、沢山の家臣を扶持《ふち》して行けるだけの収入が得られるなら、自分はどのような協定にも応ずる用意がある」

と語り、また、

「自分は西郷にむかって、条件がそれ以上に苛酷《かこく》ならば、武力をもって抵抗することをほのめかした。慶喜としても、汽船と軍需品とは手離したくなく、このことについては、すでに自分はミカドに嘆願書を提出している」

と語ったと書いてあるからである。

サトウは去年の暮から今年の三月はじめまで、大坂や神戸《こうべ》や京都にいて、横浜に帰って来たのは三月八日で、この情勢になってから、彼が勝を訪問しはじめたのは三月二十日からのことであるが、勝の気持は、慶喜から委任を受けた当時から、ここに語

られている通りのものであったに違いない。

三月になると、征討大総督府参謀として西郷、先鋒《せんぽう》総督府参謀として海江田武次《かいえだたけじ》(有村俊斎《しゅんさい》)がいることがわかった。西郷はもとより、海江田もよく知っている人物だ。

「しめた!」

と思った。

後年の追憶談では、「官軍の方からは予想通り西郷が来るというものだから、おれは安心して寝ていたよ。相手が西郷だから、むちゃなことをする気づかいはないと思っていた」と言っている。心の最も深いところでは安心していただろうが、寝てなんぞいやしない。せっせと、及ぶかぎりは手を打ったのである。

三月二日、去年の暮の薩摩《さつま》屋敷の焼討の時に徳川家で捕えて諸家あずけにしていた薩摩藩士の益満《ますみつ》休之進、南部弥太郎《やたろう》、肥後七左衛門三人をもらい受けて、自分の屋敷へ引取った。この連中は薩摩藩士でありながら浪人らの頭領株として江戸の治安を乱したのだから、死罪はまぬかれないのだが、勝はこの連中をもって何とかして西郷か海江田に連絡をとろうと思ったのである。

しかし、どんな方法で連絡をとるべきか、思案の日が数日つづいて、三月五日であった。勝の家へ訪問者があった。山岡《やまおか》鉄太郎であった。

山岡が勝の家に来たのは、二月二十五日に慶喜が一旦《いったん》勝に京都への使者を命じ、有司らの反対によってその夜取消した、あのことに関係があると、ぼくは思っている。

慶喜は何とかして自分の誠意を大総督府に通じ、ひいては朝廷に貫徹したいと思いつづけていたが、その便がなく、悩みに悩んだ末、ついに自分を守衛している高橋伊勢《いせの》守《かみ》に、その方行ってくれぬかと言った。

高橋伊勢守は泥舟《でいしゅう》の号で知られた人だ。最も高潔な人格者として、また日本一の槍《やり》の名手として、当時最も有名な人物であった。勝は高橋が和平主義者であることを知っており、人々に尊敬され憚《はばか》られていることを知っているので、これを慶喜の警備役にした。主戦主義者らが慶喜を奪ってことを図ろうとする危険もあるからである。伊勢守は精鋭隊と遊撃隊とをひきいて、日夜に大慈院につめて警護していた。

伊勢守は、慶喜に使者として大総督府に行ってくれぬかと言われると、

「かしこまりました」

と、即座に退出しようとした。

慶喜は呼びとめた。

「そちが行ってしまうと、あとが不安だ。そちはやはりここにいてもらおう。誰《だれ》かそちの代りに行く者はないか」

「拙者の義弟、山岡鉄太郎ならば、見事にはたしましょう。近親だけに、拙者はよく見ているつもりでございます」

伊勢守は山岡家に生れた人で、出《い》でて母の実家高橋家をついだ。その後山岡家に人が死にたえた時、鉄太郎が小野家から入って山岡家をつぎ、伊勢守の妹英子と結婚した。だから、鉄太郎は伊勢守の義弟になるのであった。

慶喜の耳に山岡の名が聞えたのは、この時がはじめてであっただろう。

「それでは、山岡を行かせるように」

と、慶喜が言うと、伊勢守は、

「これは重大なお役目でございます。上様お直々に仰《おお》せつけていただきたく存じます」

と言った。伊勢守も慶喜が心の揺れやすい人であることを知っているので、念を入れたのであろう。

山岡は急使に接して、急いで上野に行った。この頃の山岡は貧困のドン底にいて、両刀さえ質入れして手許《てもと》になかったというから、誰かに借りて差して行ったと思われる。

すぐ導かれて、慶喜の前に出ると、慶喜の側《そば》に義兄がひかえている。「仰げば将軍の面貌《めんぼう》疲《ひ》痩《そう》して、見るに忍びざるものあり、余が心中また一槌《いっつい》を受くるの感あり」と、山岡は後年記している。

将軍は鄭重《ていちょう》な調子で心中を語り、使命を授けた。山岡は慶喜が気の毒で、「心身ともに砕ける」ようであったが、冷静をよそおって、問いかけた。

「今日のような形勢になってから、ご恭順とは一体どういう次第でございましょう」

「わしは朝廷にたいしてはいささかも二心を抱いておらぬ。赤心をもって恭順謹慎している。しかし、征討の朝命はすでに下り、官軍は東下中である。いのちを召されることは必定だ。ああ、こうまで心を尽しているのに、こうまで世の人に憎まれ、赤心が朝廷にとどかぬのかと思えば、返す返すも残念なのだ」

といって、慶喜ははらはらと涙をこぼした。

「いまわしいことを仰せられるものではございません。人間の至誠の届かぬことはないものでございます。そのようなことを心配遊ばされているのでは、真実、心からのご謹慎ではないのでございましょう。他にたくらんでいらせられることがあって、いつわってそう仰せられるのでございましょう」

山岡のことばはえぐるように鋭い。彼もまた、慶喜の心がここに退去して来るまでたえず揺れていたことを知っているのである。知っているからとて、普通の者ならこうまで鋭い突っこみようはしないが、山岡は天に享《う》けた気魄《きはく》もすぐれている上に、禅と剣で鍛えに鍛え練りに練り上げた特別な人がらだ。慶喜の身柄《みがら》を安全ならしめ、徳川家の身代を出来るだけとりとめる努力は十二分にするつもりでいるが、慶喜自身としては、一切を放下《ほうげ》して本来無一物の心になり切るより途《みち》はないと信じているのである。

「断じて二心はない。どんなことでも、朝命にそむかない決心はかたく立っているぞ」

と、慶喜は言った。山岡ははっと平伏した。

「真に誠心誠意をもってのご謹慎であることがわかりました以上、不肖ながら拙者が引受けまして、ご誠意を朝廷へ貫徹し、朝廷のご疑心を解きます。拙者の目の玉の黒いかぎり、ご心配はご無用でございます」

と、はっきりと言って退出した。

重職の者を一、二訪問して相談したが、「愚物、以《もっ》て語るに足らず」と書いているから、いずれも大厄難《だいやくなん》に遭遇して、狼狽《ろうばい》しているだけで、相談相手にはならなかったのである。親友の関口艮輔《ごんすけ》（後、隆吉《たかよし》）の宅にまわって、大小を貸してもらい、それを差して、赤坂氷川町《ひかわちょう》の勝の屋敷に来たのであった。

勝の人物の評判はかねてから聞いているが、面識はない。面会を乞《こ》うと、勝家の人々は不安がって取次ごうとしない。勝は主戦派の連中に狙《ねら》われている。そのはずである。山岡はきびしく要求して、ついに取次がせた。

パークスの横槍《よこやり》

一

山岡《やまおか》は勝《かつ》に会うと、単刀直入に、慶喜《よしのぶ》から命ぜられて、君公の御恭順のことを徹底させるために、大総督府へ使《つかい》に行くのであることを言ったが、勝は信用しない風で、煮え切らない。鎌《かま》をかけて本心を聞き出した上で、自分を斬《き》るつもりと見たのであろう。ついに、山岡は大喝《だいかつ》した。

「この危急の場にあたって、何を狐疑《こぎ》していなさる！」

勝はやや打ちとけた。

「貴殿、どんな工合《ぐあい》にやりなさるつもりだ。官軍はもう六郷川の向うまで来ていると申しますぞ。どんな工合にして、それをくぐりぬけて行きなさる？」

「官軍は拙者を縛ろうとするか、斬ろうとするか、いずれかでござろう。拙者は両刀を渡して、縛ろうとするなら縛られましょう。斬ろうとするなら、趣意を一言総督宮へ言上させてくれよ、その上なら、斬ろうと、どうしようと、まかせると申すつもりです。狂人でないかぎり、是も非もなく、人を殺せる道理はありません。なんでもないことです。きっとやりとげます」

確かに山岡の言う通りだ。是も非もなく人を殺せるものではない。しかし、これを衷心から信じて、死地へ行くことの出来るのは真の勇者だけである。

勝は心から打ちとけて、

「先程から貴殿を信用いたさなんだのは、まことに申訳なく存ずる。実は前々からいろいろな人に、貴殿のことを、山岡という人物は乱暴不平の徒で、叛逆《はんぎやく》ばかり企てようとしている男だと申されていましたのでね。大久保（一翁《いちおう》）すら、内々、拙者に、山岡には近づきなさるな、あんたを殺しますぞ、と忠告したくらいですからね、ハハハハ。今となっては大笑いです。今は心から信用します。ご決心をうけたまわって安心しました。貴殿はきっと仕遂げなさるお人です。それでは頼みます。ついでながら、手紙を大総督府の参謀西郷に渡して下さい。何かの足しになるかも知れません」

といって渡したのが、「無偏無党、王道堂々たり矣」という書出しではじまるあの有名な手紙だ。「海舟日記」によると、この手紙は西郷と海江《かいえ》田《だ》武次《たけじ》とが官軍の参謀として来ると聞いたところに、薩摩《さつま》人花川某が上京するというので、その便に托《たく》して、西郷・海江田へ送ったものであるとある。すでに送ったあとに、この日山岡が来たので、下書《したがき》から謄写《とうしゃ》して、托したのであろう。

無偏無党、王道堂々たり矣。今官軍、鄙府《ひふ》に逼《せま》るといえども、君臣謹んで恭順の道を守るは、我が徳川氏の士民といえども皇国の一民たるを以《もっ》ての故《ゆえ》なり。且《か》つ皇国当今の形勢は昔時《せきじ》に異なり、兄弟牆《かき》にせめげどもその侮《あなど》りを防ぐの時なるを知ればなり。然《しか》りといえども、鄙府は四通八達、士民数万来往す。教えざるの民ありて、我が主《あるじ》の意を解せず、或《あるい》はこの大変に乗じて不軌を計るの徒あり、鎮撫《ちんぶ》尽力、余力をのこさずといえども、終《つい》にその甲斐《かい》なくして、今日無事といえども、明日の変あらんこと、誠に計り難《がた》し。小臣鎮撫すれども、力ほとんど尽き、手を下すの道なくして、空《むな》しく飛弾の下に憤死を決するのみ。

然れども、後宮の尊位（静寛院宮《せいかんいんのみや》と天璋院《てんしょういん》のこと）は、一朝この不測の変に到《いた》らば、頑民無頼《がんみんぶらい》の徒、何等《なんら》の大変を牆内《しょうない》に発すべきかと、日夜に焦慮す。恭順の道、これより破るといえども、如何《いかん》せん、その統御の道なきを。ただ軍門の参謀諸君、能《よ》くその情実を詳《つまび》らかにし、その条理を正されんことを。且つ百年の公評をもって、泉下《せんか》に期するあるのみ。
嗚呼《ああ》、痛ましい哉《かな》、上下道隔《へだた》る。皇国の存亡を以て、心とする者なし。小臣悲歎《ひたん》して、訴えざるを得ざるところなり。その御処置の如《ごと》きは、敢《あえ》て陳ずる所にあらず、正ならば、皇国の大幸なり、一点不正の御挙あらば、皇国の瓦解《がかい》と乱臣賊子の名目あって、千載の下、消ゆるところなからむか。小臣推参して、その情実を哀訴せんとすれども、士民沸騰《ふっとう》、鼎《かなえ》のごとく、半日も去る能《あた》わず。ただ愁苦して鎮撫を事とす。果してその労するも亦《また》功なきを知る。然れども、その志の達せざるは天なり。この際に到って何ぞ疑いを存せんや（しかしながら、もしその志が達せずとすれば、それは天命である。この期《ご》に及んでは何の迷いもないの意）。誠恐謹言。

三月五日　勝《かつ》　安房《あわ》

参謀軍門下

この手紙はいかにも勝式である。外国の介入を恐れて、日本人同士の戦争を避けようとするのは、彼の終始一貫する態度であるが、ここでは一切の責任を官軍側に投げかけている。皇国の治平も、動乱も、すべて官軍の処置の正不正（適不適）によって決するであろう、一度処置をあやまられたなら、日本の瓦解の罪と乱臣賊子の名は永久に歴史にのこりますぞと、脅迫乃至《ないし》教諭しているのである。その上、恭順しているといいながら、静寛院宮と天璋院とをテコにして、おどかしているのである。食えない男といってよい。

二

山岡《やまおか》はそれからどこにまわったか、夜に入ってから自宅に帰って、玄関に迎える妻女に、

「飯があるな、茶漬《ちゃづけ》を食わせよ。早く早く」

と大声で言いながら通った。大酔している風であった。山岡の酒量は一通りや二通りのものではなく、七升のんでも余裕しゃくしゃくであったというから、よほどに飲んで来たのであろう。

妻女が膳部《ぜんぶ》の支度をしている時に、訪問者があった。薩摩《さつま》人益満《ますみつ》休之進である。益満は山岡とは知らないなかではない。益満は同藩の伊牟《いむ》田尚平《たしょうへい》とともに文久元年・二年の頃《ころ》、清川八郎の子分あるいは弟分として攘夷《じょうい》運動をしていた閲歴があるが、その

頃山岡は清川と、同志といってよいほどに親しいなかであったので、益満も山岡とはごく親しくしていたのである。

山岡は客間に通した。益満は久闊《きゆうかつ》を叙するあいさつがすむと、勝《かつ》から山岡に同道して大総督府へ行けと命ぜられて来たといった。あるいは、西郷あての手紙はこの時益満が持って来たのかも知れない。山岡は単身で行くつもりでいたのだが、薩摩人たる益満がついて行ってくれるとすれば、大いに都合がよい。

話がすんだ頃、食事の支度が出来たので、茶の間に来て、一升あまりの飯を茶漬にして全部食べ、着がえして羽織袴《はかま》姿になり、妻女には、

「ちょっと出てくるからな」

といって、益満と一緒に出た。

妻女は翌日になって、多分、兄の伊勢守《いせのかみ》からであろう、夫が最も重大な用務を帯びて、官軍の大総督府に行ったのだと聞いておどろき、神仏に祈りつづけたという。

山岡と益満とは終夜歩きつづけて、夜の明ける頃、六郷川をわたった。官軍の先鋒《せんぽう》はもうここまで来ていて、道の左右は官軍の銃隊だ。その中を通って行くのだが、制止には逢《あ》わなかった。

すぐ川崎《かわさき》の宿場である。本陣宿が隊長の宿舎になっているだろうと思ったので、つ

かつかと入って行き、隊長はどこにおるのだと聞いて、教えられた方に行くと、隊長らしい服装と風貌《ふうぼう》の男がいる。それは篠原冬一郎《しのはらとういちろう》（国幹《くにもと》）だったのだが、山岡はもちろん知らない。大きな声で、

「朝敵徳川慶喜《よしのぶ》の家来、山岡鉄太郎、大総督府へまかり通る！」

とどなった。篠原はどぎもをぬかれたのだろう、「徳川ヨシノブ、徳川ヨシノブ……」と小声で二声つぶやいただけであったという。将軍を名前で呼ぶ習慣はなかったし、呼んでも、ケイキと音読したろうから、ヨシノブと正しい言い方をされては、急には誰《だれ》のことだか思い当らなかったのであろう。百人ほどの兵もそこにはいたが、これもあきれて見ているだけであったという。

そこで、そのままそこを出て、道を急いだ。急いでよかったのだ。中村半次郎と村田新八とが、哨戒線《しょうかいせん》を破られたのを怒って、斬《き》るつもりで追いかけて来つつあったのだ。これはあとで、村田に山岡が聞いている。

横浜を過ぎ神奈川宿《かながわじゆく》にかかると、ここからは長州隊になっていて、宿場の出入口に哨戒所が出来ているので、益満を先に立てて、

「薩州藩人でござる」

と名乗らせると、子細なく通してくれる。

長州隊が尽きると、他の藩の隊だ。これは薩州藩人と名乗ると、まことに鄭重《ていちょう》に、礼を厚くして通してくれる。通行証などさらにいらない。

小田原に入ると、江戸の方で戦闘がはじまったとて、偵察《ていさつ》の兵らがひっきりなしに往来している。こちらは不安にたえず、その兵士らに聞いてみると、

「甲州の勝沼あたりじゃということです」

という。

甲州には近藤勇《こんどういさみ》、土方歳三《ひじかたとしぞう》にひきいられた旧新選組が、甲陽鎮撫隊《ちんぶたい》と称して行ったことを、山岡は知っている。これは江戸におくと危険だというので、勝が金をくれ、近藤は若年寄格、土方は大番頭格に任ずるという辞令をくれて、追いやったのだ。近藤らは張り切って、大得意で行ったのだが、勝はさっさと脱走者にしてしまったのである。こんなくわしいことは山岡は知らないから、脱走した主戦派の一頭目と思いこんでいる。なるほど、やったのだなと思った。

昼夜歩きづめで、駿府《すんぷ》についた。何日であったか、よくわからない。諸書に三月九日とあるが、帰路は十日に江戸に着いていることが「続徳川実紀」と「海舟日記」とに出ているから、九日では往路にかかりすぎ、帰路が早すぎる。八日ではなかったかと思う。

ともあれ、すぐ、伝馬町《てんまちよう》の西郷の宿舎に行く。

三

西郷はすぐ会ってくれた。山岡《やまおか》は西郷の名は早くから聞いていたが、会うのははじめてであった。勝の手紙を渡し、その読んでしまうのを待って、先《ま》ず言った。

「西郷先生におたずねしたいことがあります」

「はい」

西郷は容貌《ようぼう》・体格いずれも雄偉をきわめ、一見してただものでない感じがあるが、物腰もことばづかいも至って鄭重《ていちょう》な男である。

「この度の朝敵征討のご趣意は、是非を論ぜず、進撃なさるのでありますか。ご決心のほどをうけたまわりとうございます」

「いや、決してみだりに人を殺し、国家を騒乱するためではありません。不軌をはかるものを鎮定するために遣わされたのでごわす。山岡先生はどうしてそんなことを申されるのですか」

「ご趣意はごもっとも千万であります。とするならば、拙者共《ども》の主人徳川慶喜《よしのぶ》は恭順謹慎して、東叡山《とうえいざん》の菩提寺《ぼだいじ》に蟄居《ちっきょ》して罪を待ち、生死は一切朝廷のご沙汰《さた》にしたがわんと思い定めております。でありますのに、何の必要あって、大軍を進発し給《たも》うのでありますか」

「山岡先生はそう仰《お》っしゃるが、もう甲州で戦さをはじめたという注進がまいりましたぞ。おことばとは違いますな。こちらからはまだ戦さをしかけたわけではありませんぞ」

「それは脱走兵です。たとえ兵端をひらいたとて、慶喜の意志には関係のないことです」

山岡は、この問題では相当うるさく苦しめられることと覚悟したが、西郷は、

「そうならようごわす」

と、あとは全然ほじくらない。

しかし、山岡はここは大事なところであると思うから、さらに言った。

「甲州方面の脱走兵共のことはそれでおわかりをいただきましても、慶喜の一筋の謹慎にもかかわらず、今日のごとく征伐の兵を進められるにおきましては、多数の家臣中には、慶喜の厚い説諭をきかずして、あるいは脱走して朝意にそむいて不軌をはかる者が出て来《こ》ないともかぎりません。万一、そうなりますれば、慶喜の曇りなき赤心

も、大義名分の志も、朝廷へ貫徹し申さぬことになるであろうと、拙者まことに残念に存じ、権威を恐れ奉《たてまつ》らず、当ご陣営に推参いたしました次第であります。願わくは大総督宮殿下へお取りなしを願い奉ります」

西郷は急には答えようとしない。山岡はまた言う。

「拙者は主人慶喜に代って、礼を尽してこのように申し上げるのです。先生がこの礼を受け給うて、ご返答下さらぬ上は、拙者は死するほかはありません。そもそも、旗本八万騎中いのちを惜しまない者は、この鉄太郎だけではありません。もしそうなりましたなら、独り徳川氏ばかりでなく、これからの日本国はどうなりましょう。それでも、まだ先生は進撃されますか。もしそうであれば、それは王師とはいえますまい。天子は民の父母です。また王師の出《い》ずるは理非を明らかにするためで、いやしくも非にして動くことはないものと、拙者は心得ていますが、いかが」

「無暗《むやみ》に進撃を好むわけではありません。恭順の実効さえ立つならば、寛典のご処置があるでごわしょう」

と、西郷は答えた。

おのれの熱情と熱弁が、重い堅い鉄の扉《とびら》を動かしたように感じて、山岡はほっとする気持であった。

「その実効というのはどんなことでありましょうか。申すまでもなく、慶喜は決して朝命にはそむきません。どんなことでも、仰せ聞けいただきましょう」

西郷はやや打ちとけた様子になった。

「先日、静寛院宮《せいかんいんのみや》様と天璋院《てんしょういん》様とのご使者が参られまして、慶喜殿が恭順謹慎しておられることを申されて、嘆願されましたが、御婦人方のこととて、恐《おそろ》しかったのでごわしょう、何をお尋ねしましても、申されることがはっきりせんかったのでごわすよ。それで、空《むな》しくお帰りになることになりましたが、山岡先生がここまでお出で下され、慶喜殿のご事情もよくわかりまして、都合のよかことでごわした。しばらくここでお待ち下され。大総督宮へ言上しもすから」

といって、西郷は宿舎を立出で、駿府《すんぷ》城内の総督府へ向ったが、しばらくして帰って来て、恭順降伏の条件を個条書《かじょうがき》にした書付をわたした。

一　城を明け渡すこと。

一　城中の人数を向島《むこうじま》に移すこと。

一　兵器一切を渡すこと。

一　軍艦をのこらず渡すこと。

一　徳川慶喜を備前藩へあずけること。

一　慶喜の妄挙《もうきよ》を助けた者共《ども》は厳重に取調べ、謝罪の道を立てること。（伏見《ふしみ》・鳥《と》羽《ば》のことを言うのである）

一　玉石ともに焼くご趣意ではないから、鎮定の道を立てよ。もし暴挙する者あって手にあまらば、官軍の手をもって鎮《しず》める。

右の条々が急速に実効が立てば、徳川氏の家名は立てられるであろう。

ここに示された条件は、この前日に林玖十郎《くじゆうろう》参謀が輪王寺宮《りんのうじのみや》の随従僧覚王院義観らに示した条件より大分ゆるやかになっている。「慶喜が軍門に臨んで降伏する」という条項が削除されているのは、慶喜を恥辱から救うことにしているのである。つまり、西郷は、京都出発前、大久保と相談して定め、岩倉の了解を得た上で携えて来た条件を勝手にゆるめたのである。

思うに、西郷は、京都からたずさえて来た条件も苛酷《かこく》にすぎるから、いい機会に適当にゆるめるつもりでいたのだろう。幸いにして山岡が来た。人物も立派である。使者ぶりもよい。西郷は大いに感動したので、大総督府内の人々を説得して、適当と思われるところまでゆるめたのであろう。

西郷は、山岡が一カ条一カ条食い入るようにして見終ったのを待って言った。

「その条々が相立つことが実効であります。全部相立ちましたなら、徳川家にたいしても、寛典のご処置がありましょう」

「つつしんで承りました」

と、山岡は一旦《いったん》平伏して、身をおこし、強い目で西郷を見て言った。

「一カ条だけ、すなわち、主人慶喜を備前藩へあずけることだけは、拙者の身分としてはお請け出来ません。なぜなら、これは徳川家恩顧の家来共が決して承服しないことでございますから。詮《せん》ずるところ、この個条は飽くまでも戦争を強行し、数万の者を殺そうとなさることであります。王師のなさることとは思われません。これでは、先生はただの人殺しとなりましょう。この条項だけは決してお請け出来ません」

西郷にしてみれば、山岡は知るまいが、「軍門に降伏」という条目を削ってやったのである。名誉を守ってやって、よいことをしたと自足しているところに、こう言われたので、虚をつかれた気持で、狼狽《ろうばい》に似た思いであった。覚えず、

「朝命ですぞ」

と言った。

「たとえ朝命でも、拙者は承服出来ません」

「朝命ですぞ」

と、また言った。この時には立直っていたが、相手をためすためであった。

「それでは、お考え下さい。仮に立場をかえて、島津侯が今日の慶喜の立場になられたとして、先生はこのような命令を甘受なさいますでしょうか。君臣の義とは、一体なんでありましょうか。お考え下さい。切にお考え下さい。拙者には承服出来ないのです」

西郷は心を打たれて、しばらく黙っていた後、

「先生の言われる通りでごわす。わかりました。慶喜殿のことは、吉之助がきっと引受けて、はからいます。安心して下さい。かたく約束します」

と、誓った。

山岡は泣いて感謝した。

その後、西郷は言う。

「先生は官軍の陣営を破って、ここにお出でになったのでごわすから、本来なら縛らんければならんのでごわすが、やめときますわい」

これは西郷の冗談なのだが、山岡にはこれを冗談と知る余裕がなかったらしく、きまじめに、

「縛られるのは覚悟しています。早く縛っていただきます」

と言った。

西郷は笑った。

「そうでごわすか。しかし、先ず酒を飲みましょう」

酒をとりよせ、数杯を酌《く》みかわして、大総督府から出す通行手形をくれた。

元来酒を好まない西郷が、とくに酒をとりよせて山岡を相手に一酌《いっしゃく》したというのは、よほどによい気持になったのであろう。西郷には求道者的《ぐどうしゃてき》面がある。見事な人がらの人物を見れば、敵味方を忘れて心から感心するのである。彼はこの時、山岡に心から感心した。慶喜と徳川家の処置は、公《おお》けには厳格きわまることを標榜《ひょうぼう》しながらも、実際の処置法は西郷・大久保・岩倉の三人で大体きめてあった。しかし、西郷はそれをさらに寛大なものにして山岡に提示し、山岡から抗議されると、よろしい、その通りに自分が引受けてはからおうと言って引受けている。山岡の人がらにほれたからである。

四

山岡《やまおか》は帰路もまた昼夜兼行して神奈川宿《かながわじゅく》まで来ると、伊豆《いず》の代官江川家から官軍ご用でさし出す馬を数頭引いて行くのを見て、二頭借りて、それぞれに打乗って急いだ。官軍の先鋒《せんぽう》はもう品川宿まで来ている。番兵が立っていて、停止を命じたが、耳に入らぬふりをよそおって走らせつづけていると、忽《たちま》ち二、三名が走って来て、そのうちの一人は山岡の乗っている馬の平首《ひらくび》に銃身をあて、山岡の胸に銃口をおしあてるばかりにして発射した。

ところがだ。その銃は、雷管はパチッと鋭い音を立てて発火したのに、火が火薬にうつらず、発射しなかったのだ。あとから来る益満《ますみつ》は驚愕《きょうがく》して、馬から飛びおり、鞭《むち》をふるって銃をたたきおとし、

「これは徳川家の人で、この度の戦さのことで、西郷先生に用事があって駿府《すんぷ》に行かれ、相談がまとまって、今帰らるるところじゃ。大総督府からの通行手形もお持ちじゃ。おはん、何ちゅうことをしなさるのじゃ！」

と叱《しか》りつけたが、こんな場合の薩摩《さつま》人はおそろしく強情だ。

「歩哨《ほしょう》がとまれというたのに、なぜとまらん。そげん場合には打ち殺してよかじゃ。おいは殺すぞ！」

と言い張る。さわぎを聞きつけ、伍長《ごちょう》（現在の小隊長くらい）が出て来て、やっとなだめつけた。兵は不服のおももちでふくれかえって去った。「もし銃弾発すればそ

の所にて死すべし。幸いに天の余が生命《いのち》を保護する所ならんか」と、山岡は書きのこしている。

江戸城について、大久保一翁《いちおう》と勝《かつ》に、西郷に渡された条件書を示し、西郷が堅く約束した次第を報告した。二人のよろこび、他の重臣らのよろこびは一通りではなかった。すぐ上野に行って、慶喜《よしのぶ》にも報告した。

「旧主徳川慶喜の欣喜《きんき》、言語をもって云《い》うべからず」

と、山岡は記録している。これらのことは三月十日であった。

直ちに江戸市中にも高札を立てて布告した。市中の人々の安堵《あんど》したことは言うまでもない。

山岡の報告は勝を安心させはしたが、それは一応の安心であって、安心し切ったわけではない。後年、勝が追憶談で、西郷とは肝胆相照す仲であるから、西郷がそう言った以上大安心であると、大船《おおぶね》に乗った気持でいたといわんばかりのことを言っているので、我々もそう思い勝ちなのだが、この追憶談をそのままに信じては真相を逸する。心の最も深いところでは西郷を信じて安心していたことも事実あろうが、この世には勢いというものがあって、どんな人間でも勢いを無視することは出来ず、従って信ずるままには行えないことがあることも、彼はよく知っている。いろいろと心を砕かずにはいられなかった。

山岡の帰着する前日の三月九日頃《ごろ》には、官軍は三方から江戸にせまり、その先鋒は品川、新宿、板橋にあって、十五日には総攻撃を決行すると称して、殺気凛々《りんりん》として、

「社稷《しやしよく》存すべし、慶喜斬《き》るべし（徳川家は存続すべきも、慶喜は斬らねばならぬ）」

と、兵士らが揚言していると聞えた。幕臣らは憤激して、

「事ここに至ったのは勝のしわざである。勝を斬って血祭に上げよう」

と言う者が多かった。これは山岡が帰って来て大総督府の意向を伝えてからも、ほとんど変りはなかった。

勝としては、これらの人々とは別に、もし官軍が遮二《しやに》無二《むに》江戸城進撃にかかる場合の処置を考えておかなければならない。彼はモスクワを焦土としてナポレオンを苦しめたロシアの戦術を応用しようとしたと、後に「解難録」に書いている。彼はこの時さらに火消《ひけし》の頭《かしら》、博徒《ばくと》の長、運送者の長、非人頭等の、親方といわれる者三十五、六人に、合図次第放火せよと重ねて命じ、また江戸に大火がおこったら船を出して江戸の市民らを救助せよと、人をつかわして房総の漁師らに重ねて頼んだのである。

五

山岡《やまおか》が江戸に帰って来る二日前の三月八日、英国公使ハリー・パークスは書記官アーネスト・サトウを帯同して、海路上方《かみがた》から横浜にかえって来た。彼らは昨年の十一月末以来ずっと上方に行っていたので、三カ月以上関東を不在にしていたのである。パークスは京都で攘夷《じょうい》浪士のために暗殺未遂の厄《やく》に遭い、三月三日禁裡《きんり》に参内《さんだい》して天皇に拝謁《はいえつ》したのであった。

帰って来た翌日の九日、パークスはサトウに、江戸に行って情報を探索して来るように命じた。こんな時、サトウは主として勝《かつ》から情報を得ることにしていたと、「維新日本外交秘録」に書いているが、この時は当座勝の家には行かなかったようである。勝からもらったと思われるような情報も全然書いていない。この時点で、サトウが勝のところへ行ったのは、彼が三月二十日から三日がかりでまた江戸に出た時からであったようだ。それはすでに勝と西郷との間に二回の会見があってからである。

しかし、ここで、英国公使関係のこととして書きたいのは、その以前三月十二日にあった事件についてである。

この日、大村藩の隊長渡辺清左衛門が行軍をつづけて、藤沢宿《ふじさわじゆく》に到着して間もなく、西郷の命を受けたといって、先鋒《せんぽう》総督府参謀の木梨《きなし》精一郎（長州人）が来た。木梨は言う。

「拙者は西郷大総督府参謀の命を受けて来た。西郷参謀は言われる。この度の江戸城の攻撃には、官軍は諸事不案内である。さしずめ負傷者の手当にも、医者がどこにいるかも知らないのである。そこで横浜に行って、英国公使のパークスに会って、その世話で横浜に病院をつくりたい。もし英国管轄《かんかつ》の病院があるなら、それを貸してもらいたい。また医師その他一切のことを依頼せよという命を受けて来た。渡辺殿も一緒に横浜に行って談判してもらいたいとの西郷参謀のことばです」

西郷は何が何でも江戸城を攻めようとは思っていない。出来ることなら平和裡にことをおさめたいとは思っているが、最悪の場合の用意はしてかからねばならない。だから、こんども京都での場合のように、パークスに頼んで英人医師の用意をしておこうと思ったのであろう。

西郷の命令であるから、渡辺はもちろん服従することにして、次位の将校に自分にかわって隊をひきいて江戸に向うように言いつけておいて、木梨と同道して横浜に行った。

パークスは在宅していて、すぐ面会してくれた。この日、書記官アーネスト・サトウは江戸に出ていて公使館にいなかった。彼の著書にはこの興味ある事件が記録されていない。従って、余人が通訳にあたったのであろう。

木梨は通訳を通じて、今度かようかようの次第で、江戸城の攻撃をするについて、戦傷者のために病院が必要であるから、貴君に病院の世話をしていただきたいとの、大総督からの命令を受けて、我々はこうして上った、どうかお願いしたいと言った。すると、パークスはいかにも意外げな顔をした。もちろん、わざとそんな表情をつくったのである。言う。

「これは意外なことをうけたまわる。我々の聞くところによると、徳川慶喜《よしのぶ》は恭順しているというではないか。恭順しているものに戦争をしかけるとは、どういうわけであるか」

このことばは、木梨にも、渡辺にも、まことに意外なものに聞かれた。まごついたが、その頃《ころ》の日本の武士だ、深くは考えない。

「それは貴君には関係のないことである。日本人だけの問題である。我々はどこまでも戦えという命令を受けて来ているのです。ともかくも、病院を用意してほしいのです」

「そんなことは出来ない。どこの国でも、恭順、すなわち降服しているものにたいして攻撃を加えるということはないはずである。一体、あなた方は、今日は誰《だれ》の命令を受けて来《こ》られたのか」

パークスの質問は皮肉であった。

「大総督の命令でまいりました」

「大総督とはどんな人ですか」

益々《ますます》皮肉となる。

木梨は驚きながらも答える。

「かようかような人です」

「その人はどこから命を受けたのですか」

「朝廷です」

「朝廷とは何ですか」

「かようかようです」

木梨は驚きを通りこし、当惑し、憤《いきどお》りさえ覚えたに相違ない。

追いつめるように問いつめておいて、パークスの調子は一転した。

「一体、今日、貴国には政府はないのだと、私は思っている」

と、きびしく断案を下しておいて、

「なぜと言ってごらんなさい。あなた方も、居留地の外国人とはいかなるものであるかはご存じでしょう。また居留地とはいかなるものであるかということもご存じでしょう。政府というものは、もしその国内で戦争を開く時には、居留地の居留民を統轄しているところの領事に通告を出さなければならないものなのです。しかるに、今日の場合、今まで何の通告も来ていません。またこの通告を出す場合には、居留地警衛の軍隊を出さなければならないのです。この二つの手続きがあってはじめて戦争をはじめられるのです。それらの手続きが一つもない以上、今日の日本は無政府の国であると、私は思わざるを得ないのです。ひそかに聞くところによれば、江戸に向って兵を進め、東海道軍とか、東山道軍《とうさんどうぐん》とか、何とか軍とか、いろいろ聞くが、政府から通告がないから、何が何だか、私には一向わからない。わからないから、兵庫《ひょうご》まで行けば大抵様子がわかるだろうと思って、私は先達《せんだつ》て自費を以《もっ》て船一艘《いっそう》を雇って、兵庫に聞きにつかわしたくらいである。またごらんの通り、この居留地には貴国からは警衛の兵も来ていない。しかるに、兵はどしどしくりこんで来る。これではいつどういうことが起るかわからないので、仕方なく、わが海軍兵を上陸させて居留地を守護させている。あの赤い軍服を着たものがそれである。こんな乱暴な国がどこにあるものか、見たことも、聞いたこともない」

と、散々な調子であった。

木梨も、渡辺も一言もないが、それでは使命の達成が出来ないので、ひたすらにわびておいて、また病院のことを頼むと、パークスは返事もせず、内へ入って、ドアをしめ切って、もう出て来ない。

パークスという男はこんな性癖がある。彼は日本に来る前、中国で長らく外交官をしていて、中国の官吏にたいしては紳士的態度より恫喝《どうかつ》が効果があると考えるようになって、日本に転任すると、このやり方を幕府役人に適用した。彼の最も信頼する書記官アーネスト・サトウは、長官のこのような手法に批判的で、時々は諫《いさ》めたらしいが、彼はなかなかやめなかった。いつも恫喝しつづけている間に怒りっぽい性質になってしまったのか、天性怒りっぽい人間だったので恫喝法を採用したのかわからないが、あつかいにくい、まことにいやな人柄《ひとがら》になってしまった。今もそのいやな人柄がむき出しに出たのであった。もっとも、この場合は大いに意識的に演出したのだろうが。

どうにもしかたがない。二人は悄然《しょうぜん》としてパークス邸を立出《たちい》でた。

相談の結果は、

「こんな風では、とても江戸打入りなどは出来ない。各国公使に大総督府から布告することが先決である」

ということになり、木梨を横浜にのこして、渡辺一人馬に乗って品川に飛んだ。

西郷・勝《かつ》の会見

一

渡辺清左衛門が品川に着いたのは午後二時頃《ごろ》であった。すぐ西郷の陣屋に行き、パークスとの応対のことを報告した。

西郷は愕然《がくぜん》としたと、後年、渡辺は語っている。それはそうだろう。パークスは列国の公使の中で、最も新政府に好意を持っている。とりわけ、薩摩《さつま》との交情は深いものがある。個人的にも、西郷とよく知っており、伏見《ふしみ》・鳥羽《とば》の戦争の負傷者の手当のために、医師ウリイスを派遣してくれたし、備前藩人が神戸《こうべ》事件を引きおこした時には、列国外交団にたいして新政府の取るべき方法などを教えてくれたのである。

そのパークスが打ってかわって、こんなきびしい、こんな冷たい態度に出たと聞いては、驚いたのは当然である。

だが、西郷は、忽《たちま》ちことの真相を見きわめた。英国は日本に内乱のつづくことを欲《ほっ》してはおらぬ、内乱がつづけば彼は貿易が出来なくなるからだ、人それぞれの国のためにすだ、英国の新政府や薩摩にたいする好意も、英国の利益に一致する場合に限るのだ、それを離れての好意を期待するのは、阿呆《あほう》の所為であると、気がついたのである。しかし、この際、最も強く西郷の心を打ったのは、「どこの国でも、恭順、すなわち降服している者にたいして攻撃を加えるということはないはずだ」というパークスのことばであったろう。

三年前、慶応元年のことだった。幕府は武田《たけだ》耕雲斎一味の降服者を最も惨酷《ざんこく》な刑罰に処し、うち助命にすることにした者を各藩あずけにし、薩摩にも何十人かをあずけることにして、それを引取りに来《こ》いと命じたことがある。その時、西郷は、「降服者を虐待《ぎゃくたい》する作法は薩摩の武士道にはござらん。よって、おことわり申す」と自ら筆をとって返書を書いてことわった（平凡社版大西郷文書集成一一六号）。幕府の武田等にたいする惨烈な待遇と処刑とに憤激したからである。

今、西郷はパークスのことばに脳天に鋭い一撃を受けたほどの思いがしたに相違ない。彼の慶喜《よしのぶ》にたいする強硬策は戦略的なもので、時機が来れば適当なものに切りかえるつもりで、すでに山岡《やまおか》を通じてその大略を幕府側に示してはいたのだが、この時顔色が変るほど驚いたのは、外国人から道義的なことで一本教示されたという驚きと恥《はず》かしさによるものであったろうと、ぼくには解釈されるのである。

「それはかえって幸せでごわした。このことはわたしから言うてやりましょう。なるほど、よか都合でごわすわい」

と言った。見るべし。西郷は、「それはかえって幸せでごわした」といっているのである。「かえって」という一語に、前述した西郷の複雑な心理がこめられていると、ぼくには思われるのである。渡辺は、この時の西郷のことを、こう言った時には、もう西郷の顔つきはそれほどまで心配しておらぬようであったといっている。渡辺は西郷の英雄的沈着を語ることとして、こう言ったのであろうが、西郷としては戦争は最悪の場合のことで、相手が勝や大久保（一翁《いちおう》）だから、八、九分までは戦争に至らずして収拾することが出来ると見通しているのだから、そう心配するはずはないのである。

それはそれとしておいて、この時官軍は江戸城総攻撃を三月十五日ときめて、十四日までに東海道軍は品川に、東山道軍《とうさんどうぐん》本隊は板橋に、その支隊は新宿に到着して、夜の明けるを待って一斉《いっせい》に市中に突入することと決定され、各隊に通牒《つうちょう》してあった。駿《すん》府《ぷ》に来た山岡鉄太郎に降伏恭順の条件を示してはあったが、それについては徳川方から何分《なにぶん》の表示があるべきであり、それがない以上、官軍としては既定の方針で軍を進めるのは戦さというものの鉄則であろう。

渡辺は西郷に言った。

「時に先生、総攻撃の日たる十五日はあと三日に迫っているのですが、英国公使の考えがこうであるとすれば、まことにこまったことになりはしませんか」

「私もそう思うております。しかし、勝安房《あわ》が急に私に会いたいと申しこんで来ていますが、これはきっと十五日の戦争をやめてくれというのじゃろうと思います。勝は実にこまっている様子でごわすが、今の英国公使の話を聞かせると、ちょっとこまったことになります。この話は伏せておいて、十五日の打入りをやめなければなりません」

二

西郷は、勝《かつ》にあてて、明日正午、高輪《たかなわ》の薩摩《さつま》屋敷で会おうという返事を書き送るとともに、その日新宿の内藤家《ないとうけ》の屋敷（信州高遠《たかとお》の内藤家の屋敷、今の新宿御苑《ぎょえん》にあった）に入る予定になっている東山道《とうさんどう》支隊をひきいる東山道先鋒《せんぽう》総督府参謀板垣《いたがき》退助と同内参謀河田佐久馬《さくま》（景与《かげとも》、鳥取藩人）とに手紙を書き送った。

いよいよご壮栄にてご進発のこと恐賀奉《たてまつ》ります。

甲府表ではお手柄でありました（勝沼で近藤勇《こんどういさみ》のひきいる甲陽鎮撫隊《ちんぶたい》を撃破潰散《かいさん》させたこと）由《よし》をうけたまわりまして、うれしいことでした。よほど官軍の勇気を増しまして、大慶に存じます。

さて、大総督府から江戸に打入りの期限をご布令になりまして、定めてご承知になっていることと存じますが、それまでに軽挙のことがあっては、厳に相済まないことです。静寛院宮《せいかんいんのみや》様のおんことについて田安家へお申し含めのこともあり、また勝・大久保（一翁《いちおう》）等《ら》の人々もぜひ道を立てようと、ひたすらに尽力しているということも聞いていますから、こんどのご親征が私闘のようになっては相済まず、玉石相混ぜざるおはからいもあるだろうと存じますれば、十五日以前には必ずお動き下さるまじく、合掌して頼みます。しぜん、ご承諾下さるであろうとは信じておりますが、遠くかけへだたっていますこと故《ゆえ》、事情が通じかねるだろうとも思いますので、余計なことながら、この段、ご注意をうながしておきます。恐惶謹言《きょうこうきんげん》。

三月十二日

西郷吉之助

乾《いぬい》退助様

川田佐久間様

板垣はこの戦争中、美濃《みの》の大垣《おおがき》で乾姓から先祖の姓板垣に復した。彼は甲州武田家《たけだけ》二十四将の板垣信形の子孫なのである。しかし、西郷はこの時までそれを知らなかったのだろう、旧によって乾と書いている。川田も河田が本当であり、佐久間も佐久馬が本当なのだが、この頃《ころ》の人は通じさえすれば、川でも河でも間でも馬でも、二郎でも次郎でも、そう気にしない、他人が気にしないばかりでなく、本人らも気にしなかったのである。

西郷のこの手紙は、十五日の総攻撃延期のことには触れていない。それが正式に決定されるのは十四日に勝と会見した時のことであるからである。しかし、この手紙から脈々として感ぜられるのは、西郷の平和的解決の希望である。この希望が万事打ちこわしになることを案じて、厳に戒めてやっていることがうかがわれるのである。

この十二日には、アーネスト・サトウが三日がかりの予定で、また情勢探索のために江戸に出ている。「慶喜《よしのぶ》に要求される条件は応諾可能のものだという予想のために、市中はずっと平静に帰している」と、サトウは江戸市内を観察している。「ずっと」というのは、この以前九日に探索に出て来た時よりはるかにの意味である。

しかし、彼の勝訪問は数日経《た》ってからのようである。彼の著書に記述してあることから判断すると、それは勝が西郷と会談して、恭順と降伏の諸条件について話し合った日以後でなければならず、また西郷が駿府《すんぷ》の大総督府に行き、さらに京都に上り、三月二十六日には帰って来ることを勝が知っていなければならないから、最も確実には三月二十日以後ということになろう。

三

明くれば十三日正午、勝《かつ》は高輪《たかなわ》の薩摩《さつま》屋敷に行った。

西郷と勝とは、四年前の元治《げんじ》元年九月十一日に、大坂の勝の旅館で初めて対面したのだが、その時から互いに満幅の敬意を抱き合っている。

勝の神戸《こうべ》海軍操練所が、幕府によって閉鎖しなければならず、彼自身も江戸にかえって役儀ご免、無役の身となって、ほとんど蟄居《ちっきょ》同様の身の上になったのは、それから二月《ふたつき》たたない時であった。その江戸引上げの時、勝が最も愛している弟子坂本龍馬《りょうま》とその子分らの身柄を依頼したのは西郷だったのである。しかし、その後二人は会う機会を持っていないから、その時からこんどはじめて会うわけであった。

再会の二人の間には四年の歳月が横たわっており、時勢の大変化があり、二人の地位の大転倒があり、勝にとっては最も愛する弟子であり、西郷にとっては最も親愛する友人であった坂本龍馬の功業と非業《ひごう》の死とがある。感慨は一方《ひとかた》ならぬものであったはずであるが、それを伝えるものは何ものこっていない。記録としては、勝の日記があり、また後年の談話があるが、いずれも最も簡潔に、最も無味乾燥に、西郷に面談した、この日は和宮《かずのみや》様のことだけを語ったと言っているだけである。

つまり、談判めいたことは全然なく、勝がひとり和宮様のことについて語っただけであったのだ。和宮様のことについては、かねて京都から勝に、お身の上に万一のことのないように取計《とりはから》うようにと言って来ているので、このことを語って、

「定めて、このことはご辺《へん》の方でもご承知のことでありましょうが、私においてたしかにお引受けしました。女性《にょしょう》おひとりを人質に取り申して、かれこれ申すような卑劣な根性はありません。このことについては、拙者がここで確かに保証をいたしておきますから、ご安心下さい。その他の談判は、いずれも明日参って申し上げましょう。

貴殿方においても、それまでに篤《とく》とご勘考しておいて下さい」

といい、明日、芝の田町の薩摩屋敷で会うことにして別れた。

これが両雄の第一回目の会見で、場所は高輪の薩摩屋敷であった。

翌十四日、勝は大久保一翁《いちおう》をはじめ諸有司と相談の上で、山岡《やまおか》が駿府《すんぷ》から持ちかえった恭順降伏条件の条々について、詮議《せんぎ》を凝らして、まとめ上げた嘆願書をたずさえて、芝田町の薩摩屋敷へ向った。

勝が後年、「氷川清話《ひかわせいわ》」で語っているところでは、羽織袴《はかま》の軽装で、馬上ただ一人の馬丁を従えていたといっているが、両人の談判を隣室から見ていた一人である渡辺清左衛門の追憶談では継上下姿《つぎかみしもすがた》であったという。どちらが正しいか、今となってはわからない。

その時、勝のたずさえた嘆願書の内容はこうだ。

一、慶喜《よしのぶ》は隠居の上、水戸表《みとおもて》へ慎みまかりあるようにしていただきとうございます。

二、城の明渡しのことについては、手続きがすんだら、即日田安家へお預け下さるようにしていただきとうございます。

三、四、軍艦・軍器のことについては、のこらず取納めておきまして、追って寛典のご処置を仰《おお》せつけられます節に、相当の員数をのこして、その余をお引き渡しいたすようにしていただきとうございます。

五、城内に住居している家臣共《ども》は城外へ引きうつり、慎みまかりあるようにいたしとうございます。

六、伏見《ふしみ》・鳥羽《とば》において慶喜の妄挙《もうきょ》を助けました者共のことにつきましては、格別のご憐憫《れんびん》をもって、ご寛典になし下され、一命にかかわるようなことはないようにしていただきとうございます。

但《ただ》し万石以上の者（大名）も、格別のご寛典を本則として、朝裁をもって仰せつけられるようにしていただきとうございます。

七、士民を鎮圧することは精々行きとどくようにいたします。万一暴挙いたす者があって、手にあまります時には、その節、改めてお願い申しますれば、官軍をもってご鎮圧下さるようにしていただきとうございます。

右の通り、きびしく取計いをいたすでございましょう。もっとも、寛典のご処置の次第を前もってお伺いしておきますれば、士民鎮圧の便宜にもなりますから、その辺をご高察下さいまして、ご寛典のご処置の趣きを心得のために伺いおきたくございます。

かなり虫のよい内容である。三、四が特にそうだ。しかし、徳川家が大名として存立を許される以上、その身代にふさわしい軍備を持つのは当然と思うのは道理であり、渡してしまえば優秀なものは返してくれないおそれがあるというので、こういう嘆願となったのであろう。

四

勝《かつ》が田町屋敷についた時、西郷はまだ来ていなかったので、彼は西郷にあてて、すでに到着したという手紙を書いた。

西郷はそれに返事を書いて、先《ま》ず届けさせた。

尊翰拝誦《そんかんはいしょう》仕《つかまつ》り候《そうろう》。陳《のぶ》れば唯今《ただいま》田町まで御来駕《ごらいが》なし下され候段、お知らせ下され、早速罷《まか》り出《い》で仕り候様に仕るべく候間、何とぞお待ち合せ下されたく、この旨《むね》お受けまでかくの如《ごと》くにござ候。頓首《とんしゅ》。

三月十四日　　　　　　　　西郷吉之助

安房守《あわのかみ》様

拝復

この手紙を勝が受取ってしばらくして、西郷が庭の方から来た。「古洋服に薩摩《さつま》風《ふう》の引き切り下駄《げた》をはいて、例の熊吉《くまきち》という忠僕《ちゅうぼく》ひとりを伴い、いかにも平気な顔色で出て来た」と、勝は追憶談している。

「これは遅刻しもして、失礼いたしもした」

と、西郷は鄭重《ていちょう》にあいさつして、座敷に通った。「おれが殊《こと》に感心したのは、西郷がおれにたいして、少しも戦勝者の威光で敗軍の将を軽蔑《けいべつ》する風の見えなかったことだ」と、勝は後に嘆称している。

西郷は相手に威張ったり、人を軽蔑したりしたことはかつてなかった人だ。彼は相手が弱者や敗者であれば、かえって礼を重んじ、鄭重に接することを心がけとした人である。これはぼくの管見にすぎないが、彼は自分の容貌《ようぼう》・体格があまりにも雄偉で立派であるために、人に威圧感をあたえることを用心していたのではないかと思うのである。弱者や敗者にたいしてとくに鄭重に接したというのも、平生道を歩くにも決して顔を上げ胸を張って堂々とした姿では歩かず、うつ向き勝ちに何か思うところありげな姿で歩いたというのも、こう考えると辻褄《つじつま》が合うと思うのである。

この時から十年後、西郷が城山で死んだ時、勝は亡友帖《ちょう》の中に、この時西郷のくれた返書を貼《は》りこんで、次の一文を書きそえた。

戊辰《ぼしん》三月、官軍の先鋒《せんぽう》品川に至り、十五日を期して侵撃の令ありと。同十四日、書を先鋒参謀に送り、一見を希《ねが》ふ。余高輪の薩邸に至る。時に君一僕を従へ、悠然《ゆうぜん》として到《いた》る。初め余を見て曰《いわ》く、時事此《ここ》に至る矣、君果して窘蹙《きんしゆく》するや否《いな》やと。余答へて曰く、今試みに君と地を易《か》へむ、然《しか》らざれば君詳悉《しょうしつ》する能《あた》はざるなりと。君、唖然《あくぜん》として絶倒す。

唖然は、ここではアクゼンとよむべきであろう。唖字はア・アクの二音がある。アゼンとよめば驚きあきれてあいた口がふさがらない様のことであり、アクゼンとよめば唖々《アクアク》と同義で、カラカラと笑う声を言うのである。絶倒はころがって笑うことを言う。大笑いをするのである。

つまり、西郷はやって来て、勝を見て、

「えらいことになりましたが、先生ほどの人でも少しはおこまりでしょうな」

と、冗談を言ったところ、勝は、

「貴殿と拙者と立場をかえて見ましょう。そしたら、よくわかりましょう」

と答えた。

西郷はからからと大笑いしたというのである。大事、談笑の間に成るという次第である。

これが十四日の会見の時であるとすれば、屋敷の所在がすでに田町を高輪《たかなわ》に誤っているが、その他《ほか》も勝の記憶は十三日の会見の時と十四日の会見の時とがこんがらがっているようである。勝のこの文章に記されたことも、十三日の会見の時のことか、十四日の会見の時のことか、正確にはわからないのである。

十四日の会見の時のことは、有名な話だけに、後年勝はよく人にたずねられて、いろいろな機会に話している。ある時はこう語っている。

「談判はただ一言で決した。おれの言うところを一々信用してくれて、その間一点の疑念も挟《はさ》まなかった。『色々むずかしい議論もありますが、私が一身にかけて、お引受けします』と、この一言で、江戸百万の生霊もその生命財産を保全し、徳川氏も滅亡《まぬ》を免かれた。もしこれが他人であったならば、やれ、貴様の言うことは自家撞着《どうちゃく》だの、言行不一致だの、あの沢山の兇徒《きょうと》が所々に屯集《とんしゅう》している様子を見ろ、恭順の実がどこにある、なんのかんのと言って責めるに違いない。そうなると、直《じき》に談判破裂だ。西郷はそんな野暮は言わない、その大局をとらえて、決断の確かなことには、感心してしまったよ。云々《うんぬん》」

しかし、「海舟日記」の、この年三月十四日の項を見ると、気分としてはそのように簡単でも、段取りは大分入りくんでいる。

西郷と会って、先《ま》ずたずさえて来た嘆願書を渡した。当然、一条目ごとに説明があったはずである。それは相当時間を食ったはずである。

そのあと、彼はかねて官軍参謀にさし出した書面（多分海江田武次《かいえだたけじ》にでもさし出したものであろう）の写しをふところにしていたので、それを出して西郷に見せた。それはこういうのだ。

昨年以来、上下公平一致ということが言いはやされていますが、現実にはその中に公平とはいいがたい小私があって、終《つい》に今日の変に及んでしまったのは、皇国に人物が乏しいからであります、なかんずく、伏見《ふしみ》の一件は、旧幕方が一、二の藩士

（西郷、大久保のことなどである）を目して、誤った考え方をしてしまったによって起ったのです。わが徳川家の最も恥ずる所であります。そのあげく、堂々たる天下がついに同胞相食《あいは》むことになろうとは、何という見苦しいことでありましょう。私共《ども》としましては、朝廷に忠諫《ちゅうかん》を奉《たてまつ》り、死をもって報い申すべきでありますが、すでに前に失敗していますし身としましては、何の面目あって、諫言申すことが出来ましょう。

しかるに、不日のうちに戦争がはじまり、数万の生霊が損ぜられんとしています。この戦いは、その名節《めいせつ》、その条理、決して正しいものではなく、各々《おのおの》私憤を包蔵しているものです。堂々たる男子の為《な》すべきことではありません。私共はよくこのことを存じているのですが、官軍が猛勢にして、白刃《はくじん》飛弾をもってみだりにかよわい士民をおびやかしているのに、こちらが全然それに応戦しないでは、無辜《むこ》の死者を益々《ますます》多くし、生民の塗炭の苦しみは益々大きくなるだろうと思うのです。

官軍、もし実に皇国に忠なるの志がおわすなら、よろしくその条理と事情を明らかにして、しかる後に一戦を試み給《たも》うべきであります。

私共もまた自らの正不正を顧みて、敢《あえ》て妄《みだ》りに軽挙はしますまい。ああ、わが主家の滅亡にあたって、名節、大条理を守って従容《しょうよう》として死につく者の一人もいないのは、千載の遺憾です。海外諸国の笑うところとなるのみでありましょう。私共はこのことによく気づいているのですが、どうすることも出来ず、共に殺されてしまうとは、肝に銘ずべき深い怨《うら》みです。日夜焦思して、ほとんど憤死する思いです。あわれ、この心中をご詳察下さるなら、召されよ。軍門に詣《いた》って、一言所存を申し上げましょう。幸いにして御熟思し給うならば、大にしては日本のため、小にしては徳川家のために大幸で、死するもなお生けるがごとくうれしいことであります。謹言。

辰《たつ》三月　　勝　安房

参謀軍門

この時期に、勝の官軍方面へ出した文章は皆そうだが、この文章にも、降伏者の勝利者にたいする哀願の調子は全然ない。むしろ抗議であり、教誨《きょうかい》であり、日本の幸福のために対策をよく我と商議せよと要求する、堂々たる調子のものである。これを読んで、西郷がどんな反応を示したかは、勝の日記にはしるされていない。

「いかにも」

というようなことを言って、微笑をふくんで勝の顔を見つめて説明を待ったと思われる。そのつもりで解釈すれば、日記にしるしてある次のことばが、その説明と受取れないことはない。

五

「わが徳川氏が大政を朝廷に返上しました上は、この江戸は皇国の首府であります。また徳川氏が数百万石の封地《ほうち》を持っていましたのは、これまで大政をおあずかりしていました幕府の入費にあてるためでありました。この二つは、大政の返上とともに、当然その処置を朝廷にお伺いすべきものでありましょう。鎖国の時代は別としまして、開国して外国との交際がはじまりましてからは、幕府において講ずる政治は決して徳川氏のためばかりのものではなく、皇国一般のためのものでありました。日本が日本だけのことでなく、世界の中の日本であることが切実になった今日では、内乱のために国をほろぼした印度《インド》、内乱のために外国に乗ぜられて地を削られた支那《しな》のことを、よくよく考えないわけにまいりません。今日、皇国の首都たる江戸にいながら、わが家の興廃を憂《うれ》えるだけで戦争などして、わが国民を殺すようなことを、わが主人がどうしていたしましょう。主人のひたすらに願っているのは、朝廷のご処置の至公至当なるを仰ぐを得ることであります。さすれば、上は天意に応ずることでありますから、これより朝威は興起し給《たも》うであろうし、民またこのように皇化の正しきを拝するなら、全国響きのものに応ずるように、忽《たちま》ちの間に靡《なび》くでありましょうし、列国はこれを聞いて、わが国にたいして信用を一時に改め、益々《ますます》和信の心を堅固にするであろうからであります。主人慶喜《よしのぶ》はこのことのみを考え、わたくし共《ども》臣下もまたおこたらず思いつづけているのであります」

と、勝《かつ》は言った。これは慶喜の目下の心境の説明であり、嘆願書の各条々の説明についての、いわばしめくくり的総論であったといってよかろう。これにたいして、西郷は、

「私ひとりでは、今日これらを決することは出来ませんから、明日出立して、総督府に行って言上して、ご指揮を仰いでまいりましょう。明日は進撃の予定になっていますから、とりあえず中止させます」

といって、左右の隊長らに命令を下して、従容《しょうよう》として別れ去ったと、勝は日記に書き、その次にこう賛語している。

「これを以《もっ》ても、西郷の傑出果決を見ることが出来る。ああ、伏見《ふしみ》の一挙は、我《われ》過激

にして早まって事をおこし、天下の人心の向背を察せずして、一敗地にまみれ、天下洶々《きようきよう》として定まらぬこととなった。薩藩《さつぱん》の一、二の小臣（西郷・大久保）は、上は天子を擁し、列藩に令し、師を出すこと迅速、猛虎《もうこ》の群羊を駆るようである。何たる智謀《ちぼう》たくましき英雄のふるまいぞ」

この会見には渡辺清左衛門が隣室で、村田新八、中村半次郎らと傍聴していて、それを後年史談会で語っているが、それは勝の追憶談とも、日記の記述ともかなりに違っている。勝のその日の服装が羽織袴《はかま》ではなく、継上下《つぎかみしも》であったというのが、すでに違っていることはもう書いた。継上下は肩衣《かたぎぬ》と袴とが違った生地《きじ》や染色でこしらえてあるものである。上下《かみしも》は上下ともに同じ染色、同じ織のものが正式で、継上下は略式のものである。

さて、渡辺の話によると、勝は言ったという。

「徳川慶喜の恭順ということは、すでにご承知になっていなければならぬと思います。十分なる余力がありましたのに、大坂城を引払って江戸に帰ったというのが、すでに事実上恭順の大意を達するつもりの精神であります。我々もまたそのような考えで、慶喜の命により、どこまでも恭順ということでやっているのです。つきましては、願わくは箱根以西に兵を留《とど》めていただきませんと、この江戸の多数の旗本や譜代の藩々の状況から言いましても、どのように湧《わ》き立つかも知れないと考えまして、私共《ども》はお願いを申し上げました。しかし、唯今では箱根をこえてこちらにくりこんでまいられました。私共は鎮撫《ちんぶ》のために一命をなげうってつとめているのです。何としてでも、恭順の意をつらぬこうと思いつめています。しかるに、ひそかに聞きますれば、官軍には明日江戸城を総攻撃なさるご予定とのこと、それはどうしてもお見合せ願わなければなりません。拙者は嘆願とともに、そのお願いのために参ったのです」

これにたいして、西郷は言ったという。

「恭順とあるなら、恭順の実をあげてもらいたいのです」

「大総督のご命令に従って、引きこもって謹慎すればよいと仰《お》っしゃるのでありますか」

「そうです」

「そういたしています。上野大慈院にずっと蟄居《ちっきょ》謹慎しているのです。それでよろしいか」

「上野でも、その他でも、ふさわしいところなら、ご勝手でごわす」

これで慶喜の恭順のことはすんで、城受取りの話になって、西郷は言ったという。

「江戸城の受取りでごわすが、すぐお渡し願えますかな」

「すぐお渡ししましょう」

「兵器弾薬などは」

「これもお渡し申しましょう」

「軍艦は？」

「これはちょっと面倒です。陸兵のことなら、それは拙者の管轄《かんかつ》ですが、軍艦はどうも思うにまかせません。というのは、実際において、軍艦のことを取扱っているのは榎本和泉《えのもといずみ》（武揚《たけあき》）です。この榎本釜次郎《かまじろう》という男は、我々と一々同意であるとは申し上げかねるからです。しかし、今ここで官軍にたいして粗暴なふるまいをするというようなところは見えません。本人にもその意はないと信じます。しかし、軍艦の受渡しのことは、ここで私はお請合《うけあ》いすることは出来ません」

勝のことばはまことに正直であった。相手が西郷だから、かれこれつくろう必要はないと思ったのであろう。西郷もまたそれに立腹するようなわからずやではない。黙ってうなずいて聞いている。

勝はつづける。

「もちろん、江戸城もお引渡しせねばならず、弾薬も差出さなければなりませんが、よくよく私共の心底をお察し下さい。一口に旗本八万騎と申しますが、このほかに伝習隊その他の近年とり立ての兵も莫大《ばくだい》な数があります。またこれに準ずる各藩の兵もそれぞれあります。今日江戸の混雑というものは、実に容易ならぬもので、拙者も殺されようとしたことが、すでに数度あります。朝廷のおんためにに尽すのですから、身命は少しも惜しむところではありませんが、今死にますと、徳川家はどうなるであろうと、不安にたえないのです。大久保一翁《いちおう》はじめ皆私と同様の考えであります。こう申し上げますと、拙者はあるいは諸君からお疑いを受けるかも知れませんが、その疑いはすでに拙者はわが幕府の重役その他からも受けているのです。両者の疑いの間にはさまっている拙者であり、またその間に挟《はさ》まって誠意を尽そうとしている慶喜なのであります。今日では慶喜といえども、命令を出しましても、その通りに従わせることは出来ない形勢なのです。だのに、官軍では明日兵を動かして江戸城を総攻撃しようとなさる。必ず何らかの変動がおこり、慶喜の精神が水泡《すいほう》に帰するばかりでなく、江戸はいうまでもなく、天下の大動乱となることは明らかであります」

　勝のことばの最後のくだりは、実におそろしい威迫に満ちたことばであった。そうなった場合には、勝の命令一下、江戸中のナラズモノらがそれぞれに放火して、官軍を江戸の町とともに灰燼《かいじん》にしてしまうということを言っているのである。はたして西郷にそれが読みとれたかどうか。西郷は依然ににこして聞いているだけである。

勝は自分の長広舌に結びをつける。

「西郷殿にはかねてまた申し上げたことがありますから、大抵ご諒察《りようさつ》のことと思います。ともかくも、明日の戦争はやめていただかなければなりません」

勝がここに言う「かねて申し上げたこと」というのは何であろうか。山岡《やまおか》が駿府《すんぷ》に持参した手紙の文面のことであろうか。駿府で西郷が各隊長らに怒りの色とともに示したというあの書面のことであろうか。多分後者であろう。

とすれば、榎本釜次郎が掌握している十二隻《せき》の軍艦は、勝の自由にもならず、慶喜の統制も及ばぬというのであるから、官軍としてはゆゆしい脅威になるはずである。一言も軍艦などのことは言わずに、西郷をおどかしている勝もうまいものだが、春風に吹かれているような顔で、とぼけて次のように言う西郷もなかなかの役者ぶりといえよう。

「官軍の先鋒隊《せんぽうたい》は拙者の指揮下にありますから、攻撃中止にすることは出来ます。新宿からする東山道軍《とうさんどうぐん》支隊も、板橋からする東山道軍本隊も、連絡すればとめることが出来ましょう。しかし、先生は拙者がこれだけのことをした場合、どうして下さいますかな」

「そうしていただけばまことに大慶です。拙者は直ちに慶喜のところへ帰り、その号令をもって早々鎮撫して、必ず官軍に向って粗暴なふるまいをしてはならぬということを、厳重に達するつもりでいます」

「それはもちろんそうしていただかなければなりませんが、先《ま》ず第一に城、兵隊、兵器を渡してもらわねばなりません。それをぜひ急にしてもらわねばなりません」

「それは暫《しばら》く待っていただきとうござる。そのことはまことに困難なのです。内情をよく考えていただきたい。今日もし卒然としてその令を出しましたなら、慶喜が擒《とりこ》になるかも知れません。我々も真先にいのちを取られるでありましょう。いのちは惜しむところではござらんが、そうなれば徳川家三百年の功績も消えて、天地にたいして申訳なく、また朝廷にたいして大罪を蒙《こうむ》ることになりますから、唯今のところはただ鎮撫するというだけにとどめておいて下さい。あとはまたあとでいかようともいたしましょうから」

「そういう都合なら、よろしゅうごわす。そのつもりをもって慶喜殿も降伏なさるように。どこまでもその方針をもってご鎮定なさるがよろしい。こちらは恭順がどれくらい出来なさるか、見ましょう。それでは、明日の攻撃はやめましょう」

以上は渡辺清左衛門が史談会で語った両雄の問答であるが、これを勝の十四日の日記に記すところとくらべれば、繁簡のちがいはあるが同一根であることがたどれる。勝の日記は自らの心覚えのためのものであるから、うんと整理して、極度に省略した要領を記すにとどめたものであろう。

こうして談判がすんで、西郷は隣室の村田新八、中村半次郎の二人を呼んで、進撃中止の命令を出すように命じ、あとは昔話などしていたという。「従容として大事の前に横たわるを知らない有様は、おれもほとほと感心した」と勝は後日談している。

この攻撃中止の命令は、この時点では、明日に予定されていた総攻撃を一時とりあえず延期するという建前で出されたのだが、ついに永久のものとなり、江戸は焼土となることをまぬかれ、百万の住民は安全であることが出来たのであった。

この談判を、勝は後年、これは相手が西郷であったから出来た。他の人ならこちらの言葉の些少《さしよう》の矛盾や小事に拘泥《こうでい》して、こうは行かなかったろうと言っている。ここで、勝の当時の人物評を紹介する必要があろう。彼は「氷川清話《ひかわせいわ》」で、大久保利通《としみち》の事を、

「大久保は西郷の実に漠然《ばくぜん》たるに反して、実に截然《せつぜん》としていたよ。江戸開城の時、西郷は、『どうかよろしく頼みます。後の処置は勝さんが何とかなさるだろう』と

いって、江戸を去ってしまったが、大久保なら、これはかく、あれはかくと、それぞれ談判しておくだろうさ。しかし考えてみると、西郷と大久保の優劣はここにあるのだよ。西郷の天分がきわめて高い理由はここにあるのだよ」

といっており、木戸孝允《たかよし》のことを、

「木戸松菊は西郷などにくらべると、非常に小さい。しかし綿密な男さ。使い所によっては、ずいぶん使えるやつだった。あまり用心しすぎるので、とても大きな事には向かないがのう」

といっている。この人物評によると、同じく維新の三傑といわれていても、この二人はこの際の談判相手としては皆落第ということになろう。たとえ彼らがパークスが官軍の慶喜征伐や江戸進撃にたいして異議を持っているという情報を知っていてもだ。もちろん、中止命令は出されただろう。出さざるを得ない場になっているのだから。しかし、当時の人にも、後世の人にも、仰いで嘆称せざるを得ないような、こんな見事さには行かなかったろう。西郷という千両役者、勝という千両役者によって、はじめて演出された、最も見事な歴史場面だったといってよいであろう。

西郷と勝《かつ》に対する諸藩兵の不平

一

芝田町の薩摩《さつま》屋敷での西郷との会見をすませた勝《かつ》は、城に向ったが、途中日が暮れかかって来た。

赤羽橋まで来た時であった、一発の銃声とともに銃丸が小鬢《こびん》をかすめて飛びすぎた。はっと思った時、また一発、さらにまた一発。それっきりで、あとは絶えた。都合三発、狙撃《そげき》されたのであった。

当時の旧幕府にはなお十分な戦力がある。それを勝が一意恭順・降伏に持ってゆくというので、徳川家の臣らは勝のことを、「譜代の主家をあやまる臆病《おくびよう》武士」と見るのが常識であった。だから、暗殺の危険にあうことはしょっちゅうであった。この狙撃も幕府側の者のしわざであろうと思われるが、ひょっとすると総攻撃の中止を憤《いきどお》る官軍側の者のしわざだったかも知れない。当時の勝は四面楚歌《そか》、徳川方からも官軍側からも狙《ねら》われる立場にあったのである。

「女房《にようぼう》までおれの心がわからなかったよ」と、後年彼は「氷川清話《ひかわせいわ》」で言っている。

官軍側の憤りといえば、東山道軍《とうさんどうぐん》支隊をひきいて新宿まで来ていた板垣《いたがき》退助は、明日にせまった総攻撃の中止命令を受取ると、猛烈に立腹した。

板垣は、維新戦争が片付くと、軍人から政治家に転身したが、彼の本質は軍人である。軍人としては、彼は最もすぐれた素質を持っていたが、政治家向きではないのである。軍人向きである彼が、向きでない政治家に転身したのは、明治初年における各藩の勢力の割りふりによる。最初に明治政府が近代軍制を定めた時、西郷が陸軍元帥《げんすい》(後世の元帥と違う。陸軍総帥の意)・近衛《このえ》都督になり、山縣有朋《やまがたありとも》が陸軍少輔《しようゆう》、川村純義《すみよし》が海軍少輔になっている。これは薩長《さつちよう》両藩の勢力や功績に、それぞれの人の功績を商量してきめたので、当時としては大いに考えた人事であったに相違ない。ところが、閲歴からいっても、維新戦争における戦功から言っても、板垣を山縣の下位におくわけにいかない。ただ藩の兵力と軍事の功績が、土佐藩ははるかに長州藩におとるので、板垣を軍事面からはずして、参議としたというわけであろう。

土佐藩は藩祖山内一豊《やまのうちかずとよ》が関ヶ原戦役後の行賞で遠州掛川《かけがわ》六万石から一躍土佐二十四

万石に大増封《だいぞうほう》されたことを無上の恩義として、外様藩《とざまはん》ながら准《じゅん》譜代の心となり、幕末のけわしい時代となっても徳川家にたいする忠誠心を捨てることが出来ず、藩内の郷士階級（皆旧長曽我部《ちょうそかべ》氏の遺臣の子孫だ）が勤王化したのに、藩主を中心とする上士階級は強烈なくらい佐幕的で、藩内の勤王派を圧迫迫害しつづけた。はじめ板垣もその一人であったが、やがて熱心な勤王討幕論者となり、藩命によって西洋式兵学を学ぶために江戸に遊学すると、やがての討幕の際の用意に、熱心に江戸の地理を研究したのであった。

だから、江戸城総攻撃については自信もあり、従って大いに張り切ってもいたのに、突然中止となったので、憤懣《ふんまん》のやり場がない。新宿から本営のある池上《いけがみ》の本門寺まで出かけて行って、西郷に抗議した。西郷は小面倒な議論はしない。ただパークスの意向だけを語って、暫《しばら》く見合せなければならないと言って、板垣を納得させた。

勝が城に帰りついたのは、すでに午後八時頃《ごろ》であった。田安慶頼《よしより》をはじめ、高級の諸有司は皆玄関まで出て、いかにも勝の帰りを待ちわびている風であった。

勝は大声で、

「明日の進撃のことは中止の約束をとりつけてまいりました。西郷参謀が大総督宮に申し上げるために、駿府《すんぷ》まで行くとのことです」

と呼ばわった。

すると、寂《せき》と静まっていた人々が、一斉《いっせい》にほっと溜息《ためいき》をついた。「予がこの言を聞いて、一歎《いったん》の声あり。実に予が肺腑《はいふ》に透《とお》り、貫くが如《ごと》し」と、勝は「解難録」に記述している。さぞかしそうであったろうと、情景見るようである。

二

この翌日の三月十五日、西郷は江戸を出発して、翌十六日に駿府《すんぷ》に到着した。

去年の暮、薩摩《さつま》屋敷の焼打があった時、江戸角力《ずもう》の横綱陣幕久五郎は薩摩藩の抱え力士である恩義を重んじて、東海道を駆け上って京藩邸に注進した。情報はずっと前に書いた通り他《ほか》から入ったので、陣幕の注進は大分おくれたものにはなったが、薩摩藩としてはその志は十分に買い、十分に感謝した。陣幕はなお薩摩藩に忠勤を抽《ぬき》んで、自らの乗物を西郷の乗物に提供した。力士なみの体格の西郷にしてみれば、これは有《あり》難《がた》かったに相違ない。好意を受けて、それを用いて東海道を上下したという。おそらく普通の駕籠《かご》の二倍くらいの人数で舁《か》かせたのであろう。

駿府につくと、大総督・有栖川宮熾仁親王《ありすがわのみやたるひとしんのう》に謁《えつ》して報告し、諸参謀に会って合議した上で、宮のお許しを受けて、その日のうちに京都に向って立った。

西郷は十九日にはもう京都につき、二十日には太政官代《だじょうかんだい》のおかれている二条城に出頭している。西郷はあの体格でありながら、平生狩猟や山歩きで鍛錬《たんれん》しているため、足はずいぶん速かったというが、この場合は陣幕から借りた乗物のせいだったろう。

勝《かつ》から差出された嘆願書を太政官代に提出して、詮議《せんぎ》を願った。大総督府の意見を述べたことはいうまでもない。

西郷ののべたその大総督府の意見は、慶喜《よしのぶ》の恭順謹慎はまことに実がある故《ゆえ》、この嘆願はこのままご允許《いんきょ》あってよろしいと思うというのであった。くりかえし説いて来たように、元来、彼は東征出発以前からその考えを持っており、厳格なことを声言《せいげん》していたのは、革命政府の権威を立てるための政治的必要によってのことだったのだから、ここまで推しつめて来た以上は、予定の筋書によって寛典説を出すのは当然のことであった。これにたいしては、もちろん、大久保も岩倉も同意した。

多数の人の中には異議のある人々もあったろうと思われるが、そういう人々も、パークスによって、こういう際における文明国の慣例を教示されたとあっては、考え直す気になったろう。明治の中期、清国《しんこく》との戦争に勝ち、ロシアとの戦争に勝つことの出来た頃《ころ》から、日本人は次第に傲慢《ごうまん》になって、ややもすれば固有の美風といい立て、日本の特殊風俗、特殊習慣、特殊信仰、特殊道徳を誇る観念が出て来たが、幕末・維新頃の一流の志士らは何事においても日本が世界なみでないことを恥じて、肩身せまく思っていた。そうでないのは、狂的に偏狭な国粋主義者だけであった。一流の志士らが幕府の存在を恥じたのも、一国に両主あるのは世間なみでない特殊なことだったからである。慶喜の処分においても、文明国なみの処分法をパークスに教えられたと人々は受取ったと思ってよい。現代の人は英国の干渉がこわかったのだと考えたがるが、決してそれだけではない。この時期の一流の志士らのことを念入りに調べてみると、何事においても、日本を早く列国なみにしたいと考えていたことがわかるのである。

二十日の夜半には、朝議は西郷の意見を通すことになって、決議に達したが、二十一日は天皇が御親征の名目で大坂に行幸ご発輦《はつれん》なさる日なので、西郷もその日は京都にとどまってご発輦をお見送りし、翌二十二日、東帰の途についた。

西郷のたずさえてかえる宸裁案《しんさいあん》はこうであった。

一、謝罪の実効が立った上は、深厚の思召《おぼしめ》しをもって死一等を宥《なだ》められるから、願いの通り水戸表に謹慎することをおゆるしになる。
二、城明渡しの手続きがすんだら、城は田安家へお預け願いたいとのことは、大総督宮の思召し次第にまかせる。
三、四、軍艦と銃砲については、一旦《いったん》のこらず取りおさめる。武器庫も引渡せ。処置がついた上で、相当の員数を返してやる。
五、城内居住の家臣らが城外に移って慎みまかりありたいとのことは、書面通りに許す。
六、慶喜に寛典を仰《おお》せつけられたのであるから、伏見《ふしみ》でその妄動《もうどう》を助けた者共《ども》も、願い通り、格別の寛典をもって死一等を減じて、しかるべく処置せよ。（以上は幕臣の旗本のことについての処置命令で、即《すなわ》ち徳川氏自ら処罰せよといっているのである）
万石以上の者（即ち譜代大名のことだ）は、寛典を本則として、願いの通り朝裁で仰せつける。しかし、会津と桑名には問罪の兵をさし向けられる。降伏すれば相当のご処置ですむが、抗戦すれば屠滅《とめつ》されると心得よ。（このうち桑名藩主松平定敬《さだあき》は慶喜とともに江戸に逃れて来、さらに会津に行って抗戦するのだが、

桑名藩そのものはずっと前に降伏しているから、桑名にかぎって言えば、松平定敬個人にたいする警告といえる）

七、士民鎮定のことについては、願いの通りでよろしい。

つまり、勝が差出した嘆願書の条目はほとんど全部が聴許されたのである。わずかに、三・四項目の軍艦・武器に関することがちがう。勝の要求では徳川家の方でのこらず取納めておいて、寛典の御処置を仰せつけられた後、相当な員数をのこしておいて、その余をお引渡ししたいというのであるが、朝廷側では一旦のこらず引渡せ、しかる後に相当員数を返してやるというのである。

征討軍出陣の際の意気込みにくらべると、驚くほど寛大なこの朝廷の処置について、いろいろなことが取沙汰《とりざた》された。

その一つにこういうのがある。木戸準一郎（孝允《たかよし》）は国許《くにもと》にいて藩政の局にいたが、朝廷に徴《め》されて、正月二十一日に出京して、太政官代総裁局顧問になっていた。彼は薩摩藩が慶喜にたいして厳刻な処分に及ぶつもりでいると聞いて、大いに寛典を主張しようと心組んでいたところ、西郷が関東から来て、慶喜は大逆無道ではあるが、死一等を宥むべきかの語気あるに乗じ、大議論を発して、そのおかげで至極寛大なご処置となった、徳川公の死を免かれた幸福は木戸のお蔭《かげ》であるという説。これは越前藩《えちぜんはん》の中根雪江が「戊辰《ぼしん》日記」に、主人春嶽《しゅんがく》が山内《やまのうち》容堂から聞いたこととして記録していることである。

木戸が寛典説に賛成したことは事実であろうとは思うが、それによってことが決定したとすべきではない。それはこの問題についてずっと追跡をつづけて来た我々には十分にわかっていることで、改めて説明するまでもないが、問題はどうしてこういう噂《うわさ》が発生し、相当な人々にまで信ぜられたかである。

それはきっと、西郷が征途に上る前から慶喜の大逆無道を鳴らし、極刑をもって臨まなければ大義名分が立たないと言いつづけ、山岡《やまおか》と会った後にも言いつづけ、そして勝との会見にまで至った、そのことが英雄人をあざむく演出であることに気づかず、真向《まっこう》正直に信じつづけたためであろう。

維新史を、真に精細に、人情の機微にまで立ち入って調べたことのある者なら、形勢逆転して、薩・長側が勝者にまわってから、幕府方にたいして復讐憎悪《ふくしゅうぞうお》の感情をもって臨んだのは長州であり、薩摩は常に一脈の温情を底にたたえていたことに気づくはずである。近藤勇《こんどういさみ》すら、薩摩人はこれを助けようと主張したのである。榎本武揚《えのもとたけあき》ら五稜郭《ごりょうかく》の降将らが助命されたのは、薩摩人黒田清隆《きよたか》の熱心で根気よい努力による。

会津人には、現代に至るまで、戊辰戦争の時の怨恨《えんこん》を忘れない人があるが、その人々が口をそろえて言うことは、薩・長・土いずれも憎いが、それでも薩摩人はまだよかった、土佐人もそれほどとは思わない、憎いのは長州人であったというのである。

長州人の方からいえば、幕府方を恨むべき重々の理由があったのだ。最も古い理由は関ヶ原役だ。あの敗戦で毛利氏は百二十万石から三十六万九千石に叩《たた》きおとされてしまった。あの時、毛利氏は関ヶ原に兵をくり出しはしたものの、一族である吉川広家《きつかわひろいえ》が東軍と密約して、合戦がはじまっても傍観して加入しないということにし、高い山の上に布陣して、この約束を守り通したにもかかわらず、戦後家康《いえやす》は毛利氏の領土を三分の一以下に削った。殿様の身代が三分の一弱になることは家臣の身代も三分の一弱になることだ。貧乏するたびに、徳川氏のあの不信義がなかったら、わが家の今日の貧苦はないのだと怨恨は研ぎすまされずにはいない。その上、近年では文久三年秋の政変で京都政界から追いおとされたこと、翌元治《げんじ》元年の蛤御門《はまぐりごもん》の戦い以来、長州人は藩侯は勅勘の身となり、藩士らは京に上ることを許されず、上っていることが見つかれば新選組や見廻組《みまわりぐみ》が容赦なく斬《き》った。最後には再度にわたって幕府から征伐を受けた。古い恨み、新しい恨み、骨髄に徹するものがあるのは、むしろ当然であろう。

木戸がもしこれらの深いうらみを忘れて、寛典に賛成したとするならば、その高義はまことに讃《たた》うべきであるが、この場合、木戸によって寛典が成立したとは思われないのである。

ついでながら、薩摩が幕府にたいして常に一抹《いちまつ》の温情をたたえていたというのは、降伏者にたいする薩摩人の古来のエチケットにもよるが、この場合は、薩摩は藩としては幕府にたいしてうらむべきことが一つもなかったからでもある。世間ではよく関ヶ原役における敗戦のことを言うが、薩摩はあの敗戦によって一合の土地も削られていないのである。西軍に所属した大名でそんな例は一つもないのである。関ヶ原役の日を記念して青少年らが当時の主将島津義弘《よしひろ》の廟所《びようしよ》参《まい》りを徹夜歩行で行う行事が「妙円寺詣《まい》り」とて行われているが、これは当時の戦士らの勇戦壮烈を偲《しの》んで自らの修養に資するためにしたもので、徳川家にたいする怨恨を研ぎすますためのものではなかった。幕末・維新時代にも、薩摩藩はずっと日当りよく歩きつづけている。むしろ、幕府の方こそ薩摩をうらむべきで（慶喜など生涯《しようがい》心中含んでいたようである）、薩摩の方からうらむはずはないのである。一脈の温情くらいたたえて接しなければ、人間とはいわれまい。

三

西郷は二十五日に駿府《すんぷ》につき、大総督宮に拝謁《はいえつ》して報告し、大総督府の人々に宸裁《しんさい》案《あん》を披露《ひろう》し、今後の軍務、とりわけ江戸城受取りのことを協議した。

この際、宸裁案の第二条の江戸城受取りの後、城は田安家にあずけてほしいとの嘆願は、総督宮の思召《おぼしめ》しで拒否して、もとにかえして、「尾州家《びしゅうけ》にあずける」とされた。総督宮の思召しできめるということになっているのだから、それでよいわけではあるが、田安家ではなぜいけず、尾州家ならなぜよいのかわからない。あるいは、尾州家は三家の一つでありながら勤王心の深い家がらで、この時勢のはじめから朝廷に心を帰していたので、公卿《くげ》さん達《たち》の心証がよく、

「尾州家でよいやごわへんか。田安家にあずけるいうことになると、あんまり向うの言うままになるようで、つけ上りよりまっせ」

というようなことを、公卿出身の参謀らが主張したのかも知れない。

第六条の「会津と桑名」とある以下の文章は削った。桑名はすでに開城しており、会津もこれを刺戟《しげき》するようなことは避けた方がよいというのであったろう。

西郷はまた東に向い、途中先鋒《せんぽう》総督橋本実梁《さねやな》に追いついて報告して、二十八日に池上本門寺の先鋒本営に入った。

橋本総督はおくれて、四月一日に、本門寺に到着している。

翌二日、西郷は橋本総督、柳原前光《さきみつ》副総督、先鋒総督府参謀木梨《きなし》精一郎、同海江田《かいえだ》武次《たけじ》らに集まってもらって、江戸城受取りについての会議をひらき、勅裁の趣きを四日に徳川方に達することを決定した。柳原副総督と海江田参謀とは、東海道方面から途中甲州方面に入り、この時、会したのであった。

西郷の江戸帰着以前の三月十八日に、東山道《とうさんどう》先鋒総督岩倉具定《ともさだ》が江戸に入って、市《いち》ヶ谷《や》の尾州藩邸を本陣とし、二十六日には東海道先鋒総督の先手《さきて》が芝の増上寺に到着し、つづいて北陸先鋒隊の一部が千住《せんじゅ》に着き、海軍先鋒総督の前侍従大原俊実《としざね》も、佐賀藩の軍艦で横浜へ入港していた。

演劇や映画では、当時の官軍を表示するのに肩先に錦片《きんぎれ》をつけさせることを常套《じょうとう》にしているが、この頃《ころ》まで錦片はまだ全軍に行きわたってはいなかった。すでにもらっていたものも、行軍の途中で後方から送って来たものをもらったのであった。頭に犛《ぼう》牛《ぎゅう》(からうし)の毛の帽子をかぶらせることも芝居や映画では常套の官軍将士の服装だが、これはまだ誰《だれ》もかぶっていなかった。これは江戸開城があった後、徳川家の倉庫にごく多量に犛牛の毛が貯蔵されていることを官軍が見て、薩摩《さつま》隊《たい》に黒色の毛、長州隊に白色の毛、土佐隊に赤色の毛を配分して、帽子を製造したのである。

戦国の頃、徳川氏の武士達《たち》は犛牛の毛が特に好きで、これを装した冑《かぶと》を着用する者が多かった。その頃の歌に、「徳川に過ぎたるものがふたつある唐《から》のかしらに本多平八」というのがあるが、唐のかしらというのはこのカラウシの毛を装した冑である。本多平八郎忠勝の冑はそれで特に有名であるが、忠勝だけでなく、多数の武士らがそういう冑をかぶっての戦場での武者ぶりがなかなか見事だったのであろう。家中《かちゅう》の武士らの好みからだろう、徳川家自身がカラウシの輸入につとめて、多量に貯蔵していたのが伝えられて維新時代に至ったのであろう。こんな次第だから、官軍の将士らにあの毛帽子を江戸開城以前に着用させては、考証的には誤っているのである。彰義隊戦争の頃にはもうあってもかまわない。

四

西郷の不在の間の江戸の情況と勝《かつ》の苦心について触れる必要があるようである。

西郷と勝とが談笑裡《り》に大事を決定し、江戸が焦土となることから救い、百万の生霊を安全ならしめたことは、維新史上の最も見事な一齣《ひとこま》であるばかりでなく、日本史上においても比類のないほどの美しい事件であるが、それはある時間がたって、人々が冷静を回復してから感ぜられることで、その当座においては、必ずしも美事《びじ》とは考えられなかった。一般庶民の感情はそうでもなかったろうが、官軍の将兵も、徳川家の家臣及びこれに類する人々も、かえって憤《いきどお》りを持っていた。

官軍の将兵は明日は総攻撃と張り切っていたところを、いきなり、改めて通告するまで延期といわれて、拍子ぬけして失望したのである。薩摩勢《さつまぜい》は西郷に心服しているから、格別なことはなかったが、それでも心中では不満がなかったろうとは思われない。土佐勢は東山道先鋒《とうさんどうせんぽう》総督府参謀板垣《いたがき》退助が憤懣《ふんまん》やる方なく、本門寺の本堂へ乗りこんで来て、西郷に不平を言い、パークスのことを話されてなだめられたことはすでに書いたが、長州勢にもまた不平があったのである。

長州人で木原又右衛門という者は、東山道軍の将校の一人として東下したが、長州人から代表者として選ばれて、三月二十七日江戸を出発し、四月二日に京都につき、あるいは木戸に、あるいは岩倉に会って、西郷の突然の総攻撃中止が納得出来ないことをはじめとして、薩摩兵のふるまいが驕傲《きょうごう》で、ややもすれば他を凌《しの》ぐ気味があり、大総督宮の命をも重んじない様子があってこまる、勝安房《あわ》などの交渉ぶりも薩摩だけを相手に進めているという噂《うわさ》がある、かれこれ、早く朝廷からご訓戒ありたいというようなことを訴えたので、岩倉も木戸も心配して、大久保一蔵にこのことを告げて、「これらの話には見聞のあやまりもあろうし、諸藩の嫉妬《しっと》やひがみによる説もあると思われるが、戦勝によって若い兵士らの意気が昂《あが》りすぎるということは往々にあるものだから、よくご訓戒ありたい。何にしても、こんなことから薩・長が離間されるようなことがあってはならない。両藩は朝廷の柱石としてあくまでも親睦《しんぼく》せねばならないのだから」

と語った。

大久保は吉井幸輔《よしいこうすけ》と相談して、得能良介《とくのうりようすけ》を江戸にさし下している（大久保手記・大久保日記）。つまり、西郷と勝との談合は東征中の長州兵にも好感をもって迎えられず、ある種の疑惑をもって見られていたのである。

東征軍の中には、薩・長・土藩兵のほかに多数の藩兵らがいる。この藩兵らは別に戦争したいとは思わなかったろうから別であるが、長州兵も、土佐兵も、不平満々で、一種の疑惑感すら抱いており、薩摩兵もまた心中では決してよろこんではいなかったというのが実情であったのである。

しからば、幕府方はどうであったかといえば、これまたほんの一つまみの和平恭順主義の人々以外は全部不服であった。ほとんど全部の幕臣、全部の幕府の兵らは、慶《よし》喜《のぶ》が恭順生活に入ったことにすら不服であった。いざとなれば一戦しようと思いこんでいたのだから、勝と西郷との協定に満足するはずはなかった。

要するに、西郷が去って後の江戸は、日照りつづきの枯木林のように、発火の危険が至るところにあったといってよい。万一どこかで発火したら、忽《たちま》ち全市が戦いの渦《か》中《ちゅう》に巻きこまれ、苦心惨澹《さんたん》は一切無になるのである。勝の苦労は一通りのものではなかった。「海舟日記」・「解難録」等をのぞいてみることにしよう。

十六日（三月）

品川で薩摩の諸隊長相良《さがら》（名は長発《おさおき》、小松帯刀《たてわき》の実弟）以下に会った。彼らは徳川側が江戸城内へ胸壁をきずいたり、地雷を敷設《ふせつ》したりしているなどの様々な風説を聞いて、すこぶる疑惑している。言う。

「西郷が駿府《すんぷ》に去ってから、諸隊が戦いをしたがって、我々は指揮しにくくなった。徳川方では、ああして進撃をのばさせておいて、籠城《ろうじょう》の支度をしているのではないか」

自分は答えた。

「徳川氏の諸臣は、数百年の間相続して来た城地を引渡したがらず、主命を用いずして、夜陰ともなれば小濠《こぼり》をつくったり、小さいとりでを築いたりしている。しかし、これは決して慶喜の意志ではない。疑わしくば、ひそかに来て城外をごらんになっては」

この前日、輪王寺宮《りんのうじのみや》のお供をして行った覚王院が駿府から帰って来た。その持って来た書付《かきつけ》を自分は今日見た。こうである。

「先将軍（慶喜）が単騎で軍門に来て降伏するのでなければ、寛典の御処置には及ばれない。もし将軍にそれが出来ない場合は、田安殿が名代でもよろしかろう。これは大総督宮の御内命である云々《うんぬん》」

自分はこれを見て、怒りまた恨んだ。輪王寺宮はただ先将軍のために寛典を懇願なされればよいのである。どうして先将軍に恥辱をあたえるようことをもってご内願になったのか。すでに山岡《やまおか》と西郷との間に約束が出来ているのに、こんな約束をして帰ってくるなど、百両で約束のすんでいる買物に三百両の値をつけるようなものだ。高い方に傾くのは当然な話である。ばかばかしいことをしてくれたものだと激語し、また参謀（この参謀は林玖十郎《くじゅうろう》か、海江田《かいえだ》武次《たけじ》だろう）へ書を出して、その支えをした。

覚王院は東帰後、自らの運動がうまく運ばなかったのを憤り、一筋に一戦をすすめてやまず、みだりに有司を集めて、主戦の説を唱道するようになった。

この日、城中では移転して、以後諸官は田安殿へ詰めることになった。

十八日

新宿へ滞留していた土佐の兵隊が市《いち》ヶ谷《や》の尾州邸《びしゆうてい》へ入った。（筆者註《ちゆう》＝東山道先鋒総督岩倉具定《ともさだ》が尾州邸へ入ったのもこの日である）

十九日

輪王寺宮ご東帰。

二十一日

イギリス人（アーネスト・サトウなるべし）が訪ねて来た。自分は自分の心中を語った。彼はよしといった。そして、西郷吉之助はその決意を朝廷に問うために駿府から上京したと聞かせてくれた。

この日の勝とサトウとの問答をサトウの著書「維新日本外交秘録（滞日見聞記）」によって調べてみると――

サトウはパークス公使とともに昨年の十一月二十九日に大坂に行っている。この大坂行きは、大坂・神戸《こうべ》が十二月七日（太陽暦一八六八年一月一日）から貿易港として開港されるので、その祝賀のためであった。しかし、政治情勢が激変し、伏見《ふしみ》・鳥羽《とば》の戦争が勃発《ぼっぱつ》し、引続いて神戸事件・堺《さかい》事件があり、さらに列国公使参内拝謁《はいえつ》などのことがあり、その間にはパークスが攘夷《じょうい》浪士に襲撃されるなどという椿事《ちんじ》まであって、長い上方《かみがた》滞在となって、三月八日に海路横浜にかえって来た。実に満三カ月以上百日ぶりの関東であった。

帰着の翌日の九日、サトウは情勢探索のために江戸に出た。彼の情報蒐集先《しゅうしゅうさき》はやがて主として勝になったが、この時まではそうであったような書きぶりはしていない。彼が勝のところへ出入りするようになったのは、三月二十日に彼が三日泊りでまた江戸に出て来た時からであり、これを「海舟日記」に照合してみると、「三月二十一日、イギリス人来訪す云々」というに該当する。

勝はサトウに告げた。

「自分と大久保一翁《いちおう》とが談判の衝に当るのである。談判の相手は西郷である。西郷は未《いま》だ駿府滞在中である官軍の大総督有栖川宮《ありすがわのみや》の名代となっているのだ。官軍の要求は、一切の武器・軍需品、一切の軍艦・汽船を引渡し、江戸城を明け渡し、先頭に立って伏見の攻撃を誘発指揮した士官らを死罪に処せよというもので、これらの要求に従うならば、ミカドは前将軍に寛仁を示されるというのである。談判は品川の某家で行われたが（勝は後年に至るまで、田町屋敷をよく高輪《たかなわ》屋敷とあやまっている）、この

『寛仁』なる語の内容如何《いかん》が、自分と西郷との談判の主題であった。自分は主人の命が助かり、多数の家臣を扶持《ふち》して行けるだけの収入が得られるなら、どのような取りきめにも同意するつもりである。自分は西郷にむかって、これ以上条件が悪ければ、武力抵抗を試みるとほのめかした。主人もまた汽船と軍需品とは手離したがっていない。我々のミカドに奉《たてまつ》った嘆願書にはこのことについても触れている。西郷は我々の差出した嘆願書と自分が口頭でのべた提言とを携えて、これらを大総督宮の前に披《ひ》露《ろう》するために駿府にもどった。彼は駿府からさらに京都に上ったのだが、三月二十六日には帰って来る予定になっている。自分は慶喜の一命を助けるためには一戦を交える用意もあるが、単にミカドの威厳を損うばかりでなく、動乱を長引かす作用しか持たないような苛《か》酷《こく》な要求の提出は、西郷の手腕で必ず阻止されると信じている」

以上は勝の言ったことを記述したものであるとサトウは記している。さらにサトウの記述によると、この日以後、勝はしばしばサトウに、パークスがミカド政府に持つ力を使って禍害《かがい》を防止してくれるように頼んでよこしたようである。

しかし、パークスの尽力を待つまでもなく、前述の通り京都朝廷はすでに二十日夜半に徳川氏の処置法を決定し、二十二日に西郷はその宸裁案《しんさいあん》を携えて、京都を出発しているのだから、パークスの斡旋《あっせん》の入るべき余地はなかったのである。

この二十一日の「海舟日記」は、この頃《ころ》の江戸の状態をこう記述している。

「この頃、都下の諸藩邸や旗本邸から市街の者共《ども》に至るまで、貨物を近郊に疎開《そかい》することと日夜を分たない。このために人夫数千、市中に火事の時のように立働き、布告をくりかえしても全然耳を傾けず、大てい旗本は知行所へ引っこんだり、近郊へ疎開したりした。だから、強盗共は時を得て四方におこり、貨物を掠奪《りゃくだつ》し、婦女を犯している。まことに悲しむべき有様である」

二十三日

官軍の海軍総督の先鋒大原俊実卿《としざねきょう》附属の参謀島団右衛門（義勇《よしたけ》・佐賀藩士）が、夜中ひそかに勝を訪ねて来て、極秘に談ずべきことありといって、面会を乞《こ》うた。曰《いわ》く、

「海軍総督の先鋒大原前侍従殿は貴殿の皇国にたいする精忠をよくご存じである。だから、貴殿が今日幕府の軍艦をひきいて降伏なさるなら、朝廷ではその功を賞され、従って徳川家の幸いにもなろう。このことをひそかにお告げせよとのことで、こうして夜をおかして参ったのである。お疑いなくご信用あれ」

勝はその厚意に礼を言った上で、

「拙者はこの二十七日に横浜の英国公使館まで用談があってまいりますから、そのおり、御軍営に参りまして、直々に拝答申し上げます」

と答えて、島をかえした。

大原俊実は天皇にたいして忠誠でさえあれば、主人を裏切ってもさしつかえないと考えたから、こんなことをすすめてよこしたのだろうが、それは公卿《くげ》の思い上り、あるいは世間知らずである。心掛けのある武士は、天皇にたいする忠誠を決しておろそかに考えはしないが、主人を裏切るようなことは決してしないのである。そこにこの時代の心がけある武士の苦心があったのだ。

勝は決して保守的な人がらではない。当時の標準からすれば最も進歩的で、最も捉《とら》われない考え方、捉われない動き方をした人であるが、裏切りのようなことは決してしないのである。そこがわからなかったのだから、大原俊実という人は平凡な公卿にすぎなかったといってよい。島団右衛門は最後には江藤《えとう》新平とともに佐賀の乱をおこして刑死したが、その以前には山岡《やまおか》鉄太郎・村田新八らとともに明治天皇の侍従をつとめたりなどして、ひとかどの人物と思われていたのだ。しかし、こんな使者をつとめるようでは、およそ知れた人がらである。島は武士なのだから、武士たるものの心がけがわかっていなければならない。大原がそう言ったら、諫止《かんし》すべきであろう。諫《いさ》めてもきかなかったので、万一を僥倖《ぎようこう》して行ったのかも知れないが、こんなことには僥倖をたのむべきではない。人品をおとす。

勝《かつ》とパークス

一

勝《かつ》日記の続き。

二十六日（三月）

この日、勝は軍艦蟠龍丸《はんりようまる》で横浜の大原侍従の陣営へ行った。蟠龍丸の士官らは行くのを危険として、万一の時のために銃装した。当時、横浜は英国の兵卒が守備していて、みだりに他人を入れなかった。出入ともに英国の出した通行手形を示すことになっており、官軍の兵も通行手形のない者は通さない。大原の陣は戸部《とべ》（地名）のわきにある。勝が到着すると、大原に随従している兵らが整列してすこぶる威を示し、こちらを恐怖させようとするもののようであった。勝が従僕《じゅうぼく》も連れずに行くと、夏秋某なる者が案内して玄関に導いた。直ちに大原に目通りした。大原は勝に向って言う。

「その方、こうして来るなら、慶喜《よしのぶ》の暴挙を助けた者を斬《き》って、その首を携えて来べきであるのに、どうしてそうしなかったのか。またまろは島参謀をもって密旨を伝えた。その方としてはよろしくその通りにすべきであろう」

ずいぶん、高飛車な口上である。どういう料簡《りようけん》だかわからない。勝利と時勢に心おごって、高飛車に出た方が効果があると踏んだのであろうか。どう見ても大した人物ではない。

「御先鋒《ごせんぽう》殿のおことばではありますが、それは間違っております。拙者の主人は謹慎恭順しています。家臣共《ども》が死をもってそれを諫《いさ》めましても、確乎《かつこ》として心を動かさないのであります。臣下に罪をなすりつけて責任をのがれようなどのケチな料簡はさらにございません。唯今《ただいま》は皇国も、昔日《せきじつ》のように孤立した国ではなく、世界の皇国となって、世界の一員として各国と交際しています。かかる時、国内において是非を争って同胞相食《あいは》むような愚かなことを為《な》すべきではありません。軍艦などは徳川家のためのものではございますが、朝廷の御処置がよろしきを得ますなら、お差図がなくても、献上いたすのでございます。家臣がひそかに主家のものを率いて降伏するような見苦しいことをする必要は少しもないのでございます。何事にもすべて道と順序とがございます。道をふみ、順序をふんで、立派に落着《らくちやく》がつくのでございます。朝廷といえど

せるようなことをなさるべきではございません」

と、勝は激語して、少しも屈しなかった。

勝は「君が動静を見るに、頗《すこぶ》る美質あり」と書いている。激烈な調子で議論しながらも、十分な余裕をもって相手を観察していたことがわかる。

やがて、大原はことばをやわらげて、

「その方はすこぶる暴激の言辞を吐いたが、大任を帯びて、せっぱつまって、逆上しているのであろう。まあ落ちついて、事をあやまらぬようにせよ。酒など飲もう。気をおちつけよ」

と言って、酒を呼んですすめた。

勝は答えた。

「先鋒様のご寛大に深くお礼を申し上げますが、お率いになっている兵隊らは甚《はなは》だ殺気に満ちています。それで、お暇《いとま》申してご門を出ましたなら、必定《ひつじょう》、拙者は彼らの鉄砲で射殺されてしまうであろう、そうなったら、もう何を言おうとしても言うことは出来ぬ故《ゆえ》、いのちのある間に思う所を申し上げてしまおうと、お怒りをもかえりみず申したのです。せっぱつまっての逆上などでは決してないことを申し上げておきます。

それはさておき、お部下の兵士らは勇ありとは申せません。拙者は一兵も従えず、ただひとりでこうして参りましたのに、きびしく隊をつくり、鉄砲に玉ごめし、拙者を虎《とら》でも見るような調子で迎えました。何がこわいのでしょうね」

大原は大いに愧《は》じて、懇々と言訳《いいわけ》した上、勝の帰る時には士官両人をつけて蟠龍丸まで送らせた。本来の性質は善良であることがわかる。

二十七日

日記によると、この日も勝は大原を訪ねた。大原はこの日江戸へ行った。その後、勝は英国公使パークスを訪問している。

日記の記述は至って簡単であるが、「解難録」にはいろいろなことが書いてある。

はじめパークスは通弁のツループを出して、

「君は徳川家の閣老ではなく、軍艦奉行にすぎないから、君に会ってもしかたがない。重要事を談ずるわけには行かないから」

と言わせて会おうとしなかった。パークスという男は徳川幕府の老中・大官でも、後に明治政府の大官でも、子供同然にあしらって、傲慢《ごうまん》をきわめたというから、この時もそれが出たのである。勝は言った。

「これは心得ぬことを仰《おお》せられる。徳川家の老中や若年寄などは、唯今では皆去って家に閉居していて、不肖ながら拙者が万事を取りしきっているのです。申される通り、拙者は以前は単に軍艦奉行たるに過ぎませんでしたが、唯今では今申した通りになっているのです。相手になさって国家の重大事を談じなされてもよろしいのです。このことを今までご通知申しませなんだのは、徳川家がすでに政権を朝廷に返上して地方政権となっているからであります」

勝はこう言って、辛抱強く、およそ一日も待っていた。根気負けしたのだろう、ツループが出て来て、用件はどんなことかとたずねた。

「拙者の先刻申したことを公使に申されたか。従来貴国と幕府との間にとり結んでいた約定書を、昨日ミカド政府に送りましたので、それらのことを説明申そうとして参ったのです。また、貴国とのことは、談判中途にして未《いま》だ決着しないものもありますので、今日はこれらの決着をつけたいと思っているのです。だから、公使が拙者に会わないと言われても、拙者はこのまま帰るわけには行かんのです」

ツループは奥へ入って行って、パークスにこれを取りついだ。パークスはすぐ出て来て、手のひらを返すように、今までの無礼を謝した。

勝は言う。

「貴国から招聘《しょうへい》している海軍教師のことについて、約束があったのですが、今や徳川家は領地がありません。しかし、ミカド政府が引きつづき雇うかどうか、拙者にはわかりません。だから、解雇して帰国させたりはせず、その給料はもう支給しました。雑費もまた支給しましょう。ご諒解《りようかい》願います。燈台《とうだい》建設などは国家のためのものですから、その費用の未払い分はミカド政府から受取られるがよろしい。横浜天主堂に入って捕縛されていた日本の民は、徳川家の方ですでに放免しました。その他のことはしかじか、あのことはしかじか……」

パークスは勝の処理を全部よしとして了承し、勝に好意を持つようになったらしく、こう言った。

「徳川家はまことにお気の毒な境遇となったが、君はどう処置するつもりか」

「今、わが徳川家の諸臣には力量ある人がいません。力量あるであろう人は、或《ある》は官位をうばわれ、或は蟄居《ちつきよ》謹慎を命ぜられていて、徳川家はこれを自由に使うことが出来ないのです。ですから、拙者は不肖にして力の足りないことを知っていながら、辞するわけに行かず、事にあたっているのです。これからの拙者には安全の道は絶対にないでしょう。一朝、変が起ったら野たれ死にする覚悟でいます。けれども、現在においての徳川家の希望はしかじかで、官軍大総督府参謀西郷吉之助との交渉の経過はしかじかでありました」

パークスは感動し、感激して言った。

「君はこれからどこへ行くのか」

「徳川家の現下の考えを告げるために、各国公使を訪問しに行きたいと思っています」

「それは私の方で伝えて上げよう。君は非常に疲れているようである。ゆっくり、半日くらい休息するがよい」

パークスの表情にもことばにも、親切と信義とがあふれて見えた。また言う。

「今、わが英国の甲鉄艦アイロンジックが入港して滞在している。君は艦長キップルに会っていろいろ相談するがよい。君の疲労を慰めるために、晩餐《ばんさん》を供したい。艦長を呼ぶから、食事を共にしながら、いろいろ談じようではないか」

といって、人を走らせて艦長を呼んだ。

パークスのこれらの態度はまことに親切で、誠意あふれるものがあった。平生のパークスからは考えられないことであった。恐らく、勝が軍艦奉行としてオランダ式から英国式に切りかえる任務にあたっていた頃《ころ》示した熱心な態度や燈台建設に際しての外国士官らにたいする好意ある態度によって、かねて心証をよくしていたところ、徳川家のこの危難にあたって勝が惨澹《さんたん》たる苦心をしているのを見て、油然《ゆうぜん》として同情心が湧《わ》いて来たのであろう。

勝はついにパークスを信頼し、密事を談じて、アイロンジック号を一カ月横浜に滞船させることを約束させた。

以上は「解難録」に勝の記録するところである。明記することは避けているが、官軍の慶喜にたいする処置が過酷である時には、慶喜をこの軍艦にたのんで、英国に脱出させる用意をしたのであることは明らかである。

勝は西郷との約束を信じ、西郷を大いに信頼はしていたが、西郷が天皇新政府内における巨大な存在ではあっても、独裁者的地位にいるのではないことを知っている。西郷が主張し、西郷が説得につとめても、そうならないかも知れない不安は大いにあった。だから、安心し切って待っているわけには行かなかったのである。徳川方をして暴発させないように血のにじむような苦労を毎日毎夜つづける一方、万一の場合の用意をととのえたのであった。

二

江戸城内の諸役人の執務所を田安邸に移したのは、先に引いた勝《かつ》の日記にあるように三月十六日であったが、大奥の人々はなお城内にのこっていた。この人々の移転は四月に入ってすぐ行われ、静寛院宮《せいかんいんのみや》は清水邸へ、天璋院《てんしょういん》は一橋邸《ひとつばしてい》にうつり、お納戸《なんど》の所蔵品は浅草と本所の両蔵へ運んで格納した。

西郷は四月一日に江戸に帰着したが、帰着して以後はつとめて勝と会うことを避けた。これまでの交渉は内輪のことだが、これからは正式のことになるのだから、公私混同のきらいがあるから会わないようにしたと、四月五日付の手紙で、大久保に書き送っている。

四月三日、官軍側から徳川方へ、明四日に勅使が西の丸に入城して申渡しがあるということが通告された。

四日、勅使橋本実梁《さねやな》、副使柳原前光《さきみつ》が入城した。随従したのは西郷、木梨《きなし》、海江田《かいえだ》等《ら》だけで、仲間小者《ちゅうげんこもの》まで入れても三十人内外の人数で、また至って軽装であった。迎える方では田安慶頼《よしより》が代表者となり、大久保一翁《いちおう》らが多数で応接したが、勝は都下鎮《ちん》撫《ぶ》のために城内にはいなかった。

儀式の場所は大広間であった。上段の間に勅使、田安中納言《ちゅうなごん》が下段にかしこまり、官軍の参謀西郷らと徳川家の大久保一翁らとはまた下段にひかえていた。

勅使は朝命を伝え、条件を書き出した別表を渡し、本月十一日を期限として各条件

を処置せよ、

「日限の変更は許さぬ。歎願《たんがん》哀訴も断然お聞き入れにならない。恩威ならび立ち、確《かっ》乎《こ》不抜の叡慮《えいりょ》であるから、速《すみや》かに拝服して異議してはならない」

と、申しそえた。

別表に書き出された条件

第一条　慶喜《よしのぶ》は去る十二月以来、天朝を欺《あざむ》き奉《たてまつ》り、その上兵力を以《もっ》て皇都を犯し、連日錦旗《きんき》に発砲した。重罪であるので、追討のために官軍を差向けられたところ、追々真実に恭順・謹慎の意を表し、謝罪を申し出た。それによって考えてみると、祖宗以来二百余年、平穏に国を治めた功績も少くない。また実父である水戸贈大納言（斉昭《なりあき》）の積年の勤王の志業も深いものがあるので、あれこれ考え合せられて、格別に深厚の思召《おぼしめ》しをもって、左の条件が実行相立つならば、寛典に処せられ、徳川の家名をお立て下され、慶喜は死罪一等を宥めらるるにより、水戸表へ立ち退《の》き、謹慎して居《お》るべきこと。

第二条　城を明け渡し、尾州藩《びしゅうはん》へ相渡すべきこと。

第三条　軍艦・銃砲は引き渡せよ。追って適当な員数を差し返しつかわすであろう。
第四条　城内に居住している家臣共《ども》は城外へ引退いて謹慎しているべきである。
第五条　慶喜の叛謀《はんぼう》を助けた者は重罪である故《ゆえ》、本来なら厳科に処すべきであるが、格別の寛典をもって死一等を宥められるであろうから、見合うような処置をして言上せよ。
但《ただ》し万石以上の者（大名）は朝廷の裁きをもってご処置あらせられるであろう。

以上である。

勝が田町における三月十四日の会見において、西郷に申し入れた条件を、西郷が朝廷と大総督府とで練って決定したものであるが、大体において勝の申し入れた条件が認められていることは見る通りである。

この時のこととして、こういうことがあったと、勝が「氷川清話《ひかわせいわ》」で言っている。勝のことばのまま伝えよう。

「これは一翁（大久保）から聞いた話だ。あのときは、おれと西郷との談判で、双方五人ずつの委員を選び、城受渡しの式（勅旨の申渡しであるが、実質的にはこの日が城の受渡し式になったから、こう言ったのであろう）をすることにした。西郷も一翁もその一人で、おれは加わらなかったが、このときは殺気全都に充満するという形勢で、なかなか油断が出来なかった。それで、城受取りに来る官軍の委員らも非常な警戒で、堂々たる官軍の全権委員の一人が狼狽《ろうばい》のあまりに片足に草履をうがちながら玄関を上ったという奇談ものこっているくらいである。この中に、西郷は悠然《ゆうぜん》として少しも平生に異ならず、実に貫禄《かんろく》があったということだ。実に驚いたのは、城受け渡しに関するいろいろな式がはじまると、西郷先生居眠りをはじめた。この式がすんで、ほかの委員が引取るときも、なお先生ふらりふらりやっている。すると、一翁がかたわらからたまりかねて、『西郷さん、西郷さん、式がすんで、皆さんお帰りでござる』と、ゆりおこすと、先生、『はあ』といって、ねとぼけ顔をなでつつ悠然と帰って行ったそうだ。一翁もひどく感心していた。なかなか太いやつだ。数十日、疲れていたもんだから、城受け渡しの間に、いい暇見つけた気で居眠りは恐れ入るではないか。ひっきょう、ここらがかの維新元勲の筆頭に数えられるところだ」

勝も言っている通り、西郷は疲労していたので、つい居眠りが出たに過ぎないのだろうが、それにしても胆《きも》の小さい人間には出来ないことである。

城明渡しのことは、四月五日付で西郷が大久保に書いた手紙によく語られている。

道中精々急ぎましたが、やっと二十五日の朝、駿府《すんぷ》の大総督府に到着しました。逐一、宮へ言上しました。直ちにご沙汰《さた》になりましたので、先鋒《せんぽう》総督府へ馳《は》せてまいりまして、橋本総督に報告しました。副総督柳原卿は甲府鎮撫のために海江田武《たけ》次《じ》とともにそちらへご出張になっていましたので、すぐ連絡をとられて、江戸でお会いになることになさいまして、この二日（四月）池上本門寺で出会《しゅつかい》になりました。早々ご評議がありまして、田安（慶頼）へ、「江戸城へお乗りこみのお手筈《てはず》であるから、重役または国事関係を司《つかさど》っている者がまかり出ているように」と、ご通達になり、昨四日、両卿（橋本・柳原）がご入城になりました。ごく少数のお供人数で、王者は天下に敵なしのお仕向けをもって、まかり違えばとりことなるの危険をご覚悟でなさったのですが、敵はかえって胆をうばわれたように見受けられました。

昨日午前十時過ぎご入城、田安中納言が玄関までお出迎えし、その他若年寄《わかどしより》以下十余人出ていまして、途中の見付《みつけ》見付には警固人が皆麻上下《あさがみしも》でひかえ、至極恭敬な様子でありました。一切兵隊などは固めていませんでした。

西ノ丸で田安へお達しになりましたところ、謹んでかしこまり奉る旨《むね》を申してお受けしましたので、明五日から十七日までの間に城を引渡し、軍艦銃砲なども十一日限りで納めるようにお達しになりました。必ず相違ないことと思います。しかしながら、油断はなりません。私もお供で城内へ入りこみましたところ、参謀は玄関からまかり通るようにとのことでしたので、玄関から入りましたが、書院へ刀を持ちながら席につくこと、陪臣にしてこのようなことは初めてのことであろうと、あとで大笑いしたことでありました。

この度は勝安房《あわ》への交渉はどうすべきかと、大総督からご沙汰がありましたが、これまでの交渉は先《ま》ず内輪のことでありまして、これからは正式のことになりますから、これまでの続きをもって前交渉などするのは甚だよくないと思います故、会わないようにしますと申し上げましてその通りにして一度も会っていません。

横浜からサトウが書面をもって、英国公使が面会したいと言っている故、ぜひ一度立寄ってくれと申してまいりました。その書は駿府へ到着の日（三月二十五日）に届きました。定めて、勝などからも外国人へ工作して、朝廷のこんどのご処置に口出しさせるのだろうと考えましたので、これは早く説きつけておかなくては事の支障となるだろうと考えまして、くわしく談判に及んで、決して外国人の関係すべきことではないと論じつけておきましたから、ご安心下さい。

これほど至当なご処置になりました上は、外国人まで感服している次第で、一言も申し上げようないことを公使が申しのべましたので、しからば万国の公道（原文では万国公法とあるが、ここの場合国際法の意味ではなく、万国共通の道義の意である）の上で非難はこれあるまじと答えましたところ、朝廷御一新の折からであれば、非難がないようにと望んでいたところ、実に感服したと申しました。この上、文句を申せば、彼らこそ万国の公道において罪ある訳で、この上は幕府が外国人へ依頼することはないわけであります。

一　静寛院宮様のご避難所等のことは、なおまた伺い奉るようにしたいと、田安から申し出た由《よし》です。

一　大久保一翁など至極骨折ったように聞こえますから、お達し通りに運ぶであろうと考えています。

一　東山道軍《とうさんどうぐん》は板橋宿《いたばしじゆく》へ、東山道から甲府へまわった因州・土州の兵は四谷宿《よつやじゆく》から尾張邸へ転陣、北陸道の兵は千住宿《せんじゆじゆく》へ滞陣、東海道の軍は長州は愛宕下《あたごした》へ宿陣、備前・尾張の兵を順にならべて軍をすえ、お国（薩摩《さつま》）の人数は増上寺へくりこみ、佐土原《さどはら》の兵と一緒になっています。大村藩の兵は間部邸《まなべてい》へ入りこみ、肥後兵は白金台町《しろかねだいまち》の藩邸へくりこんでいるという風に、江戸城を四方から取巻いていますから、すわといえば風上から火攻の計を用い、引ッ包んで撃ち立てますから、ご安心下さい。

四月五日　　　　　　西郷吉之助

大久保一蔵様

この手紙の中ほどに、江戸城に乗りこむ時、玄関から提げ刀で書院へ通ったことを、陪臣がこんなことをしたのははじめてであろうと、あとで大笑いしたとあるが、これについては、この頃《ころ》江戸滞在中だった山縣有朋《やまがたありとも》が西郷の宿舎にしばしば行って、いろいろな話を聞いているが、その中にこの話があったといって、こう言っている。

「西郷が勅使の随員として江戸城に乗りこんだ時、当時の作法として、式台に上れば佩刀《はいとう》を脱すべきである。その脱した刀を手にひっさげて奥に入るのは国主大名の格式のある者でなければならない定めであった。西郷は佩刀を提げて通るのは穏当でないと思ったが、さりとてこれを人手に渡して丸腰で殿中に入るのも危険であると感じ、当惑し、刀を抱いて書院に通ったという。王師をひきいて江戸に入り、勝利者として臨むのであるから、普通の人なら佩刀を提げて書院に通ることはむしろ得意としたところであろうが、西郷はそうではない。当惑して、佩刀を抱いて通った。こういうところが西郷の西郷たるところであろう」

山縣と西郷はまるで対蹠的《たいせきてき》な性格であるが、長州人の中で山縣ほど西郷を認め、西郷を慕っていた者はないのである。

この手紙の中に、三月二十五日、西郷が駿府へ到着した日、アーネスト・サトウからの手紙がとどき、パークスが会いたがっていると言って来たので、行って会って云々《うんぬん》ということを書いているが、この手紙を書いた翌日の四月六日にも、西郷は横浜に行ってパークスに会っていることが、サトウの「維新日本外交秘録」に出ている。

その時、パークスは西郷に、

「もし天皇政府が慶喜とその支持者にたいして過酷な処置、とりわけ体罰をもって臨むようなことをしては、天皇政府はヨーロッパ諸国の評判をおとすことになろう」

と切言《せつげん》した。これにたいして西郷は、

「天皇政府は前《さきの》将軍の生命をもとめるようなことはあるまいし、慶喜の京都進撃をそそのかした連中にたいしても、寛大な処置をとるものと信ずる」

と言ったとある。

城・兵器・弾薬・軍艦等の受け渡しが十一日ときまり、東海道鎮撫《ちんぶ》総督の名で、帰服する者にたいしては徳川譜代・陪臣・小吏に至るまで、飢寒の患《うれ》えなきように扶助《ふじょ》してつかわすばかりでなく、才能あり志ある者は抜擢《ばってき》もする故《ゆえ》、疑い懼《おそ》れることなく、安堵《あんど》して家業を営めよと布達された。

徳川側でも、朝廷のご仁厚を有難《ありがた》くうけたまわり、仰《おお》せの趣き遵奉《じゅんぽう》して、この上ともに心得違いなどするなと、田安慶頼《よしより》の名で布告した。

しかし、これほどの大変化に冷静でいよというのは無理というべきであろう。勝《かつ》は「解難録」に、

「慶喜公《よしのぶこう》は備前藩へお預けになるのはやめられて、水戸表《みとおもて》にご謹慎ということになったので、すでに四月九日にご出発のご予定であったが、十一日の城池引渡しのことは容易ならざる重大事で、時変測りがたく、府下は騒然として、何となく殺気を帯び、人々は薄氷をふむがごとき心であった。この時お側《そば》に召し仕えている者はわずかに両三人であったが、皆危懼《きく》を抱き、憂心が顔にあらわれ、ご警衛申している

精鋭隊の人々も必死の覚悟をきめた。この時の慶喜公のご心中はどうであったろう。言うにたえず、見るに忍びざるご様子が、今も眼前にある」

と記述している。人心不安がよくわかる。

勝ははっきり書くことを避けているが、実は大変な陰謀がめぐらされつつあったのである。海軍局副総裁榎本和泉守《えのもといずみのかみ》（武揚《たけあき》）は、ほとんど全部の旗本に慷慨《こうがい》殉国の念なく、ひたすらに屏息《へいそく》退居している有様であるのを憤《いきどお》って、陸軍奉行松平太郎と結んで興復をはかったところ、感動して参加するものが相当あった。陸海軍の士官はもとよりのこと、関東諸藩の有志や浪人、桑名藩でも数名が加盟した。その計画は慶喜が水戸に立退《たちの》くのを待って、急に城に入ってこれを固めるというのである。すでに持場持場も定め、官軍総督宮に奉《たてまつ》る嘆願書も用意されていた。その要旨は、

「徳川家の相続の定まるまで、城は一時田安中納言《ちゅうなごん》にお預けということにしていただきたい。軍艦や銃器は、徳川家の家名が立てられ、領地と石高《こくだか》とが定まった上で差出したい。ご相続は尾張元千代殿との風説があるが、それが真実なら、われら一同ご命令に服しがたい」

というのであった。要するに、城の明渡し、軍艦・銃器の引渡し、徳川家を誰《だれ》によって立てるかということの三点において、全部官軍の命令に抵抗するわけである。彼

らは覚悟している。「どうせ聴かれないにきまっている。聴かれないならかえって幸いである。城により、また軍艦をもって、徹底的に抗戦し、武士の花を咲かせるだけである」と。

この計画が慶喜に知れた。

徳川陸軍に白戸石介という人物がいる。後に勝にかわって、ごく短期間ながら陸軍総裁となっているから、相当高位にいた人物らしい。この男が、途中でこの計画がこわくなったのか、はじめからこの男をのけものにして計画が進められつつあったのを、この頃《ころ》になって気づいたのか、ともあれ、上野へ行って、一切の計画を慶喜に密告した。慶喜はおどろき、かつ激怒した。

「これは予の首筋に白刃をあてるにひとしいものである」

と言って、松平太郎らを上野に召して、陸軍奉行の職を免じた。そして、江戸城を官軍に引渡すまでは水戸へはいかないことにしたのである。

「勝日記」によると、四月九日に、陸軍総裁の白戸石介が海陸軍一同の嘆願書を持って来て、官軍参謀へ差出してくれるよう頼んだとある。どうやら、密告の功によって、白戸は陸軍総裁に任ぜられたもののようである。陸軍総裁は勝自身だったのだが、この責任を問われたためか、全力を傾倒して官軍との折衝等にあたらなければならないために辞職したか、いずれかであろう。

白戸の持って来た嘆願書の内容は前掲のものである。だから白戸は白戸で、「手荒な手段に訴えないでも、願意を達成するのは、出来ないことではあるまい」と、海陸軍の士官らを説得して、勝のところへ願書を持って来て頼んだという次第であろう。

勝は、この前日、慶喜から直書《じきしょ》で、池上本門寺の官軍の先鋒《せんぽう》総督府へ行って、参謀に論判せよと命ぜられていたので、大久保一翁《いちおう》を同伴して出かけたが、慶喜がわざわざ直書をもって、行って参謀と論判せよと命じた用件は何であろうか。もちろん、これから勝が参謀らと論判し合うことについてであるには相違ないが、そのほかに、白戸石介が持って来た海陸軍士官一同の嘆願書に記された内容は入っていなかったろうか。

ぼくは入っていたと思う。

慶喜は今や自分一個のためには、名誉を守ることと生命を保持する以外には何の欲もないが、徳川家のためにはずいぶん責任を感じている。家名はもちろん存したい。相当な封地《ほうち》ものこしたい。出来ることなら、徳川氏の居城としては江戸城がほしい。軍艦や兵器や弾薬も、相当量ほしい。これらのものは、朝廷はやがて適当に返してくれるといってはいるが、現実にはどうなるかわかりはしない。向うがくれたくないという気になれば、恭順の実効が上っておらんとか何とか、いくらでも難癖をつけて約束をふみにじることが出来るのである。手につかんで離さないのが一番確かであると、慶喜も士官らと同じように考えたのではないか。この翌晩、慶喜は勝のしたことに不服を言い、勝を怒らせている。それはその時になってまたくわしく書くが、それと考え合せても、ぼくのここに書いたことは、最も可能性のあったことと思わないではいられないのである。

ともあれ、嘆願書中のこの条件はなかなか重大なことであった。この翌々日、慶喜が江戸を立ちのき、江戸城の明渡しのあったその夜、幕府の海陸軍は江戸を脱走するのであるが、その理由としたのは、この条項だったのである。即《すなわ》ち嘆願書がきかれないからという名目にしているのである。しかし、それは要するに名目で、脱走ははじめからの計画で、この嘆願書も計画の一部にすぎなかったのであろう。もとより、白戸も、勝も、大久保一翁も、そこまでのことはわからなかったろう。

海陸軍の士官らが尾張家の若君元千代を忌避したのは、尾張家は三家の一つとして第一次長州征伐の際の総督に任ぜられながら、西郷を信任し、その言いなり次第になって一戦もせず、長州の恭順の実が立ったとして兵をおさめてしまったり、真先に官軍に帰服して、市《いち》ヶ谷《や》の本邸を東山道総督《とうさんどう》の本陣に提供したりしているというので、皆気に入らないのであるが、慶喜自身だって気には入っていないのであった。

こんな次第で、慶喜は昨日勝の許《もと》に、本門寺へ論判に行けと直書をよこすと同時に、白戸の許へも、

「明日、勝は本門寺へ官軍参謀と論判に行くことになっているから、陸海軍士官の嘆願書を勝に頼むがよかろう。但《ただ》し余がこう言ったことは極秘だぞ」

と言ってやったのではなかったかと思うのである。慶喜という人は、実父の烈公ゆずりで、こんな小細工の好きな人なのである。

ともあれ、ぼくはこの際のことには、このような疑いを捨てることが出来ないのである。

開城はあったが

一

ともあれ、その日四月九日に勝《かつ》と大久保一翁《いちおう》とは池上《いけがみ》へ行き、橋本・柳原の両卿《きょう》の旅館へ敬意を表して、参謀の海江田《かいえだ》武次《たけじ》、木梨《きなし》精一郎の二人に会って、先《ま》ず白戸石介からあずかって来た嘆願書を差出して、説明した。

両参謀は言う。

「これらのことは、先日勅使からご下賜《かし》になった条件書の訂正を求めているわけでありますが、あのお書付にあることはすべて京都からの仰《おお》せ渡されでありますす故《ゆえ》、今さらいかんともなしがたいことです。しかし、この中に尾張元千代殿がご相続云々《うんぬん》ということが書いてござるが、これは決してないことです。拙者共《ども》両人で請合《うけあ》います」

この嘆願書のことには、勝も大久保もそう情熱はない。そうですか、とあっさりと撤回して、調子を改めて、城と武器・軍艦などの引渡しの件にかかる。

「十一日はいよいよ明後日にせまってまいりましたが、城池と武器、その他のものの引渡しは、実に容易に着手出来ることではないのです。大体、その数量の勘定すら大変なのです。普通をもってしては、官舎の区別、諸帳簿のこと、武器類の員数、米穀の数量、金銀座の員数、人員、その他郡代屋敷の法、国米《くにごめ》の員《かず》、諸貸付の総員、別殿の始末、その領国の地名と支配の件、寺社朱印の有無、総数、府下市民の人口数、等々、とうてい数え切れるものではないのです。しかし、拙者共の考えをご採用あるなら、これらのことは数日を出《い》でずして、整頓《せいとん》出来ましょう」

両参謀は煙《けむ》に巻かれたように、勝と大久保の顔を見ていたろう。少年の時から勤王の志こそ篤《あつ》く、いろいろ奔走したれ、本来は何の吏才もない田舎武士にすぎない二人にとっては、幕府という大世帯の経済や軍事一切を示すような、こんな話は見当もつかなかったはずである。

こうなると、催眠術にかけてしまったようなものである。勝は話を好きなところへ持って行く。

「今も申しますように、何もかも勘定しにくく、従って整頓しにくいのですが、なかんずくむずかしいのは武器です。これは城内の櫓《やぐら》に備えてあるものすら数え切れないほどです。唯今《ただいま》不用の分は歩兵・騎兵・砲兵隊に渡して、各屯所《とんしょ》においてあります。歩兵は新たに洋式をもって組立てたもので、皆農民出身の者です。この人数がおよそ八、九千人ありますが、その銃器をとりおさめ、その兵を放《ほう》り出して養うことをやめますと、まことにこまった事態になりましょう。なぜなら、この者共は自費をつかってまで郷里に帰ろうとはせず、そのまま市中にのこってナラズモノとなり、暴行窃盗至らざるなきになるであろうからです。また現在の江戸市中には勝手に各所に屯集している壮士共がおよそ六十団体もあります。この中には徳川家の臣下だけでなく、諸藩の定府《じょうふ》の士の若者もおれば、浪士もおり、機会に乗じて集まって来た近在の博徒《ばくと》などもおります。むしろ、この手合が半ば以上でしょう。この者共がどういう動きに出ますか、まことに予見しがたいものがあります。官軍がもしこれらのものを武力討伐しようとなさるなら、江戸市内は忽《たちま》ちの間に炎の海となり、市民はその火災を蒙《こうむ》り、老幼や無辜《むこ》にして死する者が無数という惨事になりましょう。万一にもそういうことになりましょうなら、これは朝廷のご責任ということになります。断じて徳川家の責任ではありませんぞ。貴殿方はこの点をよくお考えになりましたか。それでも強行しようとなさるのでござるか。それとも、拙者の策をお用いになりますか」

勝の思うがままの手玉にとられて、海江田も木梨も、隅《すみ》ッこに押しつめられたような気分になった。海江田は昔から勝にたいしては師友として尊敬して交《まじわ》っているから、シャッポをぬぐにこだわりがない。

「先生のおっしゃる通りです。どうぞ、先生のその策なるものを聞かせて下さい」

と言った。

勝は言う。

「兵器のうち、鉄砲などは、歩兵と一緒に屯所数カ所、人員いくら、その他官舎も共に、吏員をつけてお渡ししましょうが、城のお受取りには官兵をお入れにならず、上官の方が四人だけ入城なさるだけで、引渡しの式を終ることにしていただきたい。もしご不明な点がありますなら、わが役人らが田安邸内にいて、この大久保一翁が頭《かしら》となって残務整理をしていますから、ご下問下されば、すぐわかるはずです。そうしていただければ、人々は安心して下民の避難さわぎなどもなく、府下は無事平穏でありましょう」

海江田はうなずいた。

「仰《お》っしゃる通りです。しかし、拙者らだけの判断で、確然たるご返答を申すことは出来ません。総督府にはかった上で、吟味をつくして返答いたしましょう」

これは西郷にきいて返答しようという意味である。

「ごもっともです。それでは、明日午後、また伺って、ご返答を伺いましょう」

といって、勝らは辞去した。

二

翌十日午後、勝《かつ》は池上《いけがみ》へ行った。今日はひとりであった。両参謀に会うと、昨日話し合ったことは、すべて大いによいということであったという返事である。勝は日記に、「かくのごとくならば、事簡易にして成り易《やす》く、かつ人心動揺せず、下卒《かそつ》生活を得、もっとも処置のしかるべきところなり」

と記している。うまく行くと見きわめがついて、安心したのである。

安心したから、慶喜《よしのぶ》にも安心してもらおうと思って——彼は慶喜がこの問題について日夜に心配していることを知っているので、こんな気になったのである——、すでに日も暮れかけていたが、池上から上野に向った。

上野についた時にすでに夜であった。

大慈院内の慶喜の居間はわずかにたたみ六帖《ろくじょう》の小部屋である。慶喜がここに入ったのは二月十二日だが、正月大坂から逃げ帰って来て以来、彼は一日として安眠平食の日がない。やせおとろえ、やつれはてている。勝は一見して、はっと胸をつかれて、急にはことばが出なかった。

慶喜は勝の顔を見ると、勝が何にも言い出さない前に、

「この頃《ごろ》のその方の骨折りには深く感じている。余が恭順の心を朝廷に徹底させるを得、徳川家を存続し、また軍門へ単騎おもむいて降伏というような恥辱をまぬかれることが出来、外様藩《とざまはん》たる備前に預けられるようなこともやめらるるを得たのは、皆その方の働きによる。うれしく思うぞ。なおこの上ともに厚く尽力してくれるように」

といって、刀をくれた。

勝はかたじけなさに感泣し、明日の城の引き渡しはなかなかの難事であるが、一死もって上意に報答しようと覚悟した。

勝の引き渡しの方法は、一言にしていえば、迅雷耳《じんらいみみ》を蔽《おお》うにいとまなき底《てい》の果断をもってしまおうというのだと日記に書いている。つまり、こんなことは問題を前もって一般に知らせるようなことをしては、陸海軍の士官らや壮士団体や諸隊の連中がさわぎ立つにきまっているから、官軍側の上級将校数人だけが入城し、こちらのかかりの者と立合って、さっと授受の式をすませてしまおうというのである。

ところが、「解難録」「断腸記」に、勝がまた記述しているところによると、勝が慶

喜にたいして、かようかように官軍と約束が出来ましたから、引き渡し式はごく手軽に出来ることになっていますと報告すると、慶喜の反応は案外であった。忽《たちま》ち顔色を変え、

「なんという危険なことをするのだ。もしそんなことをすれば、忽ち足もとから災害が勃発《ぼつぱつ》するであろう。どうして諸役人にも知らせ、市民にもふれ、兵隊を警《いまし》め、人を選んで万一の用心をしないのか。そちの処置は甚《はなは》だ粗暴で、大胆である。その上、談判の順序もなっていない。取りかえしのつかないことをしてくれた。わしの真心はついに貫徹せずして、たおれねばならぬことになるのか」

と、血涙雨のごとくであったというのである。

勝が苦心惨澹《さんたん》して、最上という自信をもって選んだ方法に満足しないどころか、はげしい非難をあびせかけたのである。

しばしば言って来た通り、慶喜は詮《せん》ずるところ学校秀才のような人物で、盤根錯節《ばんこんさくせつ》に処し得る英雄男児ではない。末梢的《まつしようてき》なことが気になってならず、大局だけをしっかりとつかまえてさえいれば、あとは機変によって適当でよいというはなれわざが見ていられないほど不安になったのである。

慶喜は数日前、白戸石介から陸海軍士官らを中心とする不穏な計画を聞いて、水戸《みと》

出発をのばしたほどだから、勝がすでに官軍と打合せてきめている方法が粗雑にすぎると、おろおろしたのは無理でない点もあるが、すでに勝にまかせ切っていることであり、明日にせまっていることなのだから、もうおろおろした様子など見せてはならないのである。多数の人の上に立つものは、おどろいた場合にもおどろかぬごとく見せかける演出がなければならないものなのである。

勝はこの慶喜の様子に愕然《がくぜん》として、心も萎《な》えるばかりであった。忽ち居直って、昂《こう》然《ぜん》として答えた。

「おことばではございますが、恐れながらそれはおあやまりでございます。二月に絶対ご恭順をご決心ありました際、大事にお任じになる人がなく、拙者もまた微力にしてその任にあらずと申してご辞退申しましたところ、上様は無理に仰《おお》せつけになり、ついに今日に及んだのでございます。あの時、拙者は申し上げておきました。今日以後、大難事または大変事になりましても、上言してご指令を仰ぐことは決していたしませんが、それをお認め願いますと。上様は、もちろんのことであると仰せでありました。それ故《ゆえ》に、今日まで事情をご報告申し上げてご指令を仰ぐようなことはいたしませんでした。唯今《ただいま》、明日のことを言上いたしましたのは、上様のご心中を恐察し奉《たてまつ》りまして、黙っていることが出来なかったためであります。本来なら、申し上ぐべきではなかったのでございます。拙者はあれこれと決して迷いはいたしません。拙者のずっと思いつづけていることはただ一つであります。それは江戸百万の民を殺すか生かすかということ、ただその一つであります。即《すなわ》ち義のあるところをよりどころとし、殺すべくば共に死し、生かすべくば共に生きんと考えつづけていたのでございます。これによってことを決し、人事を尽して成否は天にまかせているのであります。拙者の心中にはこの極所に立って、一点の疑懼《ぎく》もありません。もし少しなりとも疑念が心中に生じましたなら、冥々《めいめい》の中《うち》大いに感触を生じ、迷想百出し、ついに初心を貫徹出来ずしておわるでありましょう。しかし、自ら疑わずんば、貫徹しないことはないものです。歳月は過ぎ易く、人間の心は安逸になれ易く、危を忘れ、難を厭《いと》うのが自然です。しかし、拙者はお誓い申します。臣が胆識は今後十数年間は衰えないでありましょうから、いのちあるかぎり、必ずわが趣旨を貫徹いたします」

どなるがごとく、ののしるがごとく言って、席を立って、大慈院を出た。

「愁緒痛懐、誰《たれ》か能《よ》くこれを諒《りょう》せん」と、勝は「断腸記」に書いている。よほど腹が立ったのであろう。慶喜と勝とのなかは、最後までうまく行かなかったのだ。慶喜の最後のどたん場であるこの時も、勝以外には事に処すべき者はないとの判断で、勝に任じたのだが、結局はこんな苦情を言うのだ。人間の気に合う合わないはいたしかたのないもののようであるともいえるし、慶喜には人の上に立つ器量が欠けていたともいえよう。

それはさておき、勝がこの時慶喜に切ったタンカの最後の部分は「解難録」にあるのだが、これは勝の生涯《しょうがい》を見通してはじめて意味がはっきりして来るのである。

明治三十一年三月、慶喜ははじめて参内をゆるされ、明治天皇と皇后とに拝謁《はいえつ》し、皇后のお酌《しゃく》で酒を賜い、くさぐさのものを賜わったが、そうなるように裏面から働いたのは勝だったのである。勝が死んだのは翌年の正月であった。勝を利にさとい忘恩の徒のように言う人が当時も多数あり、今日もまた相当あるが、その生涯の言行を子細に吟味してみると、これほど徳川家にたいして義理堅く、忠誠な人はそう多くはないであろう。

三

勝《かつ》は大慈院を辞去したが、家へは帰らない。城外を巡視すること三度であったと、「解難録」に書いている。そのうち、夜はほのぼのと明けかけて来た。いよいよ十一日である。

この頃《ころ》、上野では、慶喜《よしのぶ》が水戸《みと》へ出発した。供には若年寄の浅野伊賀守《いがのかみ》、大目付梅沢孫太郎、目付朝倉藤十郎《とうじゅうろう》、高橋伊勢守《いせのかみ》、山岡《やまおか》鉄太郎、伊庭《いば》軍兵衛、中条金之助というような人々をはじめとして十五人、総勢は千七百余人であった。天正十八年八月一日に、徳川家康《いえやす》が豊臣《とよとみ》秀吉から関東をもらってこの地に入ってから二百七十八年目である。

十五日に水戸につき、弘道館《こうどうかん》におちついた。ここが彼の水戸での住所となるのである。

勝は三度目の巡視で、桜田新橋まで来た時、もう八時頃になっていた。増上寺の方から隊伍《たいご》を組んで陸続としてくり出して来る官軍の兵と出会った。先頭の兵が勝の馬のくつわをつかんでとどめ、

「何者であッか、みだりに通行すッとは。通さんぞ!」

と、どなりつけた。薩摩《さつま》ことばであった。

勝は身分と姓名とを名のり、本日は城明渡しについて、非常をいましめるために巡視しているのであるとのべた。すると、先鋒《せんぽう》の小頭《こがしら》が来て、

「貴殿の巡視の趣意はよくわかりました。お通り下さい」

と言った。

勝は馬を急がせながらも、これは約束が違うと思った。海江田《かいえだ》・木梨《きなし》の二参謀と昨日した約束では、官軍側では兵は城内に入れず、高級将校が四人だけ入城して、こちらの大久保一翁《いちおう》らと受渡しの式を簡単にすませるということになっていたのに、官軍側がこのように勝手に約束を破った以上、どんな事態になるか、わかったものではない、この際最も危険なのは海軍だと思ったので、築地《つきじ》の海軍所さして馬を急がせた。

事態がこんな風に変って来たについては、官軍側には官軍側の理由があった。十日の夕方から夜にかけて、官軍の先鋒総督府へ、二つの情報がつづけさまに入って来た。

その一つ。

田安家の老臣平岡荘七が、海陸軍の士官らが命令に反抗して、静寛院宮《せいかんいんのみや》様を擁し奉《たてまつ》って城にこもって必死の戦させんとの覚悟をきめていると聞く、万一妄動《もうどう》に及んではならないから、右の者共《ども》を退城させた上で明け渡したい。期日は明十一日ということになっているが、願わくは今一日延ばして十二日としていただきたいと願い出たこと。

その二。

肥後藩は明十一日徳川家の兵器全部を藩の大砲隊において受けるように示達されたので、十日夕方、そのことの手続きのために、大砲隊長と物頭とが徒士《かち》小頭を連れて、田安家へ出かけ、打合せをおわって帰途についたところ、一石橋際《いちこくばしぎわ》で脱走の徳川家歩兵に出会い、とりまかれて危難に陥った。すでに三人とも生命《いのち》も危《あやう》く、使命を全《まっと》うすることも出来ぬかと思うほどであったが、ようやくにして逃れかえり、この旨《むね》を先鋒総督府へ申告した。

これらの報告を、先鋒総督では、察するに、これは明日にせまった城明渡し、兵器等の引き渡しを延期してもらいたいとの含みを持つものであろうが、もう聞くわけに行かない。これまでは朝廷の仁恩を示すために寛大のご処置ばかりで来たが、際限がないから、これからは威を示す必要もあると考えた。また、これらの情報はすべて、まことに不穏で、油断出来ないものがあると思われた。

こんなことから、夜に入って、急に増上寺内の西郷の陣所に各藩の隊長らを集めて、木梨精一郎からこう言い渡した。

「先刻達しましたところでは、明日は諸軍はそれぞれの屯所《とんしょ》において整列していて、臨機の命を待つようにとのことでありましたが、模様がかわりました。明日は諸軍直ちに兵隊を押出し、桜田門内へくりこみ、朝廷のご威光をかがやかすようにいたすべしとの総督府のご英断であります。その旨を心得、明朝五ツ時（午前八時）にはそれぞれの屯所をくり出されるように」
以上のような次第で、前日の約束を破って、官軍の兵が城内に乗りこむことになったのであった。

さて、勝が築地《つきじ》の海軍所に着いて、先《ま》ず見たのは、榎本武揚《えのもとたけあき》以下の海軍士官らがほとんど全部集まっていることであった。そして、その士官らの顔が皆憤激にたえないような表情をたたえていることであった。それは今日の城明渡しにたいする怒りと、全責任を負うて官軍と折衝した勝が、徳川家に十分な戦力のあることを知りながら、武力抵抗を全面的に放棄し、恭順というまやかしめいた美名のもとに、城下の盟そのものである降伏をすることにたいする憤懣《ふんまん》によるものであるはずである。ここに海軍士官のほとんど全部が集まっているのは、この夜徳川艦隊は品川沖から立ち退《の》いて房州沖に行くことになっていたからであろう。もちろん、勝はそんなことは少しも知らない。

勝は人を食ったところのある男だ。士官らが自分に不満や怒りを持っていることは十分にわかっていたろうが、気づかないふりで言う。

「拙者は昨夜以来、方々を駆けまわって、馬も疲れたが、拙者も疲れた。粥《かゆ》を一ぱいふるまってほしい。そしてしばらく休息したい」

茶漬《ちゃづけ》を食べて、息をついていると、やがて正午過ぎになった。その頃、名刺をもって面会をもとめるものが来た。その名刺には「益満休之進《ますみつ》」としるしてあった。

「通しなさい」

その席には、海軍士官らも皆列座していた。

益満は入って来た。勝は声をかけた。

「益満君、何の用事だね。よくわしがここにいることがわかったね」

「ずいぶんさがしました。昨日、西郷氏が拙者を召して、ぜひ先生に申し上げてくれと申しつけたことがありましたので、拙者は先生のお行くえをさがして江戸中を歩きまして、やっとたずねあてたのです。西郷氏に頼まれたこととしては、もう時刻も過ぎてしまいましたが、ともかくも申し上げます。西郷氏は申しました。明十一日は兵を連れないで、上級の士官数人だけが入城して、城受け取りの式を終ることにご約束申していたそうですが、近日府下の人気が大いに激烈となり、また大いに殺気を含んでいます。この際、もしわが士官らに万一のことがありましたら、ここから破綻《はたん》を生じて、どうにもならんことになりましょう。ですから、兵をひきいて入城します。もしこのことから不測の変が起るようなことがありましたら、わたしが自ら責任をとり、徳川家に迷惑はかけますまいと。このことを必ず先生に告げよと申したのであります。こんなに遅くなって、今日の間に合いませなんだのは、先生のおいでになる所がわからなかったからです。ご諒察《りょうさつ》下さい」

と言って、そのまま益満は立去った。

益満は江戸定府の士ではないが、薩摩なまりの全然ない、明晰《めいせき》な江戸ことばをつかったと伝承されている。そのことばは座中の海軍士官らにはっきりわかったはずである。

勝は「解難録」に、

「榎本以下の士官、この一言を聞いて、大いに感激し、ああ、西郷氏はかくの如《ごと》きの人か。義あり、信あり、及ばざること遠しと。これより大いに省みるの念あり。予もまた氏の注意かくの如く懇切にして、規模の大なるに感ず。もしこの人、兵に将として来るにあらざれば、如何《いかに》ぞ無事を保たんや」

と書いている。

城明渡しと武器引渡しとは無事すんだ。正午過ぎであった。前に書いた西郷居眠りの一席はこの時のことであったかも知れない。

城は尾張藩が受取り、鉄砲は兵隊とともに肥後藩が受け取った。

この日、薩摩・長州・備前・大村・佐土原《さどはら》の五藩も兵をくり出したが、これは単に武威を示すのと万一の際の用心のためとであった。

軍艦はその夜脱走してしまった。

大久保一翁と勝安房《あわ》とは、先鋒総督府にたいして、早速、これを届け出た。

「明朝お渡し申し上げる約束の軍艦八隻《はっせき》のうち、昨夜一隻、今朝一隻が脱走して、大洋に乗り出したので、この旨お届け申し上げる。また陸軍諸隊も、いろいろ鎮撫《ちんぶ》につとめてはいるが、激論沸騰《ふっとう》し、殊《こと》に七番隊には暴論者が多く、ついに全隊が脱走してしまった。いかなる暴挙をいたすか図りがたいものがあるから、この段お届け申しておく」

四

勝《かつ》が英国公使パークスと連絡をとったり、パークスの意向が西郷を動かしたりしたため、江戸の無血開城が行われた、西郷と勝との英雄的談合などは、単に表面だけを見た偽りの美談にすぎないという説をなす人は近頃《ちかごろ》多いが、ぼくの記事をずっと丹念に読んで来た人には、そういう結論を下すわけに行かないことがわかるはずである。西郷は京都出発の時から、最終の段階では慶喜《よしのぶ》を助命し、徳川家の家名も存し、領地もある程度あたえるつもりであった。それは大久保一蔵と談合し、岩倉の諒解《りようかい》も得てあったのだ。

念のために、勝、西郷、パークス、サトウ、山岡《やまおか》等の人々のこの時点における関係の日表をつくってかかげる。

○慶応三年十一月二十九日

パークス横浜から海路大坂に到着。パークスは十二月七日（太陽暦一八六八年一月一日）に大坂と兵庫《ひようご》とが貿易港として開港されるので、その祝賀のために来たのであるが、政治情勢の激変、伏見《ふしみ》・鳥羽《とば》戦の勃発《ぼつぱつ》、それにつづく神戸《こうべ》事件、堺《さかい》事件、また外国公使の参内拝謁《はいえつ》、攘夷《じようい》浪士にパークス自身が襲撃される等のことのために、長い上方《かみがた》滞在をつづけることになったのである。

○慶応四年（明治元年）三月七日

輪王寺宮《りんのうじのみや》の供奉僧《ぐぶそう》覚王院義観《ぎかん》等、駿府《すんぷ》で大総督府参謀林玖十郎《くじゆうろう》に会って、慶喜の恭順降伏の条件を示さる（単騎軍門へ来て拝伏）。

○同八日

パークス、サトウを伴って三カ月以上ぶりに上方から海路横浜に帰着。

山岡鉄太郎、駿府で西郷に会って、慶喜の謝罪謹慎の実効条件を示さる（諸書には九日のこととしている）。

○同九日

サトウ、事情探索のために江戸に出る（勝を訪問した形跡はない）。

○同十二日

木梨《きなし》精一郎、渡辺清左衛門、横浜にパークスを訪問し、病院設置のことを依頼し、拒絶さる。

これをこの日渡辺は西郷に報告。

○同十三日

西郷と勝との第一回会談（高輪《たかなわ》の薩摩《さつま》邸《てい》）

○同十四日

西郷と勝との第二回会談（芝田町の薩摩邸）

○同十六日

○同十九日
西郷、駿府につき大総督府で協議を遂げ、さらに京都に向う。
○同二十日
西郷、京都到着。
○同二十一日
夜半、西郷の意見をいれて宸裁案《しんさいあん》決定す。
○同二十二日
大坂へ行幸のためご出輦《しゅつれん》。西郷お見送りする。

サトウ、勝を訪問して、西郷との応接内容、今後の見通し、勝の見込などを聞く。

この日以後、勝はサトウにパークスのミカド政府に持つ勢力を用いて助力してくれるように頼んだようである。
○同二十五日
西郷、宸裁案をたずさえ、京都を発して東に向う。
○同二十七日
西郷、駿府着。宸裁案を修正して、即日江戸に向う。

勝、パークスを訪問、はじめ拒絶され、終日ねばってついに会う。やがてパークスの心をとらえることに成功し、最悪の場合は英国の軍艦で慶喜を国外に脱出させることを頼み、パークスはこれを許諾した。

○同二十八日
西郷、池上本門寺本営に入る。この日か、この前日あたりに、西郷は横浜にパークスを訪問している。

○同四月四日
勅使橋本実梁《さねやな》、副使柳原前光《さきみつ》、参謀西郷、海江田《かいえだ》、木梨ら入城して、慶喜の死一等を減ずる等の五カ条を田安慶頼《よしより》に申し渡す。

○同六日
西郷、横浜にパークスを訪問して、パークスの問いに応じて、朝廷は慶喜の一命を求めることはあるまいし、慶喜の京都進撃を助けた連中にも寛大な処置があると信ずるという。

○同十一日
慶喜、江戸を出て水戸《みと》に退く。
江戸城を明け渡し、兵器を引渡す。夜、軍艦脱走す。

西郷と勝との会談があまりに劇的であり、英雄的空気に満ちているので、偶像破壊的な情熱に駆られて、否定したがる人々が、たまたま渡辺清左衛門の追憶談を読んだり、アーネスト・サトウの著書をひろい読みしたり、勝の「解難録」を卒読したりして、性急に結論を下すのである。これらの書を熟読して、せめて日表でも作ってみれば、そんな結論は下せないことがわかるのである。

勝が西郷との談判だけでは安心出来ず、アーネスト・サトウやパークスにすがっていろいろ尽力したのは、勝の立場としては当然のことである。しかし、結果的に言えば、その必要はなかったのである。両雄の会談だけで十分だったのである。歴史を読むものはそこを酌《く》むべきであろう。

五

十日の夕方頃《ごろ》から江戸中の方々が騒がしくなり、徳川家の陸軍兵や海軍に不穏な様子が見えるというので、官軍側では、これはこれまで官軍が仁愛だけを示して武威を示さなかったために、徳川家の陸海軍人らが軍艦兵器引渡し免除の願意を達成しようとしてゆさぶりをかけようとしているのだと判断して、早急《さっきゅう》に協定を破棄して、兵力を整えて入城して城を受取ったことは、上述した通りであるが、十日夕方からの江戸中の騒ぎは官軍にたいする示威ではなく、陸海軍人らが江戸を脱走する準備のためのものだったのである。計画はずっと前から立てられ、ただ慶喜《よしのぶ》に迷惑の及ぶのを恐れるためにこの日を待っていたのである。

陸軍の脱走兵らはずいぶんあって、各地へ脱走しているが、やがて市川で合同した連中が最も多かった。二千五、六百人もあった。これには会津藩兵や桑名藩兵も加わっていた。頭立った連中の合議によって、歩兵奉行の大鳥圭介《けいすけ》を総督に、土方歳三《ひじかたとしぞう》を参謀に選び、東照大権現《とうしょうだいごんげん》の神号を書きしるした隊旗をつくって各隊に配布し、日光さして進軍した。先《ま》ず日光に詣《もう》でて、宿冤《しゅくえん》を訴え、加護を祈って、幕府の再興をはかろうというのであった。

大鳥圭介は元来の幕臣ではない。播州赤穂《ばんしゅうあこう》郡岩木村の農家の生れである。大坂の緒《お》方洪庵塾《がたこうあんじゅく》で蘭学《らんがく》を修めた後、江戸に出て坪井芦洲塾《ろしゅうじゅく》に学んで塾長となり、洋式兵学を勉強して、伊豆《いず》の江川坦庵《たんあん》に招かれたり、阿波藩《あわはん》や薩摩藩《さつまはん》から頼まれて翻訳仕事をしたりして、その間英学を修めた。幕府に仕えたのは慶応二年三十四の時であった。五十俵三人扶持《ぶち》を給せられた。幕府も土台がゆるみはじめ、従って家柄《いえがら》だの格式だのと言っていられない時になっていたので、新参者ながら才能を買われて、昇進を重ね、この頃は歩兵奉行になっていたのであった。

土方歳三は近藤勇《こんどういさみ》とともに甲陽鎮撫《ちんぶ》隊《たい》を組織して、江戸から甲州に向ったが、すでに甲州には官軍が入っていて甲府城は板垣《いたがき》退助に落されていたので、これと勝沼で戦って敗れた。近藤とともに江戸に逃げかえり、武州流山《ながれやま》で兵を集めて再挙をはかりつつあった時、官軍に襲撃され、近藤は降伏したが、土方は逃走して、ここで幕府陸軍と合流したのであった。

徳川家の処遇問題

一

上記のように徳川陸軍は、江戸城明渡しの前日十日の夕方から十一日の暁にかけて、江戸を脱走したのだが、海軍の方はどうであったか——

官軍へ引渡すことになっている軍艦は、開陽・富士山《ふじやま》・蟠龍《はんりよう》・朝陽・回天・千代田形《ちよだがた》・観光の七隻《ななせき》であった。開陽は長さおよそ四十間、はば六間半、大砲二十六門をそなえ、旧幕艦隊の旗艦となっていて、海軍副総裁榎本和泉守武揚《えのもといずみのかみたけあき》、軍艦頭《がしら》荒井郁之助《いくのすけ》、同沢太郎左衛門が乗組んでいた。富士山は長さおよそ三十一間、はば五間半、大砲十二門、軍艦頭並《なみ》柴誠一が乗組み、蟠龍は長さ二十三間、はば三間半、大砲四門、軍艦頭並松岡磐吉《いわきち》が乗組み、朝陽は長さおよそ二十八間、はば四間、大砲八門、士官二人が乗組み、回天は長さ三十八間、はば五間五尺、大砲十一門、軍艦頭並甲賀源吾が乗組み、千代田形は長さ十七間二尺、はば二間半、大砲三門、士官見習七人が乗組んでいた。観光は長さ二十九間、はば五間、大砲六門を装備していたが、今はもう廃艦にするよりほかはないくらいくたびれていた。

この七隻は全部品川沖に碇泊《ていはく》していたが、官軍と徳川家との約束では、大原海軍総督先鋒《せんぽう》に随従して横浜のメリケン波止場に来ている薩摩《さつま》・佐賀・久留米《くるめ》三藩の士官らが十一日に出張して来て受取ることになっていた。ところが、榎本は十一日、大原へ、

「本日は軍艦お引渡しの予定の日でありますが、この数日来、風波はげしく、士官らが上陸いたしがとうございますれば、明朝に延引していただきとうございます」

との願書を差出した。士官の上陸とは、水夫らは艦につけて引渡すのだが、士官は船を引きはらって退去するので、従って行李《こうり》なども附随するわけで、風波のためそれが出来ないという意味である。大原はもっともなことと聴許した。

ところがだ、翌日になると、品川沖には軍艦の影は一隻も見えなくなっていて、次の一書を官軍方の軍艦の乗組士官に渡すようにしてあった。

寸楮《すんちょ》拝呈いたします。

さて、本日弊藩所持の船々が当品川海を立退《たちの》きます理由について、ご説明申し上

げます。過日、弊藩の海陸両軍から、二カ条の嘆願をいたした書面を大久保一翁《いちおう》、勝安房守《あわのかみ》をもって、先鋒総督軍門まで差出しておきましたが、軍艦お取上げの一条については、まだお願いの通りのご沙汰《さた》をいただきませんので、一同疑惑して、とかく騒ぎ立てています折柄《おりから》、主人慶喜《よしのぶ》が申しつけまして、品川海碇泊所へ重役共《ども》がせっせと参り、総督府からのご沙汰の下るを待つことなく、軍艦はことごとく差上ぐべきことを申しつけます。その度毎《たびごと》に、一同の気持が動揺いたしますので、万一不心得のことが起りましては、こと新しく申すまでもなく、主人慶喜の本心に背くのみならず、天朝に対し奉《たてまつ》りましても恐れ入ったことでありますので、右鎮撫《ちんぶ》のために房相（安房・相模《さがみ》）附近に立退き、謹んで総督府のご許可のご沙汰の下るのを待ち申そうという次第であります。申すまでもないことでありますが、江戸湾の咽《いん》喉《こう》の要地に潜伏して、ひそかに動静を窺《うかが》おうなどという考えは断じてありません。恐れながら、天朝の海軍諸艦におかせられても、私共の心をお疑いなきよう願い奉ります。

もっとも、このことにつきましては、別紙一通を大原前侍従様へも奉って申し上げておりますが、なおまた貴所様方《あなた》へも申し上げておくことであります。何分ともに弊藩全体の臣子の情を、人情をもってご推察あり、併せて小生苦心のほどもお汲《く》みとり下され、その筋へご建言下さらば有難《ありがた》い仕合せに存じます。
これによって、別紙一封を併せて、尊下《そんか》まで差出します。はばかりながら、大原様のお手許《てもと》へ届きますよう、お世話のほどを願い上げます。以上。

四月十二日　　榎本和泉守

孟春丸《もうしゆんまる》御乗組中様

大原俊実《としざね》あての手紙も同様な趣旨のものであった。

このころ、海軍総裁は矢田堀讃岐守《やたぼりさぬきのかみ》（景蔵）であり、榎本は副総裁で、矢田堀が陸上にあっていろいろと交渉にあたり、榎本は艦上にいたのであるが、その矢田堀をおきざりにして逃げたのである。矢田堀と榎本とは意見が合わなかったのだと、勝《かつ》は日記に書いているが、よく考えてみると、それはおかしい。なれ合いの不和だったのではないかと、ぼくは思っている。

ともあれ、官軍は愚弄《ぐろう》されたわけだ。大原侍従も、ついている諸藩の士官らも立腹したが、昨日まで交渉の任にあたっていた矢田堀はどこかへ雲がくれしてしまった。当然、鋒先《ほこさき》は田安慶頼《よしより》に向く。慶頼はこまって、人をつかわして勝に、軍艦を連れも

どしてくれと頼んだが、勝は、

「ちゃんと総裁がいますのに、その総裁が取扱わず、せっぱつまってから拙者に扱えとはどういう次第ですか。子供のいたずらじみています。さようなことはご免こうむります」

と言って、引受けない。

東海道先鋒総督府からは、田安へ矢の催促である。田安と総督府との間に交渉があった末、総督府から田安へこういう達しがあった。

軍艦引渡し一条については、水夫までつけて差出しましょうと申し立て、一々ご許容になったのに、期日に至って逃げ去ったのである。欺罔《きもう》の罪を重ねたのであるから、格別なご仁恵をもっての寛典のご処置が悉く《ことごと》水泡《すいほう》となり行くことは申すまでもない。

ついては、海軍先鋒からは、もはや徳川家には代りにさし出すべき艦はないであろうし、責任は免《まぬ》かれがたいことであるから、徳川家は死をもって償うべきであると談判に及びたい趣きを申して来ておられる。当然のことである。しかし、右のごとき思い切ったことになっては、徳川氏の家名に疵《きず》がつくことはいうまでもなく、逃亡の船共は万国の賊船となってしまう次第で、ふびんの至りであるから、品川海へ乗りもどし、官軍へ引渡すがよい。そうすれば、既往のことは咎《とが》めない。大久保一翁・勝安房へご委任仰《おお》せつけられるから、ひたすらに尽力いたすよう、申しつけるように。

四月十五日

東海道先鋒総督府

田安中納言《ちゅうなごん》殿

田安慶頼は早速請書《うけしょ》を出しておいて、直書《じきしょ》で勝に頼んだ。こうまでされては、勝も動かないわけに行かない。翌十六日、軍艦に出張した。軍艦は館山《たてやま》沖に行って碇泊しているのだから、舟で行ったのである。何といって説得したかわからないが、君らが帰ってくれなければ徳川家にどんな難儀がかかるかわからないといって、前掲の先鋒総督府からの達し書の写しを見せたのであろう。ともあれ、十七日、七隻の軍艦をのこらず品川海へつれもどして、この顚末《てんまつ》を田安へ報告した。

二十四日に、勝は先鋒総督府の旅館有馬家藩邸へ行って、海江田《かいえだ》武次《たけじ》・木梨《きなし》精一郎の両参謀と会い、榎本らの願意について説明し、説きつけ、書付をもらって、軍艦へ送った。軍艦はとりあえず、四隻だけ引渡すことになった。すべて、勝が海江田を説きつけてはからったことであった。

「海江田氏、よくその情実を明察し、他の欺《いつわ》りを容《い》れず、断然御処置に及べり。亦因《またよ》って美を朝廷に為《な》せりというべし」

と、勝は日記中で海江田をほめているが、勝としてはほめないわけに行くまい。しかし、当時の情勢からすれば、ここらが最も適当な妥協線だったかも知れない。当時の官軍の持っているものは大義名分だけで、武力も財力も一切不十分で、海軍力に至っては最も貧弱だったのだから、そう押強く押せるものではなかったのである。

四隻の引渡しは二十八日に行われた。この四隻は富士山・翔鶴《しょうかく》・朝陽・観光で、朝陽は砲八門、富士山は砲十二門を装備しているが、他の二隻は比較的小さい艦で、とくに観光に至っては、既述した通り廃艦にするよりほかないほど老朽していたのだ。砲二十六門を装備する開陽などは引渡そうとはしないのである。この連中は、やがてこんどこそ本当に脱走してしまうのだが、その兆《きざし》はすでにこの時にあったのである。

後のことは別として、ともかくも、海軍の方はこれで当座の始末がついたが、脱走した陸軍兵はずいぶん官軍をてこずらせた。

二

この連中が日光を目ざして行くことを偵《てい》知《ち》した官軍側では、香川敬三を総督府派遣の軍監として、彦根《ひこね》藩兵を主力として岩村田《いわむらた》藩兵、揖斐《いび》藩兵とともに進発させ、宇都宮城に拠《よ》り、小山《おやま》附近まで兵を出して、遮《さえぎ》りとどめんとしたが、忽《たちま》ちたたき破られてしまった。翌日また戦ったが、また敗れた。

井伊家が官軍側に属して徳川方の軍勢を敵として戦うというのも、いろいろ感慨深いものがあるが、その軍勢の弱さもおどろくべきものである。井伊の赤備えといえば、徳川家の先鋒隊《せんぽうたい》をつとめる格式のもので、その勇猛は天下に鳴ったものだったが、二百何十年の太平はすっかりその猛気をぬいてしまったのであろうか、脱走兵とはいいながら徳川幕府回復を目的とする軍勢に立向うには心にひるみがないわけに行かなかったのであろうか、あるいは装備が旧式で、近代戦には不適当だったのであろうか。ともあれ、弱いものであった。

とうとう宇都宮城を脱走兵に乗っとられてしまって、古河《こが》に退却した。宇都宮の英巌寺《えいごんじ》には、元老中首席の板倉勝静《かつきよ》父子がお預けになっていたが、官軍は宇都宮城を退去する時、父子を打捨てておいたので、父子は脱走兵らに擁せられることになった。

この形勢がかわったのは、急報によって、東山道《とうさんどう》先鋒軍の土佐兵、因州兵、薩摩兵《さつまへい》、長州兵らが馳《は》せ向ったによる。

概言して、当時の日本の諸藩の兵は弱かった。今日の我々の目からすれば、想像を絶するほど弱かった。例外的に強かったのは薩摩兵と長州兵と会津兵であった。前二者は兵員の素質も優秀であり、装備も優秀であったから、強力な戦闘力を持っていた。会津兵は兵員の素質は優秀であったが、装備がよくなかったため、鳥羽《とば》・伏見《ふしみ》では十分な戦力の発揮が出来なかった。しかし、会津に引揚げてからは鋭意、新鋭の銃器の充実につとめ、見ちがえるほど立派になった。やがて、官軍はこれに正面から激突し、苦杯を満喫するのである。

さて、こういう状況で、脱走兵らの方が強くて、官軍の方が弱くて押されているということになれば、旧幕に愛情を抱き、遺徳を慕っている、旧幕の勢力範囲である関東各地の民心に非常な影響があるのは当然のことである。これを案じて、征討総督府は大急ぎで、関東各国の二十九藩に出兵して、賊を追討することを命じておいて、東山道先鋒軍を派遣したのであった。

これで主客の勢いが逆転して、官軍は壬生城《みぶじよう》を攻撃して来た脱走兵らを撃退した上、逆に宇都宮城を猛攻した。脱走兵らは宇都宮城を棄《す》てて日光に逃げこみ、さらに会津方面に去った。元老中の板倉父子も一緒であった。

これは四月末日（二十九日）であるから、脱走兵らは四月十一日に江戸を脱走して、その月中、北関東であばれたのである。

三

関東全体がこんな風であるので、江戸市中もまた何となく不穏であった。江戸市中が不穏であるのは無理のないことであった。朝廷は徳川家を存続することは約束したが、誰《だれ》によって存続させるかも、その領地がどこで、石高《こくだか》がいかほどであるかも、江戸城がその居城となるか、それとも他に転封《てんぽう》になるかについても、一切明言しないのである。江戸市民としては、おちつかないはずである。おちつかず、何か投げやりな、ヤケクソなものがそこにはあるから、当然、各種の犯罪が盛行するのである。占領軍である官軍の兵が横暴であったことも考えられる。彰義隊のことは、章を改めて書くが、こういう空気の中で次第に険しいものになって行ったのである。

この有様を見て、心を痛ませたのは西郷である。

「これを救う方法は、徳川家にたいする処分を早く決定するにある。これがある程度、彼らの満足する線で決定すれば、旧幕臣らの心もおちつき、江戸の人心もおちつく。それをせんでおいて、武力をもって圧伏しようとするのは道でない。効果もない」

と考えた。

四月二十六日、林玖十郎《くじゅうろう》を京都に急派したのは、この事情を朝廷に訴えるためであった。しかし、すぐ林だけではらちがあくまいと思ったのであろう、四月二十八日、藩の汽船豊瑞丸《ほうずいまる》に乗って、二十九日に江戸を出、大坂に向った。この時、西郷には長州の山縣狂介《やまがたきょうすけ》と福田俠平《きょうへい》とが同行している。

四月二十九日といえば、勝《かつ》の骨折りで軍艦四隻が官軍に引き渡された翌日である。また日光にこもった脱走陸軍兵らが会津に去った日でもある。しかし、この報告はまだ西郷にはとどいていなかった。

この時西郷が胸裡《きょうり》に抱いていた案は、封禄《ほうろく》は百万石とし、家督は田安亀之助《かめのすけ》（慶頼《よしより》の子・後の家達《いえさと》）につがせ、江戸城を居城としてあたえるがよかろうと、大体こんなことであったようである。百万石といえば大封だが、家臣の数も多いのだから、それくらいはなくてはどうにもならないだろうと思ったのであった。西郷はこれを山縣や福田にも語って、長州出身の大官らの説をまとめてくれるように頼んだ。

大坂についたのは閏《うるう》四月四日であった。当時大坂には天皇が慶喜《よしのぶ》御親征の名目で行幸されて、先々月の三月二十三日から、駐輦《ちゆうれん》遊ばされていて、小松帯刀《たてわき》や吉井幸輔《こうすけ》も供奉《ぐぶ》して滞在中であったので、語って意見をもとめた。両人とも賛成したようである。

この時木戸準一郎も大坂に来ていた。これは藩内に用事があって帰国の途中の滞在であった。これに西郷の旨《むね》を受けた山縣と福田とが相談した。西郷は直接には会っていない。大坂には一泊しただけで、五日の朝三十石船で上京の途についているという急《いそが》しさだからで、別段の理由はないようである。

西郷は五日夜京都に着いたが、その夜は大久保一蔵にも単に着京したことを知らせただけであった。大久保はこの前日に江戸から到着した林玖十郎の報告によって、江戸の事情と西郷の意見については知っていたのである。

翌朝、大久保の家に出かけようとしていると、大坂の木戸から手紙が来た。この手紙は現存していないが、これにたいする西郷の返書と、同じ頃《ころ》に木戸が三条と岩倉に書いた手紙とがあるから、それによってどんな内容であったかの見当はつく。

木戸の三条・岩倉へあてた手紙はこうである。

「徳川家をしかるべき身代の家として立てるべきは当然のことですから、立てるということにたいしては異議はありません。しかし、今日急にその評議をする必要がありましょうか。今日のように余賊跋扈《ばっこ》して猖獗《しょうけつ》をきわめている時期においては、大いに官軍の威力を振起して、十分に掃蕩《そうとう》して、朝廷の基礎を確立することが必要と思います。根本的方策を講ぜずして、一時の人心の折合《おれあい》だけを考えての膏薬治療《こうやく》に類することは、かえって取返しのつかない結果となること必然と思います。今日の戦争は大政御一新に関するものですから、朝廷の基礎を確立するためには、戦争こそ第一の良法と愚考いたします。今日の場合、ぐずぐずして時を移すことは皇国瓦解《がかい》の危険があります。益々《ますます》ふるって御掃蕩あらんことこそ急務と存じます。かくて、乱が平定してから、徳川家のご処分は仰《おお》せ出《いだ》されても、晩《おそ》くはないと存じます。その石高はなるべく減ずるがよく、多くとも尾州家《びしゅうけ》の高より少し多いくらいがよいと思います。家臣が多数で救助の方法が立たないということなら、田安家へ別に二十万石くらいあたえて独立の大名とすればよいでしょう。そうすれば、旧臣を引受けることも出来ましょうし、徳川家の力を分割することになって制し易《やす》く、後来の禍《わざわい》を防ぐことにもなりましょう」

これによって、西郷にあてた手紙の内容も大体見当がつこう。西郷の腹案とそう違ってはいないが、かなりにきびしい。西郷が百万石を限度としてやりたいというのに対して、木戸は六十五万石から七十万石位、それで不足なら別に田安家へ二十万石あたえて独立の大名とする。つまり両方合せて八十五万石から最大限九十万石くらいというのである。また、西郷の意見が情勢上出来るだけ急ぐ必要があるというのに対して、急ぐには及ばない、今は革命の時期であるから、戦争によって十分に新政府の威力を発揮し、基礎をかためてからでよいではないかと言っているのである。

ここで思い出すのは、慶喜助命の朝議決定が、木戸の力によること大であったと山内《やまのうち》容堂や越前《えちぜん》春嶽《しゅんがく》が言っていたということであるが、この時の木戸説と考え合せると、あれは容堂や春嶽の誤解だったのではないかという気がせずにはいられないのである。木戸は女性的といってよいくらい執念深い性質だったのである。歴史上のことは、その時期に生き、その事件にごく近接していた人の言うことばでも、うっかり信用出来ないことかくのごときものがある。

西郷は木戸の手紙を読んでどう思ったであろうか。彼は木戸の言うようなことがわからない男ではない。十分にわかっていながら、処分をなるべく急ぎたいというのは、江戸の実情を見ていることと、彼の温《あたたか》い心による。しかし、彼としては、やはり現場《げんば》を踏んでもらわんとわからんじゃろうな、とは思ったかも知れない。ともかくも、これはなかなか難儀なことになったと思ったであろう。

やがて、大久保の家に行き、江戸の事情を語り、自分の意見をのべ、また木戸の意見も語った。手紙も見せたろう。

大久保は江戸の事情も、西郷の意見も、一昨日林玖十郎の報告で知っている。その上、彼は日本の首都を二つにし、京都を西京とし、それにたいして江戸を東京としたいという考えをもって、目下しきりに岩倉を説得しつつある時であるから、そのことを西郷に語った。

「ほう、そらよかことを考えなさったな。都を遷《うつ》すということになれば、京の人々が承知せんじゃろうが、東西両都ということになれば、こちらの人々も納得するじゃろうし、江戸は江戸で市民は安堵《あんど》この上もなかことになりもそ。そうなれば、徳川家の城下は駿府《すんぷ》でもよかわけじゃ。絶妙の工夫でごわす。それはぜひそういうことにしていただきもそ。わしもそうなるように骨折りもそ」

と、西郷はよろこんだ。

また、大久保は徳川家の家督には田安亀之助が適当であるという点では、西郷と同じ考えだが、石高は七、八十万石が適当であろうと考えており、その処置を急ぐ必要はないという点は、木戸と同じであった。

「急がねばならぬ事情があるのでごわせば、とりあえず、相続人は誰にする、石高はいかほどということだけを申し渡せば、本人がお礼言上のために参朝することになりますから、その時までに慎重に適当な土地を調べておいて、申し渡すということにすればよかと思いもす」

やはり、これは急にはいかんようなと、西郷が思っているところに、岩下方平《まさひら》が来た。来ることになっていたのである。

三人そろって岩倉邸を訪ねた。そこに広沢真臣《まさおみ》（長州人）も吉井も来た。

会議がはじまった。この中の薩摩《さつま》の出身者は大久保が大坂遷都説《せんとせつ》をとなえた時から皆同説で、従って江戸を東京とし、京都とともに両都とするという考えには賛成であるが、このことにしても、徳川氏の処遇問題にしても、大問題であり、からみ合っていて、なかなか決しなかった。

四

この夜、西郷は木戸に手紙を書いて、上京をうながした。

芳翰《ほうかん》ありがたく拝誦《はいしょう》いたしました。益々《ますます》もってご安康の由《よし》、珍重に存じます。さて、小弟は先日着坂《ちゃくはん》しましたところ、御在坂のことは知っていましたが、お訪ねもいたさず、失敬の段、おゆるし下さい。つきましては、仰《おお》せ越されました件々、すぐ大久保へも申し聞けおきましたが、何分吟味むずかしいことですから、何卒《なにとぞ》一ぺんご上京になって、ご尽力のこと、ひとえに願い奉《たてまつ》ります。この旨《むね》、略儀ながら、ご礼答まであらあら御意《ぎょい》を得奉ります。いずれ拝眉《はいび》の上に譲ります。恐々謹言。

閏《うるう》四月六日　　　　　西郷吉之助

木戸準一郎様机下

一日おいて八日、天皇が大坂からお帰りになった。小松も、吉井も、後藤象二郎《ごとうしょうじろう》も、お供して帰って来たので、その夜、三条実美《さねとみ》の邸《やしき》に岩倉、小松、後藤、広沢、西郷、大久保、吉井、林玖十郎《くじゅうろう》の九人が集って評議したが、やはり決定に至らなかったと、大久保日記にある。

おそらく、席上では、西郷の持って来た「百万石限度、江戸におく、なるべく早く決定する」という腹案にたいして、木戸の「六十五万石から七十万石の間、やむを得ずば別に田安家に二十万石あたえて独立の大名とし、両方合せても九十万石限度の処遇、しかし今は革命期だから急いできめる必要はない」という意見、大久保の「七、八十万石、但《ただ》し江戸は東京として日本の両都の一つにし、徳川家の居城にはしない。今のところは申し渡しだけで実際にどこをあたえるかは、あとで田安亀之助《かめのすけ》がお礼言上のため参朝する時までに考えておけばよい」という説の、この三説をめぐって論議されたものと思われるのである。

西郷は自説を強くは主張しなかったようである。彼は自分の説が、木戸が指摘しているように、当面の急を救うには効があっても、重大な危険をふくんでいることを知っている。せっかくここまで積み重ねて来た革命の成果を、あるいは一ぺんに無にしてしまう危険があるかも知れない。しかし、こういうことには微妙なカネアイというものがあって、そのカネアイをうまくつかんで処理するのが英雄の仕事だとも思っている。西郷の目には、今がそのよいカネアイの時だと思われるのだが、京都にだけいる人々は現実の江戸の情勢や旧幕臣の様子を見ていないので、そこがわからないらしいと思ったのであろう。また一つには、江戸を東京とするという意見にほれたのであろう。これが実現すれば、江戸は東京となって衰運からよみがえり、百万の市民は生活の途《みち》を得るのであり、旧幕臣らが駿府《すんぷ》なりどこなりに移るにも異議はなかろうと思ったのであろう。

木戸は西郷からの手紙があったにかかわらず、ついに京都に上って来《こ》なかった。来ないかわりに、前に掲げた手紙を三条と岩倉とに書いたのであった。

翌九日に、参与一同が小御所《こごしょ》において天皇に拝謁《はいえつ》した後、また御所で評議が行われた。「岩倉公実記」によると、この評議に列したのは、西郷、大久保、広沢、吉井、小松、後藤、林らである。岩倉は次の草案を議定・参与らに示して意見を問うた。

草案

第一案

一　秩禄《ちつろく》は百万石を限りとして賜わるべきこと。
一　地所は駿河《するが》国一円を下さるべきこと。但し石高《こくだか》不足の分は追ってお取調べの上お定めになるべきこと。
一　家名相続人は田安亀之助に仰せつけらるべきこと。

第二案

一　地所は、江戸城をそのまま下され、武蔵《むさし》国の総石高を追ってお取調べの上、下さるべきこと。

一　右をお達しの上は大久保（一翁《いちおう》）、勝等《ら》を早々に召させらるべきこと。
一　秩禄の石数と相続人のこととは第一案と同断のこと。
右の個条《かじょう》個条から断然ご決定になってご沙汰《さた》なさること。

この両草案を見ると、数日の論議によって、岩倉が西郷説、木戸説、大久保一蔵説の三説によって、綜合《そうごう》してまとめたらしいことが推察される。しかも、最も西郷説に近いようでもある。木戸は説だけ通じて本人がおらず、大久保説は江戸を東京とするという点に太政官《だじょうかん》内部にかなり困難が予想されたのであろう。もっとも、徳川氏の居城を駿府にするということにすれば、大久保説に通ずることになる。

しかし、この日も決せず、十日に太政官代でまた評議があった。そして、決議されたのは、

「三条実美が江戸に下って実地を見た上で処置する。処置ぶりは三条に委任する」

ということであった。

これは大久保の提議が採用されたもののようである。このころ大久保がこの問題について岩倉に提出している意見書の中に、このご処分のことを徳川氏に達するのは容易ならざる大事であるから、副総裁二人（三条・岩倉のこと）のうち一人が急ぎ江戸

に下向し、厳然として勅命として伝える必要があるといっているのである。もちろん、西郷が京都の要人連に江戸の実情を見せたいと思って熱心に主張したことも力があったろう。

西郷は何とかして徳川氏に百万石くらいの所領をあたえたいと思い、それも出来るだけ急いでと思っていたようである。ずっと後年のことになるが、征韓論《せいかんろん》に破れて西郷が鹿児島《かごしま》に帰る時、黒田清隆《きよたか》に、「旧庄内藩《しょうないはん》のことと、徳川家のことは、おはんよろしく面倒を見てあげて下され」と頼んでいる事実がある。自分が中心になってたおした徳川氏であるが、明治六年の秋まで、西郷は人知れず徳川氏の面倒を見ていたのである。

こういうことを考えると、彰義隊のさわぎなどがなければ、徳川家はたとえ居城は駿府に移されても、石高は百万石もらえたろうと思われるのだ。彰義隊がどんなものであったかは、追々と書いて行くが、この事実は心にとめておく必要があろう。

さて十一日、西郷は三条とともに京都を立って、先《ま》ず大坂に下った。大坂から薩摩《さつま》の汽船豊瑞丸《ほうずいまる》に乗るのである。三条は太政官代副総裁に関東大監察使を兼ねるのである。万里小路通房《までのこうじみちふさ》が附属として随行し、阿波藩《あわはん》から銃隊百人が出て護衛の役をうけたまわった。

西郷は大坂で、藩兵のために針打銃《はりうちじゅう》二百挺《ちょう》を買い入れて豊瑞丸に積みこませ、十七日乗船して出港、閏四月二十三日に江戸についた。

江戸は依然として不穏である。西郷は忽《たちま》ちその繁忙にとりまかれた。

二十九日に三条実美は田安慶頼《よしより》に朝命を達した。

慶喜《よしのぶ》伏罪の上は、徳川の家名相続のことは、祖宗以来の功労を思し召《おぼめ》されて、格別の叡慮《えいりょ》をもって、田安亀之助へ仰せつけらる。

但し、居城、領地、禄高等のことについては、追って仰せ出される。

これだけでも言い渡しておけば、士心民心ともにいくらかでも安堵するだろうというのであったろうが、実際には何の足しにもなるものではない。

西郷は不服だったに違いないが、不服を言うわけに行かない立場になっていた。

西郷と三条とが下って来る少し前、佐賀藩士江藤新平・土佐藩士小笠原唯八《おがさわらただはち》の二人が、岩倉から軍監に任命されて、江戸に下って来ていた。この二人は西郷のやり方を甘いと思い、こんなに甘いのは勝《かつ》や大久保一翁にだまされているのだと見て、監察官的な気持でしきりに探索しているのであった。

この二人の態度は、根本は江藤の功名心から出ており、さらにその本をたずねれば佐賀藩が時勢に立遅れたところから来ている。佐賀の老公鍋島閑叟《なべしまかんそう》は、薩摩の島津斉彬《なりあきら》と世代を同じくする大名で、名君をもって称せられた人である。営々として藩の富国強兵をはかり、陸・海軍を洋式化することにつとめ、その軍事力、とりわけ海軍力は諸藩中第一と言ってよかった。しかし、勤王佐幕等の一切の時局問題に関係せず、藩士らにもこれに関係することを厳禁していた。

やがて時勢は煮つまり、鳥羽《とば》・伏見《ふしみ》の戦争があって、朝幕の間の勝敗はやや明らかになったが、それでも閑叟は動こうとしなかった。どういう料簡《りょうけん》だったか、誰《だれ》もわからない。想像を逞《たくま》しくすれば、やがて日本は各雄藩がドイツ連邦の諸公国のようになるであろうから、すぐれた軍事力を持ったプロシアが盟主となったごとく、日本においてはわが佐賀こそ盟主となれるとそろばんをはじいていたのであろうか。

しかし、しきりに朝命が下って、閑叟は京都に出て来た。そして、新政府の様子を見て、もはや自分の野心は一場の夢と化し去ったことを知った。かしこい人だから悪あがきはしないのである。この時から、新政府に軍事的に協力することにした。大原海軍総督先鋒《せんぽう》の乗って来たのは佐賀藩の軍艦であり、随従して来た島団右衛門以下の者は佐賀藩の武士らであった。陸軍もまた参加させた。人物も、江藤新平、大隈《おおくま》八太郎、大木民平、副島種臣《そえじまたねおみ》らが新政府に出仕するようになった。

江藤は利《き》かん気の男である。十分なる実力のある佐賀藩でありながら、時勢のバスに乗り後れたために、常に薩・長の下馬《したうま》になっていなければならないのが口惜《くや》しくてならない。何とかして両藩をしのいで優位に立ちたいという気が常に去らないのである。江藤は終世この心に駆られて動き、ついに非業《ひごう》にして死ぬのである。この気持は大隈にもある。つまり、佐賀人たる江藤と大隈とが功利を急ぐ人であったのは、閑叟の目測違いが原因になっているといえよう。

小笠原唯八は、爽快《そうかい》な元気者であったので山内容堂に愛せられて側近の臣とされた。以前は上士として板垣《いたがき》退助らとともに、藩内の下士階級の連中の勤王運動を弾圧迫害したなかまであるが、板垣が中岡慎太郎の紹介で西郷と会って、いざという場合には土佐藩兵をひきいて討幕戦に参加すると盟約した頃《ころ》、板垣に説かれて討幕派となった。元来、板垣と親友なのである。

しかし、土佐の立場も、佐賀ほどではないが、山内容堂の親幕心からかなりに時勢のバスに乗りおくれている。この点で江藤と小笠原唯八とはよく気が合った。「二人の間は情、膠漆《こうしつ》のようであった」と、板垣が後年語っている。江藤が不平論を説き立てて、小笠原を共鳴させたのであろう。まあ、こんな工合《ぐあい》で、二人は西郷を頂点とする薩摩の江戸における方針をずっと一種の探偵眼《たんていがん》で見ていたのである。

また、二人に少しおくれて、大村益次郎《ますじろう》が、軍務局判事として江戸に来ていた。大村は戦争にかけては天才であったが、人がらは今日のことばで言えば極端な合理主義者で、数学と三段論法でしかものを考えない男であった。西郷のように精神の美や情義のあたたかさを人間世界の重大要素とする人間は、彼の理解を絶した。これまた、勝の古狸《ふるだぬき》にだまされているとしか思われないのであった。このことについては、やがてもっとくわしく書く。

勝《かつ》の慶喜《よしのぶ》よび返し運動

一

大村益次郎《ますじろう》や江藤新平《えとう》らが、西郷を頂点とする薩摩藩《さつまはん》の参謀らが勝安房《かつあわ》にだまされていると考えたのは、無理もない点があった。勝という人物をよく知り、当時の勝の心情をよく理解し、当時の江戸の状態、徳川の家臣らを、曇りない心で温《あたたか》く見るなら、決してそうは思わなかったはずであるが、官軍の立場から官軍本位に合理主義的に見れば、狡猾《こうかつ》な勝が人のよい西郷を手玉にとっていると見たのは無理はない。もっとも、西郷は江戸開城はるか前に二度勝と会見したきり、あとは会っていない。世の誤解を避けるために、わざと会うことを避けて来たのである。その後勝がもっぱら会って交渉した官軍の参謀は海江田《かいえだ》武次《たけじ》と木梨《きなし》精一郎（長州人）であった。

西郷が、徳川氏処分の朝意を伺うために京都に上るために江戸湾で薩摩の汽船豊瑞《ほうずい》

丸《まる》に乗ったのは四月二十八日であるが、それから三日後の閏《うるう》四月二日に、勝は大総督府から、

「昨今の時勢について、その方は格別に苦心尽力の事があった。大総督宮は深く感じ思《おぼ》し召《め》されている。なおこの上、見込みのことは忌憚《きたん》なく申し出《い》で、万端誠忠をぬきんずべき旨《むね》を、宮から御沙汰《ごさた》あらせられる」

という命令を授けられた。「格別に苦心尽力の事」とは軍艦連れもどしのことであろう。同日、さらにもう一つ命令を授けられた。

「江戸の鎮撫《ちんぶ》万端の取締りのことを委任されるから、精励するように、大総督宮から御沙汰あらせらる」

両《ふた》つとも命令とはいえ、実質は委任である。こんな委任を大総督宮の名でしたのは、江戸の不安――市民の不安、旧幕臣の不安、ずっと続いている旧幕兵の脱走さわぎ、市中の秩序の乱れなどが、少しもおさまらず、官軍が手を焼いているためである。官軍は不安と治安の乱れの原因をつくりっぱなしにして、その原因を少しも除去しないのだから、おさまる道理はないのである。しかし、勝ならなんとかやるだろうと、白羽の矢を立てたという次第であろう。海江田武次あたりが言い出したことに違いない。

しかし、勝だって魔法使いではない。即効散のような方法を持っているはずはない。

そこで、思い切った手を考えた。慶喜《よしのぶ》を江戸近郊に呼びもどし、その近郊の寺院で謹慎させるがよいと献言したのだ。閏四月四日というから、大総督宮から委任のあった翌々日だ、田安慶頼《よしより》のところへ次の建白書を持ちこみ、慶頼から大総督府へ提出させた。

　恐れ多いことを、死を冒して言上いたします。臣義邦《よしくに》の微名がはからずも大総督宮のお耳に達しまして、江戸鎮撫のことを御委任仰《おお》せつけられ、また昨今の時勢について苦心尽力していますことを御感賞賜わりまして、これからも忌憚なく所存を申し上げよとの深厚なる寵命《ちょうめい》を蒙《こうむ》りました。恐懼《きょうく》にたえない次第でございます。元来、臣義邦は無才無能にして、ただ一つの愚忠を守って欺《あざむ》かざることをもって、平生の志としている者でございます。でありますから、今般の御沙汰の趣きは、身において為《な》し得た事功の覚えはいささかもないので実に思いもかけないことでありまして、令旨《りょうじ》をいただきまして、恰《あたか》も夢に夢を見る気持で、恍《こう》として報答する所を知らざる次第でございます。

　仰せつけられました職事などは、臣義邦のごとき不肖の者のたえる所ではありませんから、恩栄に甘えましては、上は朝廷を欺き奉《たてまつ》り、下は民望にそむくことになりましょうと、恐れ入っています。

そもそも、昨今天兵東下の際におきまして、居城・領地献納の日に至りますまで、安らかに鎮静していましたのは、決して臣義邦の苦心尽力によるのではなく、ひとえに赫々《かくかく》たる皇威にたいする寡君《かくん》慶喜の至恭至順の誠心のいたしたところであったと存じます。

実に慶喜は、その一身ばかりでなく、祖宗の基業をも捨てて、全く一家の利益をかえりみず、幽閉待罪の日も天朝を尊奉し、皇国の治安を祈る心がいささかも衰えるところがありませんでした。義邦輩におきましても、その誠意に感じまして、鄙《ひ》心頓《しんとみ》に消滅し、慶喜の純忠に同化しましたので、自然府下も安静し、天兵が城に臨み給《たま》いました日も、市中は少しも異変なく、衆民は皇恩の慈雨のごときを感戴《かんたい》したのであります。これはもちろん、聖化のあまねきによるのではありますが、またいささかは慶喜の恪謹《かっきん》恭順によらなかったとは申せません。

臣義邦は愚昧《ぐまい》にして、往日慶喜がまさに天譴《てんけん》を蒙らんとしました節、死をもって匡救《きょうきゅう》いたすべきを、微力にして行きとどきませず、ついに王師の征討を労し奉ることになり、一時国内騒擾《そうじょう》し、なお不測の変故がおこるようなことがあれば、ついには外国の野心を挑発《ちょうはつ》することになるかも知れない場に立至りましたことは、万死をもってしても償いがたいことで、追憶してここに至りますれば、慙懼《ざんく》身のおき場もない気持で、恐れ入っています。どうして大総督宮の恩命を拝受し奉るに堪えましょうや。

かくのごとく罪を負うている私でありますから、今さら一言を献じ奉る地位ではありませんが、草刈りや木こりのような卑賤《ひせん》な者の言葉も棄《す》てさせ給わずとのおん旨を仰せ出《いだ》されていますので、恐れをかえりみず、愚衷を申し上げます。

江戸市内を静謐《せいひつ》にし、これを遠く遠境にまで及ぼし、生民の安寧をはからせ給うには、臣義邦ごとき者の力では及びません。前述いたしました通り、恭順の至誠をもって士民をしておのずから感化せしめました慶喜の近日の行状こそ、その任に最も適することを証明するものと存じます。仰ぎ願わくは、天地にひとしき聖徳の皇《こう》恕《じょ》をもって、慶喜に退隠を仰せつけられました上で、江戸府内に還住なさしめ給いますなら、府下の人民は必ずその恪恭《かっきょう》に薫陶《くんとう》され、令せずして次第に安靖《あんせい》に至るでありましょう。

もっとも、罪を負うています慶喜を、国を譲って間もないのに、府内へ還《かえ》らせ給うことは、朝廷の御威光にもかかわるという議論もありましょうが、人間はたとえ悪人でありましても、悔悟改心しますれば、咄嗟《とっさ》の間に善人になるのであります。

まして慶喜は元来の悪人というのではなく、一時のあやまちで部下を馭《ぎょ》する道をあやまりまして、天怒を犯し奉り、それ以来、痛責自艾《じかい》している実蹟《じっせき》は、前文に申し上げました通り、明々白々たるものがございます。しかれば、今日の慶喜は前日の慶喜ではございません。方今、国家多難の時、破格の御権道をもちまして、一の御仁術をお施しになりますなら、大いに皇国のおんためにもなりましょうし、申さば無用をもって有用を助け、皇化のおんためにもなるであろうと存ずる次第でございます。

このように申し上げますれば、ひとえに慶喜のためを図るようにお考えでありましょうと、恐懼し奉りますが、臣義邦は元来一筋に誠心欺かざるをもって世に処している者でございます。これまでの私の持操ぶりは大総督府内にも、官軍の従征の一、二の史臣中にも、ほぼご存じの人々があるはずでございます。

誠に馬鹿《ばか》正直に、心中のありのままを申し上げました。幾重にも御憐恕《ごれんじょ》なし下され、申し上げましたことごとを篤《とく》と御洞察《ごどうさつ》下さいますよう、伏して懇願し奉ります。

誠恐《せいく》誠懼、死罪々々。敬白。

戊申閏《ぼしんうるう》四月　　　　勝　安房

この当時、慶喜が水戸《みと》でこまっているという事情もあった。水戸藩は昔から党争のすさまじいところであるが、元治《げんじ》元年の天狗党《てんぐとう》騒ぎの時に、水戸の正議党は諸生党のために徹底的に弾圧されてしまった。四年後の今年になって、伏見《ふしみ》・鳥羽《とば》の戦いに官軍が勝ったとなると、正議党は勢いを吹きかえして、諸生党を藩中から追って藩政をにぎった。慶喜が水戸へ来たのは、ちょうど一応のおちつきを見せた頃《ころ》であったが、間もなく、慶応元年の早春敦賀《つるが》で幕府によって処刑された武田耕雲斎の孫武田金二郎によって大へんなさわぎになった。金二郎は祖父・父・叔父の三人が処刑された時、まだ少年だったので、小浜藩《おばまはん》にお預けになっていたが、時勢一転とともに同じくお預けになっていた水戸藩士らとともに、京都に呼ばれて官軍のなかまとなると、水戸にかえり、最も惨烈な復讐《ふくしゅう》をおこない、水戸の土地を鮮血に染めるのである。この頃はその金二郎が江戸まで来ていて、間もなく水戸に乗りこむというので、何となく水戸の空気がざわめいて、慶喜としては居づらいのであった。

こういうこともあるので、勝は大総督府が江戸の治安にあぐねているのを見て、この思い切った手を打って見る気になったのであった。もし慶喜が江戸に還住することを許されれば、たとえその身は蟄居《ちっきょ》謹慎していても、江戸の人気はおちつき、家臣らも大方はおちつくことは間違いないのであった。勝は徳川家の譜代の臣だから、主家のためにはかるのは当然のことで、この建白においても大いにそのためはあったことは間違いないが、決してそのためばかりではなく、いつまでも江戸を中心とする関東一帯を不安定な状態におくより、そうする方が日本のためでもあり、官軍のためでもあると、心から考えたに相違ない。

しかし、官軍側にあって、官軍本位にしかことを考えることをしない人々が、勝の心理を疑惑したのはこれまた当然である。何よりも、朝廷が御親征という名で官軍をくり出して折衝し、厳命したことを、全部とり消しにすることであり、ここまで積み上げて来た官軍――革命軍の威厳を一挙にして無にしてしまうことである。図々《ずうずう》しい男め、足もとを見てやがると思ったのであろう。

勝はそんなことは百も承知である。さらに運動をつづけ、翌五日、西の丸の大総督府へ出頭して、こう言った。

「昨日、田安中納言《ちゆうなごん》をもって建言いたしましたことについて、御決答をいただきたくまかり出でました。拙者、深く江戸の市内の人情を考察いたしまするに、拙者の建言の旨を御採用給わりましょうなら、府下は静謐に帰し、士民は大総督府の御命令に応じ奉るでありましょうから、大いにおためになると存じます。大政御一新の際、皇国の首府の人情が天威のかたじけなさを思い、静謐に帰しますなら、海内《かいだい》は響きのものに応ずるごとく静平になりましょう。よろしく大総督宮の御決答を仰ぎ奉ります」

応対に出たのは海江田武次であった。海江田は心から勝を尊敬しているから、その建議に相当には心を動かしていただろうと思うが、

「事は重大でござれば、一応京都へお伺いの上でなくては、御決答遊ばすわけにはまいりません」

と答えた。

二

当然のなり行きというべきだが、勝《かつ》はあきらめない。別方面から運動する。田安慶《よし》頼《より》にあてて、次のような書面をさし出した。

亡国負罪の臣義邦《よしくに》、謹んで当今の形勢の真相を申し上げます。去る四月十一日、千代田城をお明け渡しになって、大総督が御入城遊ばされまして以来、今日に至りましたが、徳川家の御処置については何の仰《おお》せ出《いだ》しもありません。江戸の鎮撫《ちんぶ》につ

いては度々仰せ出され、厚く御配慮でありますが、人心は日に恟々《きょうきょう》として疑心を抱いて、定まるところを知らざる有様です。君臣の義を重んじ、礼節を守る者は恭慎していますが、かつて美しかりしお城は今日では野草繁茂し、城壁やひめ垣《がき》は剝落《はくらく》し、郭門は乞食《こじき》・非人の巣窟《そうくつ》と化し、実に人臣たる者の見るに忍びざる情景となりはてています。

御家来の面々やその養っている子弟僕従《ぼくじゅう》なども、その主人が領地を失いまして、飢渇《きかつ》に及んでいる者がおよそ三十七、八万はいます。それがために都下百万の商民は同様に生活の手段を失いました。かくて夜間は盗賊横行し、無辜《むこ》の者を残害し、老幼路上に横死し、壮者は近郊に屯集《とんしゅう》して強盗を事とする有様となり、まことに見るにたえず、聞くに忍びざるところです。晏然《あんぜん》としてこれを看《み》て日を過すのは、民を水火に投ずると同様であります。民は天子の養い給《たま》うべきものでありますのに、こうでありますのは、民に何か罪があるからでありましょうか。弁解なされがたいことと存じます。

申すまでもなく、小臣らは罪を負うている者でありますから、死罪に処せられるなり、放逐されるなり、罪に応じて厳罰を仰せつけられる御処置があって然《しか》るべきものでありますが、当今は外にしては強国との交際が盛大でありまして、外国人が踵《きびす》を接して我国に居住する者数千人を下らず、また北方は強露と境を接していまして、国内が力を協《あわ》せ心を同じくして、雄を海外に争うことが方今第一の急務となっています。しかるに、国内の人心がこのように方向を失って危惧《きぐ》を抱き、ひそかに離散の基《もとい》が固くなるように、お仕向け遊ばされつつありますのは、何とも小臣の理解する能《あた》わざるところであります。かくては、たとえ鉄艦数隻《すうせき》、猛卒数百万の御軍備がありましても、何の御用にも立たず、同胞空《むな》しく相争う道具となるばかりでありましょう。

これらのことにつきましては、定めて既にお考えのついていることで、負罪の小臣のとりこし苦労でありましょうが、我が君上慶喜《よしのぶ》の念願するところがここにあったのでありますし、その誠意と至恭の心中も唯今《ただいま》のような御模様でありますなら、ついに水泡《すいほう》に帰するのではないかと、小臣は実に悲嘆痛哭《つうこく》にたえないのであります。

徳川宗家《そうけ》が御三家・御三卿《きょう》を立てておかれましたのは、かかることのためでもあります。この際としては、宗家をご輔翼《ほよく》あり、且《か》つ朝廷へ御忠諌《ごちゅうかん》を奉《たてまつ》られ、御尽力をなさることは、憚《はばか》りながらその御職掌と存じますので、忌諱《きき》を憚らず、かく申し上げた次第でございます。この頃《ごろ》、小臣は大総督府下へ一封の意見書を上《たてまつ》りましたが、もとより負罪の身分でありますから、御採用にならないのは当然と存じますが、形勢切迫して大瓦解《だいがかい》に立至るべきことを傍観していますのは、実に忍びざるところです。何卒《なにとぞ》、閣下なお助力を添え給い、大総督府へ御嘆願なし下さいますなら、有難《ありがた》く存じ奉ります。もとより小臣一人のためでなく、都下百万の生霊を救い給うことなのであります。これは恐れながら、大総督府の御任務と存じ奉ります。（聴き入れられないはずはないから、ひるむなという語気がある）

小臣は元来頑愚《がんぐ》の性質です。忌諱を冒して罪をもって一死を賜りますなら、死後の幸い何事かこれに過ぎましょうや。現在心に思っていることを毫末《ごうまつ》も包まず申し上げました。死罪々々。謹言。

閏《うるう》四月十三日

勝　安房《あわ》

田安殿下

翌十四日、田安慶頼は、勝のこの書に次の上申書をつけて、大総督府へ差出した。

勝安房こと、方今の形勢についての見込みの陳述書を差出しました。右は余儀ないことのようにも思われますので、大総督宮御方へお聴きに入れ奉りたく存じますが、私の口から申し上げましては、意味徹底せず、本人至切の願意を誤るかも知れませんから、略儀ではありますが、右建白書一通をそのまま進呈いたしますれば、御熟覧の上、何卒御採用なし下さるよう懇願いたします。この段よろしくおとりはからい下さい。以上。

閏四月　　　　　　　　　　　　田安中納言《ちゅうなごん》慶頼

勝は静寛院宮《せいかんいんのみや》も利用して運動した。

閏四月十九日付で、宮へ次のような嘆願書を出した。

私がこの前大総督へ懇願いたしましたのは、寡君慶喜が天朝の仰せを厚く遵奉《じゅんぽう》しまして、十数代伝承の居城と領地とを差上げ、数万の家臣共《ども》の嘆願をもかえりみず、深く恐れ入って謹慎していました誠意のことをのべ、さらに都下数百万の人命を攻撃の難から免《まぬ》かれしめて、今日まで無事ならしめることが出来たのは、天威の普《あまね》きところによるとは申しながら、寡君の謹慎の致すところでもありますから、この恩に感激して、人心が自然に慕いますのは人情の天性で、その情とその実を尽し遊ばされるのは、大政において恩威がふたつながら立つところと存じまして、これらのへんを厚く御憐察《ごれんさつ》下さいまして、慶喜を御赦免下さり、江戸近郊へお呼び下しいただきたいとの旨《むね》を、幾重にも願い奉ったのでございます。

徳川家の家来共にして脱走する者が近来益々《ますます》多くなりつつありますのは、主人が遠く水戸《みと》に謹慎していますのに、家来の身として安逸に江戸屋敷にいることを、何となく君臣の道義上相済まないことに思っているからであります。ですから、どんなに制止しましても、ご処置が長引きますれば、多くはなっても、少くなることはないでありましょう。こんな風でありますので、市民らは甚《はなは》だ不安を抱き、深く心配しています。もし一朝不穏の大変が勃発《ぼっぱつ》しましょうものなら、数万人のことですから、もう制しようはありません。そうなっては、恐れながら、天朝の御威光も立たず、寡君のこれまでの謹慎の心中も水泡に帰し、何とも恐れ入ったことになると存じます。誠にもって恐れ入り奉ることでありますが、小臣の願い奉ります心中を幾重にもお汲《く》みとり下され、京師表《けいしおもて》へ御嘆願をなし下さいますなら、数万の家来共はいかばかりか有難く思うことでございましょう。脱走いたします心得違いの者も自然やむであろうと存じます。そしてまた朝廷の御威光も確乎《かっこ》として相立つでありましょうし、朝廷が人倫の常綱《じょうこう》や人情のやむを得ざるところをも決して捨て給わぬことを知り、恩威ふたつながら厳然としてそなわる正大の御処置であると感戴《かんたい》するでありましょう。

この段おとりつくろいをもって、お願いをなし下さいますように、ひとえに願い奉ります。

謹言。

閏四月十九日　　　　勝　安房

三

この閏《うるう》四月十九日に、勝《かつ》はまた手をまわして、田安慶頼《よしより》を静寛院宮《せいかんいんのみや》に拝謁《はいえつ》させていることが、静寛院宮日記に見える。

この日午後二時頃《ごろ》、田安慶頼は宮へ拝謁して、勝の願意を口頭で宮に申し立てている。

「勝は先日建白書を大総督府へたてまつりましたが、その内容はしかじかであります。どうやら、大総督府内では、勝は慶喜《よしのぶ》を江戸へとりもどすたくらみをしていると疑っておいでの向きもあるやにうかがわれます。慶喜のことは、実は水戸《みと》の家中《かちゆう》は党争のために大混雑中でありまして、慶喜も居づらいため、当地の寺院に移りかわらせたい含みもあるのでございますが、これは直接口頭で申し上げた方がよいと存じまして、わざと建白書にはしたためず、大総督宮様へ拝謁を願い出たのですが、宮がお風邪のために拝謁がかないませんでした。しかるに、聞きますれば、明日正親町《おおぎまち》中将（公董《きんただ》）卿《きよう》が汽船で京都にお出かけになる由《よし》であります。つきましては、勝は正親町卿によって京都太政官代《だじようかんだい》で、自分が慶喜のお取立てを願うたくらみをしていると説明される恐れありと心配しまして、宮様からこの趣きを正親町卿に申し進ぜたまわりますようにと、私にまで頼んでまいったのでございます」

と、慶頼が申し上げると、

「わかりました。橋本へ申し進めておきましょう」

と、宮はお答えであった。橋本とは先鋒《せんぽう》総督橋本実梁《さねやな》のことである。宮のためにはご生母のご兄弟にあたる。

宮はすぐ侍女の土御門《つちみかど》藤子《ふじこ》に命じて、右の趣きを橋本卿へ知らせる手紙を出させられ、午後六時にはその返事があったと、静寛院宮日記のこの日の条にある。

さらにこの翌日の条に、

「二十日。今朝、勝のことを中山（侍医・摂津守《せっつのかみ》）へ直接申し聞かせた。同人即刻桜田へ出、正午帰って来た。勝のことは橋本少将から正親町卿へ申し伝えられたとの返答であった」

ここまでのところも、勝の運動の執拗《しつよう》さは驚くべきものがあるが、まだつづくのである。

閏四月二十五日になって、一昨日三条実美《さねとみ》とともに西郷が京都から帰って来たと聞くと、すぐ再度の建言をした。三条は岩倉とともに太政官副総裁であり、関東大監察である。それに西郷が帰って来たとあっては、手応《てごた》えがあるはずと思ったのであろう。

負罪の小臣、毎々尊威を冒瀆《ぼうとく》し、恐懼《きょうく》少からず存じますが、すでに忌諱《きき》を憚《はばか》らず献言いたすべしとの令旨をもいただいていますので、泣血して上言いたします。

過日仰《おお》せ出《いだ》されました朝裁中に、玉石共に焚《や》くの御趣意ではないとの御沙汰《ごさた》がありました。まことに神武《しんぶ》は殺さざる、王師の御所為で、有難《ありがた》い聖慮でございます。しかるところ、今般御追討のために官軍御東下の砌《みぎ》り、徳川家譜代の大名・旗本にして、朝命を遵奉《じゅんぽう》して、既に先鋒となってまかり下り来《きた》りましたものには、御褒賞《ごほうしょう》を賜りましたやに拝承いたします。軍略上から申せば、さようなこともあらせられることは十分に推察出来ますが、それでもそれらの者の心底をよくよくさぐりましたなら、中にはつまりはただ利益のために重代厚恩の主家にそむき、人間としての大道義を失ったものもあると思います。もし果して五倫五常をとりはずして、利のためにしたものなら、そのようなものがどうして皇国のために忠誠を抽《ぬき》んずべき道理がありましょう。

寡君慶喜の恭順の実効が立って、寛典の御沙汰の仰せ出さるべき折柄《おりから》、王政御維新の際、徳川祖宗以来の歴代の君臣の義理を守り、主家と存亡を共にいたしたいとの所存の者共《ものども》は、周初における殷《いん》の頑民《がんみん》のごときもので、その情まことにあわれむべき者共であります。この輩は現在においては天下の頑民ではありますが、徳川氏のためには忠臣と申すべき者で、既にその主家に忠心ある上は、他日皇国のおんために忠節を抽んずべき者に相違あるまいと存じ奉《たてまつ》ります。

これらの事情と、仰せ出されました御趣意とを厚く御推考なし下さいまして、格別の御恩情をもって彼らより召上げられました知行所をお差しもどし給《たま》わりましょうなら、天地の覆載《ふさい》にもたぐうべき御聖恩にたいして、千万歳の後まで天下万民皆感戴《かんたい》し奉るであろうと存じます。この段申し上げ奉ります。

閏四月

この後の閏四月二十八日に、勝はこんどは西郷だけにあてて書面を送った。この書は忠告をいきなり箇条書にしたものであった。

勝　安房《あわ》

第一　唯今《ただいま》の季節は田植の時でありますのに、下民は課役の繁《しげ》きためにその暇《いとま》のないのに苦しんでいます。かくては東三十余カ国は全部生活の途《みち》を失うでありましょう。来年、民はいかにして生をつなぐことが出来ましょうか。民は国の本であります。民が亡《ほろ》んでは国は成り立ちはしません。一体、下民というものは、千年の恩沢《おんたく》を蒙《こうむ》っているのだから辛抱しなければならないなどとは考えないものです。自らの父母妻子の飢え凍えるのを避ける目前のことだけを考えて、他を顧みる暇のないのが、民というものなのですぞ。

第二　すでに過日来、大総督府へ建言しました。（江戸の人心鎮撫《ちんぶ》の方法には、徳川慶喜を水戸から江戸に復帰させ、慶喜にくみしたために没収されている大名や旗本らの知行地を返還するがよいとのことである）

第三　王政維新の際でありますのに、朝廷はわが徳川氏の領地の租入をもって新政の用途にあてんとしておられるように見受けられますが、この一事は恐れながら規模狭小にすぎはしませんか。徳川氏の領地は全部を召上げられても、わずかに四百万石の地で、租入としては三百六十万俵前後しかありません。これは諸官人の俸給《ほうきゅう》にも足りますまい。ましてや、海陸の軍備をどうしてととのえることが出来ましょうや。且《か》つ名義の正しからざることも御考慮下さい。犯罪は、条理をもってお罰しあるべきものでありますが、もし徳川氏の領国の半分を没収なさるとすれば、家臣らは罪なきにもかかわらず、所領や扶持《ふち》を失い、その父母子弟を養う途《みち》を失うことになります。これらの人々のうらみは、一体誰《だれ》に帰しましょうや。

今寛典の御処置があって、寡君（慶喜）に御宥免《ごゆうめん》のことがあって、その領国をその儘《まま》下されましても、慶喜は当然いくばく万石かを朝廷に献上するでありましょう。もしそうしますなら、これはその誠心から出るものでありまして、皇国内の諸大名もこれを黙視してはいず、必ずいくばくか、その領地に応じて進献するでありましょう。そうなりますれば、大政の御用途や国内の諸事にあてられる御費用は十分に出来るでありましょう。このようになさるならば、必ず人々は心から快く悦服するでありましょう。

第四　一家不和を生ずれば一家滅亡し、一国不和を生ずればその国は滅亡するでありましょう。海内《かいだい》の人の心を離反せしめてはどうにもなりませんぞ。
第五　列国の使臣らは徳川氏にたいする朝廷の御処置如何《いかん》を、目をすまし、耳をそば立てて、知ろうとしています。もし一朝不正の御処置がありますなら、その可否は瞬息の間に世界中に知れわたるでありましょう。深慮なさるべきことであります。

この他《ほか》、人心の向背に関係するものが相当ありますが、今はその大なるものだけを挙げて御忠告いたします。これ、寡君慶喜が恭順して憂慮しているところは必ずここであろうと推察されますので、黙止することが出来ず、忌諱を憚らず、罪を恐れず、高明を冒瀆しました。死罪々々。

閏四月二十八日　　　　　　　　　　勝　安房

勝はこの当時の旧幕臣に大へん評判の悪い人であったばかりでなく、明治・大正を通じてずっと旧幕臣の系統にはよく言われていない。今日でも勝をよく言わない人がいる。勝が戦わずして徳川氏を薩《さつ》・長を中心とする朝廷に降伏させたこと、しかも彼自らは朝臣《ちょうしん》となって参議となり、海軍卿をつとめ、元老院議官となり、枢密《すうみつ》顧問官になり、伯爵《はくしやく》になりしているので、利にさとい不潔の徒と見るからであろう。しかし、そういう人々は、この当時の人も、その後の人も、現代の人も、江戸城明渡しをごく表面的に知っているだけで、その後勝がこんなにも熱心執拗に、慶喜のために尽したことを知らないのである。勝は慶喜とは終始一貫相合わなかったが、それでもこんなに尽しているのである。

さて、勝のこの二十八日・二十九日の日記に次のようにある。

二十八日。

この頃三条殿が東下して来《こ》られたが、徳川家にたいする御処置のことについては何の仰せ出しもない。先日来、総督府の参謀が鎮静に骨を折り、自分にたいして、京都へお伺いのことが済めば、直ちに御処置という運びになろうと話していたが、またひそかに他から聞いていることがある。それは京都では太政官内においてはこの地の総督府の意見とは違って、人々の評議があった頃、各々《おのおの》好むところによって説を立て、或《あるい》は禄地《ろくち》はそのまま与えるというもあり、或は二、三百万石、あるいは百万石、或は十万石、或は三十万石、また減地して然《しか》るべしなどと言うもあり、色々とりどりで、天下公平の説はいずれなるやを知らざる有様であったと。

三条殿の意図は、兵威をもってわが臣民を圧伏し、三十余万石をもってその社稷《しゃしょく》をつがしめようというのであると聞いているが、東下以後はまだ何にも仰せ出されていない。もしわが徳川氏の臣民が従容《しょうよう》として御処置を待ち、慎んでその命に応ずるなら、三条殿としてはこれらのお考えを施行されることなく、むなしく時日を経て、士民の心が三条殿から離散するだけであろう。そうなれば、兵威もまたどこに行うことが出来られよう。だから、現在においては、徳川氏の臣たるものは一層条理を正し、名節を守り、忠諫《ちゅうかん》をなすべきである。そうすればたとえ官兵が数万いるとて、どう出来よう。それを思わず、私党を結び、関所を立てて路上をふさぎ、或は官兵を殺害したりしている者がある。災害は日ならずして生ずるであろう。そもそも人為であるか、天命であるか、人間の心の頼みがたいことは、まことに慨嘆にたえないのである。

二十九日。

田安殿が、大総督府から西の丸に召寄せられ、亀之助《かめのすけ》殿（後の徳川家達《いえさと》）が御相続なさることを仰せ渡され給うた。禄高・居城・封地《ほうち》などのことは、追って仰せ出されるとのことであるが、旗本らは疑念して、或は憤激して大事をあやまらんとしている。朝廷では策謀をめぐらされ、わが徳川家中の動静如何を観察せんとしておられるのであろうか。

この頃、彰義隊の者共、しきりに遊説《ゆうぜい》して、そのなかまの者が益々《ますます》多い。騒ぎ立て、軽はずみして、血気の勇にはやるを快とし、官兵を殺害したりして、上野台に屯集《とんしゅう》するものほとんど四千人である。そうしてはいけないと頭取《とうどり》以下に説諭するけれども、決してきかない。虚勢をはって群衆を惑動《わくどう》している。或は奥州《おうしゅう》地方の諸藩が一致して我らが事を起すを待っていると言い立て、或はこちらこそ公現法親王《こうげんほっしんのう》を奉戴して錦旗《きんき》をおし立てて義挙するのだと言い立て、それらが無稽《むけい》にしてとりとめもないことであるのを反省しもしない。有志中にもひそかに同《どう》ずる者がある。甚だしきは君上（慶喜）も御同意であると称して加盟をすすめる者があって、これを非というものには虚勢を示して劫《おびや》かすのである。

以上である。

西郷の反応については何にも書いてない。西郷が勝の忠告書を読んで無感動であったろうとは思われない。大いに同感であったろうし、また自分の不在中に大総督府に提出された意見書も読ませてもらい、色々考えさせられるところがあったに違いない。けれども、諸般の情勢上、それを表示することが出来にくかったのであろう。諸般の情勢とは、内にしては大総督府内に新たに加わった大村益次郎《ますじろう》、江藤《えとう》新平、小笠原唯《おがさわらただ》八《はち》の三人の意見であり、これと気脈を通じている諸道先鋒総督府参謀らの感情である。この参謀らは東海道先鋒総督府を専制横暴であると考えて敵視していたが、彼らは東海道先鋒総督府がそうであるのは、その首席参謀が海江田《かいえだ》武次《たけじ》であるからであり、海江田は西郷と少年の頃から同志として親しいところから、西郷の威を笠《かさ》に着ているのだと解釈したのである。要するに、倒幕勢力の中心的武力であったし、今や官軍武力の中心である薩摩勢力にたいする嫉妬《しっと》と警戒とが官軍部内にひろがりつつあったのである。また外部的には彰義隊の跋扈《ばっこ》が日に日にひどくなりつつあり、同時に奥羽南部から関東北辺にかけての情況もおかしくなりつつあったからである。

さまざまな反薩的《さつてき》批判

一

ずっと書いて来たように、山岡《やまおか》・勝《かつ》・大久保一翁《いちおう》らの人柄《ひとがら》とその言うところとを信じて、慶喜《よしのぶ》の改過恭順にいつわりなしとして、江戸の無血開城を受入れることにしたのは、征討大総督参謀西郷であり、その後の城受取り、兵器・軍艦等の受領を執掌《おうしょう》したのは、東海道軍参謀の海江田《かいえだ》武次《たけじ》であり、それにつづく江戸の民政・司法・警察業務等を田安慶頼《よしより》（実務は勝と大久保とがとった）にまかせたのは、西郷であり、海江田武次が官軍側の代表者として必要に応じて勝らと接触交渉したのであった。つまり、西郷は大綱だけを攬《と》って、実務上のことは海江田が主になって働いたのであった。

海江田は純粋で熱情的な性格だが、頭はあまりよい方でない。少々狂躁的《きょうそうてき》で、権威主義的であるという性格上の欠点もあった。文久二年の春、島津久光《ひさみつ》がはじめて中央の政治に志を抱いて壮士千余人をひきいて乗り出した時、彼は徒目付《かちめつけ》に任命されて上《かみ》方《がた》の探索を命ぜられ、久光に先行して京坂《けいはん》地方に出たのだが、西郷に会いもしないで、噂《うわさ》だけで、西郷が暴勇な浪人志士等《ら》と通謀《つうぼう》してクーデターを企てていると速断して、すぐ引返して久光に途中で会って報告した。これが久光の怒りを挑発《ちょうはつ》して、西郷が再び南島に流される理由の一つに取上げられ、このために西郷は一時死ねよと言わんばかりの酷烈な目にあった。海江田と西郷とは少年の頃《ころ》からの同志で、いわば薩藩の数少い先覚者のメンバーである。当時の西郷の京坂地方における居場所は伏見《ふしみ》の藩邸であることはわかっているのだから、そんな噂を聞いたら、たずねて行って直接たしかめるべきであるのに、それをせず、いきなり御注進と駆けもどったのは、はじめて藩政府の一員である徒目付に役付きしたことに有頂天となっていたためとしか思われない。つまり、官職を有難《ありがた》がる権威主義と躁狂さのための失敗といってよかろう。

　こんども、東海道軍参謀になったのがうれしくてたまらない。東海道を東下して来る途中、甲州に旧新選組が出たと聞くと、副総督の柳原前光《さきみつ》を奉じて、本軍と別れて甲州に行ったが、ついてみると、その旧新選組は東山道軍《とうさんどうぐん》参謀の板垣《いたがき》退助が東山道軍支隊をひきいて来てあっさり退治したあとだったので、全然無駄《むだ》なことをしたことになっている。

こんな彼だから、江戸につき、東海道軍参謀の主任的立場になって、江戸城を受取り、兵器・軍艦を受取り、江戸の治安取締りにも大本をにぎるということになると、大いに張り切り、いい気持にならざるを得ない。とうてい、西郷のように出来るだけ人を立て、やむを得ないところだけを自分がやるというような工合《ぐあい》には行かない。その上、徳川方の勝安房《あわ》とは昔からの知合で、その人物を十分に知っているという自信があり、また官軍戦力の中心である薩藩軍の大幹部であるという自負もあるので、そのやり方は相当専制的であったようである。少くとも、東海道軍以外の官軍、あるいは薩藩以外の将兵にはそう見えた。

海江田にたいする、このような感情は、当然、西郷にも及んだ。当時の藩意識というものはそういうものだったのである。

二

西郷や海江田《かいえだ》によって代表される大総督府と東海道総督府とのやり方にたいする他軍の批判の一例をかかげてみよう。

北島千太郎は岩倉具視《ともみ》の家にずっと以前から出入りしていた志士の一人だが、王政復古の世となり、官軍東征となると、岩倉の二人の子具定《ともさだ》と具綱《ともつな》が正・副総督になった東山道軍《とうさんどうぐん》の大監察となって、軍とともに江戸に下って来たが、閏《うるう》四月二十二日付で、京の岩倉にこんな内容の意見書を送っている。

「謹んで申し上げます。初め東海・東山・北陸の三道から、官軍が江戸へ進入しました節は、兵威赫然《かくぜん》として関八州《かんはっしゅう》にかがやき、関東の大小名等《ら》は禍《わざわ》い眼前に迫った、勢いやむを得ずと観念して、帰順する者がつづき、実効大いにあらわれたのですが、今日では官軍の微勢なことがわかったばかりか、官軍自身が眼前の安逸を貪《むさぼ》って怠惰に流れ、少しも政道の立たないところから、人々は大いに官軍を軽侮する念慮を生じ、児童走卒に至るまで、官軍を見れば唾《つば》を吐きかけんばかりにして罵《ののし》るようになりました。実に長大息の至りであります。

この有様に乗じまして、会津賊は四方に兵を出して蚕食《さんしょく》の勢いがありますので、東山道軍だけでこの前は宇都宮・日光・大田原へんの賊を追討しましたが、去る二十日、賊徒は白河城を陥《おとしい》れ、大軍をくりこみ、野州と奥州《おうしゅう》との境において『これより会津領』と大書した標木を建て、近国の諸国を説得してその党与として、益々《ますます》強盛になりました。しかもまた、徳川氏の旗本等は表面は恭順を唱えながら、内実は叛逆《はんぎやく》を図り、江戸城の四面に激徒が屯集《とんしゆう》して、機を見て大挙せんとの企図判然たるものがあります。しかも、官軍にはこれを制する力なく、一日の苟安《こうあん》を貪り、賊の心に背かんことを恐れて、官軍の方がかえって恭順している形になっています。今日となりましては、たとえ徳川氏に旧禄《ろく》八百万石を賜わらんと仰《おお》せ出《いだ》されましても、徳川氏の家臣等は決して感戴《かんたい》せず、必ず遠からず大挙して官軍に抗戦を企てるでありましょう。

伏して願わくは、格別なる御英断をもって、大政が四方に行われ、賊徒が畏服《いふく》し、民人が王化に浴しますような御処置あらせられたく、懇願し奉《たてまつ》ります。実に廟堂《びようどう》一日の苟安は社稷《しやしよく》千載の大患と存じますので、忌諱《きき》を憚《はばか》らず、愚見の件々を別紙に録して呈上します。電覧賜わりますなら、こんなうれしいことはありません。恐懼《きようく》謹言」

以上が北島の意見書の主文であるが、ごらんの通り、これまでの大総督府や東海道総督府の、徳川氏とその家臣らにたいしてとっている処置を全面的に非難している。この非難は、つまりは人的には西郷、海江田等の薩藩《さつぱん》人脈に向けられたものである。この意見書には別紙がそわっている。次の通り。

別　紙

一、皇室輔佐《ほさ》の大諸侯四、五名が自ら兵をひきいて東下し、大いに兵威を振《ふる》い、賊徒を畏服せしめた上で、徳川の処置ありたきこと。

（ここに言う皇室輔佐の大諸侯とは、勤王の志の特別に熱烈な大諸侯の意である。北島の狙《ねら》いは二つある。一つは官軍の兵数不足を補って、不足によっておこっている徳川氏家臣や徳川氏に同情する諸藩や民の、官軍にたいする侮《あなど》りをふせいで、徳川氏処理を抵抗なく行おうというのであり、一つは薩・長専制の勢いがすでに出ているが、これは官軍の主力が両藩の兵力によって構成されているためであるから、もし、この際勤王の志熱烈な大諸侯がみずから兵をひきいて四、五名も参加すれば、両藩専制の勢いは自然になくなるというのである。しかし、実際問題としては、これは出来ないことであった。大名自身の志は別としても、各藩にはそれぞれ事情があって、みずから大兵をひきいて出陣出来る藩は、結局は薩・長しかない。薩藩は藩主忠義《ただよし》が、長州藩は世子《せいし》元徳《もとのり》が出ることが出来ようが、それでは益々両藩の勢いを増大するだけである。結局はおひかえ願って、薩・長の兵だけを増発することしか出来ないのである。）

一、これまで江戸に滞在している兵は、のこらず奥羽へ進撃させられたきこと。
（東山道軍はすでに関東北部の宇都宮から日光に出て戦っており、敵を追いはらった後、この地方の守備についているから、ここに江戸滞陣の兵というのは東海道軍と北陸道軍である。東山道軍つきの大監察の目から見れば、難儀しているのは東山道軍だけで、この両軍の兵は都会的逸楽にうじゃじゃけているように見えたのであろう。）
一、太政官《だじようかん》を仮に江戸にお設けありたいこと。
（太政官の出張所のようなものでも江戸に設けられれば、大総督府や東海道軍総督府の専制をセーヴすることが出来るという含みであろう。これは端的には西郷や海江田――薩摩勢力を意識しているのであろう。）
一、民政をはじめて農商の両税をおこし、経済の基《もとい》を立て、官軍の長持ちする策を立てられたきこと。私の属する東山道軍の兵は本文で書きました通り、この前関東北部の各地へ出張しましたので、軍費莫大《ばくだい》にかかり、府中の金すでに尽くるになんなんとしています。これによって、大総督府へ補充を願い出《い》でましたところ、大総督府の府中も、今日ではお貯《たくわ》えが一万余金しかない趣きを拝承しまして驚愕《きようがく》いたしました。金穀が真に尽きますれば、兵を出すことはもちろん、引上げることも出来ず、進退に窮することになり、当東山道軍だけでなく、諸道の官軍が揃って飢餓することは目に見えていると、焦心苦慮している次第であります。右は即今眉《まゆ》を火《や》くの危急にせまっていることでありますから、迅速に御僉議《ごせんぎ》あらせられるようにお願いいたします。

（徳川幕府も金がなくてほろんだ。慶喜《よしのぶ》が大政奉還にふみ切った原因の一つは、幕府に金がなかったことにもよる。それを受けて新政府をおこした朝廷は、これまた金がなかった。幕府以上になかった。それでも、亡《ほろ》ぶものは亡ぶのであり、興《おこ》るものは興るのである。こうなると、人間の意志と意気とに高い評価を与えないわけには行かない。）

一、ぜひぜひ、この挙に乗じて、天皇が江戸に行幸遊ばし、乱を撥《おさ》め政《まつりごと》を興し、万民をいつくしみ給《たも》う政治の大基本を立てて、江戸をもって東京と定めていただきたいと切願いたします。関東億万の市民を養うの術《すべ》は、天皇の江戸行幸以外にはないと信じます。もし江戸城を徳川に返し、官軍が京都に引上げましたなら、億万の江戸市民は道路に餓死すること必然と存じます。朝廷が撫民《ぶみん》の術を失われましたならば、外国なども傍観坐視《ざし》はいたしません。必ずゆゆしいことになりましょう。恐れ多くも帝王は民の父母に渡らせられますから、徳川の手で餓死しましても、朝廷においてお養いになるべきであり、お養いにならなかったら、王政復古の御趣意はかえって、擾乱《じょうらん》苦民の基となるだろうと存じます。古《いにし》えから関東は王化にうとい土地柄でありますから、幸いこの時に乗じて鳳輦《ほうれん》を促して行幸あらせられますなら、天下の耳目は速かに一新するであろうと存じます。もっとも、国家大疲弊の折柄、費用をどうしようという説も出るでありましょうが、国家の興廃にあたっては鉅万《きょまん》の金を費《つい》やしてもかまわないのであります。且《か》つ民政がよく治《おさ》りますなら、関東の租税をもって三道の兵士を養うに足りましょう。軍務と民政と並び行われねば、とても官軍持久の策は立つまいかと存じます。

(これは江戸遷都《せんと》説《せつ》ではないであろう。京都を西京とし、江戸を東京として、両《ふた》つとも首都としようという説なのであろう。大久保一蔵の江戸東京説と同じであろう。

江戸は人口的には日本一の大都会である。江戸がこうなったのは、ここが幕府の所在地で、天下の諸侯の邸宅があり、参覲《さんきん》交代の制度によって、天下の武士の少からぬ数がここに住んでおり、それを相手にする商工業者も多数いたためである。すでに徳川氏が日本の政権の担当者でなくなった以上、ここはもう天下の大名等は集まらないのだから、たとえ江戸城が徳川氏に返還されても、江戸の消費生活はもう昔の隆盛に返ることはない。商工業者はこまるはずである。一応の見識のある者なら、誰《だれ》でも何とかせねばならぬとは考えるはずである。考えれば、江戸東京説に思い及ぶのは最も自然なことである。誰が最初の言い出し手であり、誰がその影響を受けたなどというのは余計なせんさくであろう。）

右の件々に御英断あらせられるよう、泣血悲嘆、献芹《けんきん》の微志を吐露しました。恐懼再拝。

三

北島千太郎に十日おくれて、五月一日付で、江藤《えとう》新平が三条実美《さねとみ》へ差出している意見書がある。

「謹んで言上いたします。官軍の武威はなかなか上りかねまして、ややもすれば残賊が八州の各地に集散して、未《いま》だに関東は鎮定しません。このままでは平定の御功業の立つ見込はありません。もし今後三カ月、官軍諸藩の兵馬が従来と変らず、武装出陣しながらも無為の滞陣を事として打ち過ぎますなら、諸藩は財政的に疲弊してしまうでありましょう。されば今より遅くとも、五十日を目あてとして奥羽《おうう》を平定してしまうべきであります。然《しか》らずば、ほどなく極暑の季節に入りますから、兵に病疫《びようえき》流行し、十分の一の兵を失うに至りましょう。

今、賊兵（彰義隊のことである）は上野山内に屯集《とんしゅう》して、見かけは意気まことに盛んな様子でありますが、内実は虚実さまざまであります。しかれば、徳川氏の旗本以下の身分を保証し、生活の途《みち》をひらき与えられた上で、大いに軍備を整頓《せいとん》なさいましたなら、上野山内の事情はかわり、彼らは解隊しましょう。万一、それでも官兵に反抗する者がのこりましても、これを討滅することは極めて容易でありましょう。

医師は急病人にたいしては、わざと根本的方法を避けて、先《ま》ず姑息法《こそくほう》を用いることがよくありますが、私は今日の治国の法もこれにならうべきであると思います。即《すなわ》ち、何よりも先ず民心安堵《あんど》を目的として、これを鎮定した上で、徐々に善政美法を施すという根本的治国にかかるべきであると愚考するのです。

されば、その次第を左に分条いたします。

一、城内（江戸城内、即ち大総督府）の武備を厳重に整頓した上で、直ちに徳川氏の相続人の禄高《ろくだか》、居城を定め、また旗本以下がそれぞれに安堵すべき方法についての勅令を御宣達あるべきこと。

この事項は御評定《ごひょうじょう》によって決定されたことでありますから、くわしくは申すことが出来ません。

（徳川家の禄高をどれだけにするか、居城をどこにするか、知行地をどこにするかは、京都の太政官代《だじょうかんだい》でも評議され、三条実美によって大総督府でも評議されて、ある決定に達したのだが、江藤はこの決定に不服なのであろう。江藤の不服は西郷や海江田《かいえだ》の意見にたいして不服があるのであろう。前にも少々触れたが、江藤の生涯《しょうがい》は、佐賀藩が十分な実力をそなえながらも、鍋島閑叟《なべしまかんそう》の自重過ぎ、あるいは目測違いのために、維新のバスに乗りおくれ、佐賀藩の地位が薩《さつ》・長に常に二馬身ほどおくれ、彼の奇才をもってしながらも、薩長人らの後塵《こうじん》を拝しなければならない口惜《くや》しさが骨身に徹し、薩・長を葬《ほうむ》ってでもおくれをとりもどしたいというあせりの生涯であった。ここに視点をすえて眺《なが》めると、彼の生涯は瞭然《りょうぜん》としてわかるのである。大隈重信《おおくましげのぶ》の生涯もまたこの目で見れば解けるところが実に多いのである。）

一、この御宣達が済みましたならば、こんどは上野の宮様（公現法親王《こうげんほっしんのう》、後の北白川宮能久親王《よしひさ》）が御上京なさるべき勅諚《ちょくじょう》を御宣達なさるべきです。

一、右の場合、上野へ向われる御使者から、当山に兵隊共《ども》（彰義隊）が屯集しているのは、いかなる訳であるか、早々立退《たちの》くように、もし遅々するなら、お討払いになるぞと御通達なさるべきです。

一、右の両条を御処置になる場合は、兵隊をもってお迫りになるべきです。さすれば、すでに旗本以下の安堵の見込みのついている者は多く潰散《かいさん》するであろうと思います。もし潰散しない時は、すなわち討伐なさるべきです。討伐の方略は、兵事に老練な人によい策があれば格別、大体において焼打がよいと思います。

一、自ら潰散するか、こちらで攻めとるか、いずれにせよ、とった後の上野は、暫《しばら》く官軍の兵が守るがよいでしょう。

一、前述のように安堵の方法を下された旗本以下の与力《よりき》・同心などのうち、十八、九歳から四十歳くらいまでの中から選抜して兵隊とし、どれくらいの数があるか知りませんが、これをいくつにも分けて、諸藩の兵隊中へ配布なさること。

一、田安家へ江戸の政治を御委任になっているのはおやめになるべきこと。

（大総督府は江戸の民政はとりあえず田安家に委託しているが、田安家のために実際に政治の局にあたっているのは勝《かつ》であり、大久保一翁《いちおう》である。だから、田安家から政治をとりあげるとは、勝・大久保から取上げることを意味する。江藤は勝や大久保を信用していないのである。勝や大久保は徳川の家来だから、何事も徳川家本位に考えるはずと思っているのである。従って西郷や海江田はうまく勝や大久保にだまされていると思っているのである。）
一、両町奉行所は奉行をはじめ諸下僚共、皆更迭《こうてつ》をさせ、裁判は大総督府がなされたきこと。
（江戸の司法・警察の行務は、旧幕の南北町奉行とその下役人らをそのままのこして代行させているのだが、全部これを更迭して、司法・警察・裁判は、すべて大総督府の手で行えというのである。大都会のこれらはいずれもまことにむずかしいことで、とうてい田舎からぽっと出て来た官軍将士の手に負えることではない。だから、旧幕の組織をのこして委任したのである。情実や因縁などの弊害はもちろんあったに違いないが、その弊害ばかりが目について長所が見えず、いきなりこれを切りかえようというのは、江藤の若さ故《ゆえ》の勇み足でもあろうが、後に彼が司法卿《きょう》となって新しい法律を制定したりなどしているところを見ると、この方面には特別に理想と自信があったのかも知れない。）
一、諸藩の有志の中から徴士を召集なさって、監察に任命され、右の両町奉行所へ日々出仕させ、諸事を見聞させられたきこと。
但《ただ》し、徳川の諸善令、諸善事のうち、王政の世となっても行なってよいことはのこしておいて、民心安堵の途を開かるべきこと。

一、大総督府をはじめ、東海道諸軍は直ちに奥羽へ御進発遊ばされたきこと。
（この項は北島千太郎の「これまで江戸に滞陣の兵士は残らず奥羽へ進撃させられたきこと」というのに符合している。遊惰目にあまるものがあったのであろう。）
一、東山道《とうさんどう》の諸軍は帰陣して、江戸の御守衛に任ぜられたきこと。
（東山道軍に不平があるのであろう。）
一、三条閣下は暫く江戸城にお出《いで》になって、府内・府外・八州の御政事を遊ばされ、奥州が鎮定しましたなら、こんどは奥羽にいらせられて御政治を遊ばされたきこと。
一、上州・野州・総房・甲州の大藩へその地方の鎮定を命ぜられたきこと。
（甲州はほとんど一国が幕府直轄領《ちょっかつりょう》で、大藩というほどのものはない。江藤は知らなかったのであろう。）

右の大藩らへ、その地方の鎮定を命ぜられます場合は、その地方の小藩も一先《ひとま》ずその指揮を受けて手伝うようにしたいと思います。

大総督宮が奥羽へ御進発遊ばします場合、その標準は次のようにありたきこと。
一、奥羽の諸藩で帰順するものはすべてこれをゆるし、人質をとって江戸城へ送り、その藩兵は官軍に加えて攻め口を仰《おお》せつけられたきこと。
一、大総督府の兵隊はなるべく分離することを避けて、正々堂々、次第を追うて御進軍あるべきこと。
一、奥羽諸藩の兵にたいしては、しかるべき攻め口から、或《あるい》は一藩、或は二藩が、その時その場合に応じて攻撃すべきか。つまりすべての方面を守備するのは、すべての方面から攻められる欠点があるという兵法上の原則によって、その最も手薄い方面を大兵をもって撃破し、直ちに討滅なさるべきです。
右の条々は愚考の概略です。誠惶《せいこう》誠恐。頓首《とんしゅ》再拝」

四

以上で、西郷を頂点とする薩摩《さつま》勢力の江戸における施策にたいして、東海道軍以外の諸道軍や薩摩藩人以外は皆否定的であったことが、大体わかるであろう。
この否定的批判は京都の岩倉に通報され、また新たに江戸に下って来た三条実美《さねとみ》にも訴えられた。二人がどんな反応を示したかは、この頃《ころ》二人の間にかわされた手紙でよくわかる。

三条から岩倉へ。（閏四月二十五日付）

「梅雨の季節ですが、先《ま》ずもって皇上益々《ますます》ごきげんよくあらせられることであろうと、恐悦に存じ奉《たてまつ》ります。当地の形勢は変ったというほどのことはなく、先ず平穏です。しかしながら、内実は甚《はなは》だ不安な状態であります。

さて、徳川処置のことは、明後日田安亀之助《かめのすけ》を召出して、先ず家名相続を仰《おお》せつけ、城地と禄高《ろくだか》のことは追って仰せつけるであろうと、相達する予定でいます。なぜこんなことをするかと申しますと、唯今《ただいま》急に禄高や居城や知行地などのことを申しますと、かえって鎮定がむずかしくなると思うからであります。それらは、近いうちに兵備をそれぞれ手配りして威儀厳然と相立った上で、万一暴発などの賊徒があっても、すぐ鎮圧する手筈《てはず》がほぼ備わったところで、申し渡すつもりでいます。

一、高家《こうけ》ならびに帰順の旗本は朝臣に仰せつけられること。

このことも、前項と同様に厳重に準備をととのえた上で申し渡すつもりでいます。高家ならびに帰順の旗本は、すべて遅速の区別なく、本禄通りとして、朝臣を仰せつけるのが適当と思います。なまじ差等《など》をつけてはかえってよくないと評議しまして、かく決定したのです。さよう御承知下さい。いずれこれを申し渡した上で、御沙汰書《ごさたしょ》の写しを太政官《だじょうかん》へ送らせることになりましょうが、先ずそれまでは貴君においてだけお含みおき下さい。

一、居城は駿府《すんぷ》、知行地は駿河《するが》国のこと。五カ月の期限をもって移るべきこと。

一、禄高七十万石。

一、徳川において扶助の行き届きかねる旗本の士は朝臣に召出して扶助下されること。

一、右の条々は、京都において御評議の上ほぼ御決定あった次第とは違ってしまいましたが、当地の形勢によって各々《おのおの》内評いたしました結果、こうなりまして、ぜひこのようにしたいと思いますから、何卒《なにとぞ》御勅許のほどを貴君及び輔弼《ほひつ》方々より御奏聞《ごそうもん》ありたいと存じます。御返答至急拝承いたしたく存じます。くれぐれもぜひに右の通りに御沙汰になるよう願い上げます。御懸念《ごけねん》の儀もあられるかと存じますが、御英断を千禱《せんとう》万祈いたします。私は御委任を蒙《こうむ》ってこちらに参ったのですが、重大事件ですので、改めて伺い奉る次第であります。よろしく御沙汰願い奉ります。

(京都における評定と違ったのは禄高であろう。それは決して七十万石という小禄ではなかったはずである。恐らく百万石、あるいは少し切れる程度のものであったろう。それが江戸の内評で七十万石に切下げられたのは、旧幕臣等《ら》の無謀な反抗と、それにともなって擡頭《たいとう》した官軍部内の反西郷勢力のためであろう。西郷にしてみれば、徳川家に気の毒であり、不当な処置とは思っても、強く自説を主張することは、官軍の結束をみだすことになるので、出来なかったのであろう。目前に彰義隊の壮士らの抵抗が日に日に辛辣《しんらつ》・強烈になって行きつつあると来ては、なおさらである。百万石が七十万石に減ったのは、彰義隊の壮士等の無謀な抵抗のためといってよいであろう。)

一、金子《きんす》ごくごく払底《ふってい》、もはや軍費もほとんど尽きはて、困苦していますので、模様によっては外国から借用しますから、この段お聞きおき下さい。

一、過日、太政官から金子の品位のことを御布告になりましたので、当地の金銀座ははたと潰《つぶ》れた形となり、新鋳することが出来申さず、ごくごく難渋しています。御布告以前までは日々千両ばかりも吹き立てることが出来、軍用の入費もどうやら間に合ったのですが、品位のお達しによって、さっぱり手支《てづか》えになりました。御布告の御趣旨はまことに公明正大、御立派なものですが、現在の形勢からすれば少々時機が早かったと残念に存じます。今少し遅くあってほしかったと、いずれも当惑のあまりに愚痴を言っていることであります。御一笑々々。

一、当地で謹慎になっている閣老をはじめ幕吏はどう処置しますか。徳川家にたいする処置がすんだら、これらも同時に処置するがよいと、私は思いますが、朝儀の御意向をお伺いいたします。

なお追々報告申し上げましょうが、ここでは急用だけ申し上げました。明朝外国船出帆の由《よし》で、甚だいそがしくしたためました。粗略の段、おゆるし願い上げます。頓首《とんしゅ》。

追ってこの書、実に極秘、貴君にだけ見ていただくつもりで認《したた》めました。御他見は御容赦願います。誠に方外の乱筆、失礼おゆるし下さい」

岩倉から三条へ。（五月十三日付）

「（前略）誠にこの度は遠路の御出張、実に容易ならざる御用筋で、一方《ひとかた》ならぬ御心配のことと遠察しています。度々の御書面を熟読いたしました。賊の様子、以《もっ》ての外の次第で、恭順と唱えながら、虚に乗じてしきりに軽侮して、無礼のふるまいある趣き、切歯憤懣《せっしふんまん》にたえざるところであります。従っていかばかりの御心配であるかと、十分にお察し申し上げます。さりながら、遅れたりとはいえ、貴公の御出府によってなお救うべき道もこれあって、官軍の御威令が今一度興起いたすであろうと、渇望《かつぼう》している次第であります。この上ながら御奮発の御処置のこと、ひとえに希望いたします。

一、徳川家にたいする処置として、城地は駿府、禄は七十万石とのお見込みの段々の御評議のこと、いずれも拝承いたしました。今日ではたとえ百万石賜わりましても、旗本等の沸騰《ふっとう》は眼前との趣き、案外の次第です。この上はともかくもすでに貴公へ御委任のことです。大総督宮と御相談の上、いかようとも御処分あって然《しか》るべしと存じます。

一、各局を江戸において立て、会議なされた上で、公論をもって確乎《かっこ》たる基礎をすえ、諸事御裁断あらば、随分相治まるであろうとのお見込みの趣きですが、そのことは恐悦に存じます。しかしながら、太政官同様では今後どうかという議論が出るかも知れませんから、先ず江戸府判事という名称にして、それぞれの人物を差し下《くだ》します。事実上は各局を立てられると同じことになされればよろしいのです。人物はほぼ御指名の通りにして差し下します。なお東下の上はよろしく御分配下さい。

（この項は北島千太郎の意見書中の一節に符合する。北島の意見書は岩倉に提出されたものだが、三条の方からも同じことを要求してやったのである。）

一、金子大払底の趣き、さてさて恐懼《きょうく》、申し様もありません。大体、官軍はいわば新造同様の朝廷政府によって仕立てられた軍隊ですから、実質的には恩威ともにまだ立っていないのです。このことだけでも、容易ならざる心配なのですが、なおこの心配は万事にわたって同じです。第一に会計が右様であることは、臣等はじめ政府の者の実に申訳なく存ずる次第です。しかしながら、ようやく運びがつき、四、五日中に十万金差し立てることは、必ず間違いない見込みです。

(「大体、官軍はいわば新造同様の朝廷政府によって仕立てられた軍隊ですから、実質的には恩威ともにまだ立っていないのです」といううくだりは目をすまして見る価値がある。公卿《くげ》の出でありながら、岩倉は最も現実的に、冷徹に、朝廷というものの、官軍というものを見ている。きびしく、強い、現実家だったのである。一体、明治維新は、いつどこでどうして成立したかわからない、「日本は天皇家のものである」という観念にたいする国民的信仰を土台にしてなしとげられた革命である。だから、いわゆる勤王家らは、公卿出身者はもちろんのこと、その以外の者も、一種の憑《つ》かれた心理であるのがほとんど全部であった。この革命の中心にいる人々の中でもごくごく少数の人々だけが、最も現実的な冷徹な目で、朝廷というもの、官軍というもの、勤王ということを見て、最も効果的に新時代の将来〈世直し〉に利用したのである。)

一、兵隊を送ります。来命の趣きでは一、二大隊ということでしたが、大村益次郎《ますじろう》から言上の趣きもありますので、先ず二千人差し立てます。

(大村は三条の東下する少し前から江戸に下っていたのであるが、その意見が京都太政官代でもずいぶん重んぜられるようになっていたことがわかるのである。大村は彰義隊を討伐するために兵を要求したのであろう。そして、京都から送られて来た兵は薩・長兵であったろう。)

一、大久保(一翁《いちおう》)・勝・山岡《やまおか》等のこと、いろいろ貴書でうかがいましたが、甚だ疑うべき者共です。まだ御面会なさらぬとの趣き、ごもっとも千万に存じます。当地においてすら、追々伝聞したところでは、表と裏との違う深謀のあることは、間違いあるまいとの旨《むね》であります。必ず必ず御用心なくては、彼の姦計《かんけい》に陥るであろうと存じます。

(勝等にたいする官軍側、朝廷側の疑心暗鬼はずいぶん深刻なものだったのである。勝が終生西郷に感謝しつづけたはずである。)

一、徳川家の禄や居城や知行地などのことは、不日それぞれ兵備を厳重にしてから、仰せ出されるとのこと、御深謀ごもっともに存じます。こちらでも、公卿・列藩共に兵士派遣のことについてはしきりに苦心中ですが、船都合のため、今日から四、五日、あるいは五、六日後でなくては出帆はむずかしいとのことです。

一、輪王寺宮《りんのうじのみや》の御登営のこと、西四辻《にしよつつじ》をもってしきりに仰せ入れられています由、そうされても、定めて御病気と称せられて御不参と存じます。このことは一難事でありますが、ともかくも、御深計をめぐらされ、ぜひ御登営を仰せつけられて、速かに都へお帰りあるようにしたいものです。

(輪王寺宮のことは、江藤の意見書にも帰京させ申すべきであるとあった。官軍方皆がそう考えていたことであろう。宮御自身もご本心ではそうしたいと思っていられたに相違ないが、宮は彰義隊の、いわばとらわれ人だったのである。)

彰義隊

一

いよいよ彰義隊のことを書くべき時が来た。

彰義隊は、そのはじめはもとの一橋家《ひとつばしけ》の家中《かちゅう》の有志団体であった。伏見《ふしみ》・鳥羽《とば》の戦争があって、慶喜《よしのぶ》が東帰して後、慶喜が朝敵の汚名を蒙《こうむ》り、家名の存続さえおぼつかなくなったのを憂《うれ》えた、もと一橋家の有志らは、二月十二日に、尊王恭順有志と称して、雑司ヶ谷《ぞうしや》の茶店茗荷屋《みょうがや》に第一回の会合を持った。尊王恭順有志という呼称には多分に政治的含みがある。朝敵をもって目されている慶喜を擁護することを目的とするのだから、ことさら尊王を標榜《ひょうぼう》したのであろう。

尊王は当時の日本のインテリ層の常識であるから、ことさら言わなければならないことは本来はないのだが、王政復古に引きつづいて、伏見・鳥羽の戦争があって、ことさら標榜しなければならない政治情勢、あるいは社会の空気となって来ていたのである。一種の護符として。大戦中に「愛国」と冠称し、戦後に「民主」と冠称したようなものだ。

さて、つづいて十七日、つづいて二十一日に、四谷鮫ヶ橋信濃町《よつやさめがばししなのまち》の近くにあった円応寺で第二回、第三回の会合があって、自分らの命にかえても慶喜の冤罪《えんざい》を雪《すす》ぐことを朝廷に嘆願したいと申し合せた。回を重ねるごとに集合者がふえ、第一回の時には十七名しかなかったのに、二回目の会に同盟血誓帖《ちょう》を作成した時の署名者は六十七名になり、二十一日には数百名になっていた。

二十三日には浅草の本願寺に移って、彰義隊という名前をつけ、投票によって渋沢成一郎（後喜作）を頭取に、天野八郎を副頭取に選んだ。

渋沢は武州大里《おおさと》郡八基村《やきむら》の豪農のせがれである。従弟《いとこ》の渋沢篤太夫《とくだゆう》（後の栄一）とともに、当時はやりの勤王攘夷論《じょういろん》にかぶれて、家を飛び出して浪人運動している間に、一橋家の重臣平岡円四郎に知られ、その引立てで二人とも当時在京中であった慶喜の家臣となった。やがて、慶喜が徳川本家をついで将軍となると、二人とも直参《じきさん》になって、成一郎は奥右筆《おくゆうひつ》、政事内務掛となり、篤太夫は慶喜の弟民部大輔昭武《みんぶたゆうあきたけ》が万国博覧会に出席するためにフランスへ行くについて、付人《つけびと》となって行って、まだ帰って来《こ》ないのである。成一郎は伏見・鳥羽の戦争の時は戦場では働かなかったが、相当重要な文官的仕事をしている。まあ、こういう人物で、幕府時代に相当な地位にあり、手腕もたしかなので、頭取に選ばれたのであった。

天野八郎は上州甘楽《かんら》郡磐戸《いわと》村《むら》の農家大井戸家に生まれたが、故《ゆえ》あって天野姓を名のった。農業をきらって、読書撃剣を好み、これまた浪人運動家のような、剣術修行者のような形で、四方を周遊している間に、幕府政治の終焉《しゆうえん》時代にあい、慷慨《こうがい》するところがあって、この運動に入って来た。天野はたけが低かったが、肥え太って、眼光鋭く、ひげ濃く、雄弁で、気性のはげしい人物であった。その画像が現存しているが、国定忠治を武士姿にしたような風貌《ふうぼう》である。性質もそうであったようであるから、典型的な上州男児だったのであろう。

彼らの当時つくった同盟哀訴申し合せ書はこうだ。

此度《このたび》、上意のお書付拝見し、一同恐惶《きようこう》謹慎罷《まか》り在《あ》り候儀《そうろうぎ》、篤《とく》と感念仕《つかまつ》り候へば、上様は従来尊皇《そんのう》の御忠誠御切実の際より、君側の奸悪御《かんあくご》掃除《そうじよ》の御挙動。豈料《あにはか》らんや、天怒に触れ奉《たてまつ》り、御恭順の御一途、片言の御弁解に及ばせられず御伏罪、天裁を御待ち遊ばされ候御旨趣《ごししゆ》。臣子の身分、如何共《いかんとも》言ふべからず、一日も等閑に存ずべからざる儀に御座候。依《よ》つて同盟決死、上様の御成業と御冤罪を条陳し、闕《けつ》下《か》に哀訴仕り候外これなしと申し合せ、血誓致し候。万一違反に及び候者は、乱世の姦雄《かんゆう》の謀略に陥り、君臣の大義を忘却し、売国偸世《とうせい》の狗鼠《くそ》に御座候へば、天地神明の冥罰遁《みようばつのが》るべからず候。依つて神文件《しんもんくだん》の如《ごと》し。

わざとしたのであろう、おそろしい悪文である。一ぺんや二へん読んだくらいではよくわからない。これは次のように解釈すべきものであろう。

この度、上意のお書付を拝見しまして、一同恐れ入って謹慎していますが、篤と考えてみますと、上様は尊皇の御忠誠心御切実のところから、君側の奸悪を見かね給《たも》うて、御掃除遊ばそうとなさいましたところ、豈《あに》はからんや、天怒にお触れになったのであります。以後、御恭順の一途をとり給うて、片言も御弁解に及ばれず、御伏罪あって、天裁をお待ち遊ばされることになったのであります。その御心中は、臣子の身として、何とも言うべからざるところであり、等閑に考えてはならないことであります。依って同盟して、死を決し、上様の御盛業と御冤罪とを条陳し、闕下に哀訴つかまつるほかはないと申し合せ、血盟いたしました。万一、途中背盟に及びます者は、乱世の姦雄の謀略に陥って、君臣の大義を忘れ、国を売り、生を偸《ぬす》む、狗鼠のごとき徒であります。天地神明の冥罰を遁れることは出来ないでありましょう。仍《よ》って神文件のごとし。

これを神文として、天地神明に盟《ちか》って、連盟血判したのである。目的とするところは、慶喜公の功業を朝廷に訴えて、冤罪を雪ぐにあると言っているわけであるが、慶喜公が君側の姦悪を掃除せんとされたのが、思いがけなくも天怒に触れられたのだと主張しているのである。これは慶喜が江戸へ逃げ帰ってすぐ、老中の名で発表したことをそのままに信じて言っているのである。君側の姦悪とは岩倉ら一部の公家《くげ》を指しているのであり、これをバック・アップしている薩摩《さつま》勢力をさして言っているのである。慶喜がこの二つを憎悪《ぞうお》したように、いや、憎悪したが故に、彰義隊の連中も強烈にこれを憎悪するのである。末尾に近い部分にある乱世の姦雄とは、勝《かつ》・大久保一翁《いちおう》らのことを言っているのである。だから、この神文は、単に慶喜の冤を雪ぐというだけのものではなく、慶喜を今日の境遇に陥《おとしい》れた薩摩勢力や岩倉・三条らを撃滅し、併せて勝や大久保一翁らをも敵視する底《てい》のものなのである。ことさら行文晦渋《かいじゅう》な悪文にしたのは、このためであったろう。

隊の幹部等《ら》は、この同盟書の写しをたずさえて、西の丸に出頭し、大目付梅沢孫太郎に会って、結党の次第を述べて提出した。それは、慶喜が上野寛永寺の塔頭《たつちゅう》大慈院に入って恭順謹慎の生活に入って間のない頃《ころ》であった。徳川家の役人らは江戸の治安が乱れて、盗賊横行し、市民が不安の念に駆られている時であったので、彰義隊を公認し、市中を巡邏《じゅんら》し、盗賊を捕え、非常をいましめる役を命じた。

前掲のような同盟書の下に集結しているものを公認するのは、朝廷にたいして敵意を持つ団体を公認することで、大慈院の一室に蟄居《ちっきょ》している慶喜の恭順謹慎を真向《まっこう》から裏切ることになるのだが、悪文にごまかされたのか、梅沢もその他の役人もよほどに無学無思慮だったのか、きれいに引っかかってしまったのである。

しかし、公認は公認だ。彰義隊の壮士らは、丸提灯《まるちょうちん》に朱で「彰」字あるいは「義」字を書いたのをたずさえて、昼夜市中を巡察することになった。警察力が失われて不安な日を送っていた市民らはこれを歓迎した。彼等の意気が大いに上ったことは言うまでもない。加入者は飛躍的にふえた。

彼等は大慈院に蟄居している慶喜を守護するためと称して、宿舎を上野山内に移したのだが、三月十五日に慶喜のために大総督有栖川宮《ありすがわのみや》に嘆願するために駿府《すんぷ》に行かれた輪王寺宮が江戸にお帰りになって、事情が一変した。輪王寺宮の駿府行きの結果は、はるか前に書いた通りよくなかったので、お供して行った覚王院義観は憤怒に燃えていて、さかんに彰義隊士を鼓舞激励して、アンチ官軍熱をあおり、上野から谷中《やなか》にかけての寛永寺の子院《しいん》全部を提供して宿舎としたのである。この頃、もと寛永寺の僧で、この頃は大和《やまと》の多武峰《とうのみね》の別当になっている竹林坊光映も江戸へ下って来て、覚王院と心を合せて、反官軍熱を鼓吹していた。官軍が江戸にせまったのは、ちょうどこの頃である。三月十五日に江戸城総攻撃と予定された日でもある。坊さん達《たち》のアジテーションはまことによくきいたはずである。人々の意気は天を衝《つ》いた。

二

もはや、この頃《ころ》では彰義隊に入るのは、一橋《ひとつばし》家中《かちゅう》や幕臣だけではなく、浪人ものや市中の無頼の徒であった。隊も総称して彰義隊と世間では言っていたが、中に入ってみるとこまかく別れていて、彰義隊以外に、竹中丹後守《たんごのかみ》の純忠隊、講武所方の遊撃隊、歩兵隊の一聯隊《いちれんたい》、八聯隊、越後《えちご》高田藩榊原家《さかきばらけ》の脱走士によって組織された神木隊、堀《ほり》建三郎のひきいる猶興隊、明石《あかし》藩《はん》松平家の脱走士の松石隊、若狭《わかさ》小浜藩《おばまはん》酒井家の脱走士の浩気隊《こうきたい》、関宿藩久世家《せきやどはんくぜけ》の脱走士の万字隊、間宮金八郎のひきいる臥龍隊《がりようたい》、奥山八十八郎のひきいる旭隊《あさひたい》、結城藩《ゆうきはん》水野家脱走士の水心隊、高崎藩松平家脱走士の高勝隊等があった。かれこれ全部で、見る人によって違うが、二千人から四千人くらいはいたという。

意気上がり、人数がふえて来ると、壮士らの官軍への反抗態度が日を追うて昂《こう》じて来るのは自然の勢いである。すると、彰義隊内部でも、反省的になる者も出て来る。本多晋《すすむ》、伴門《ばんもん》五郎の二人は、数少い発起者のなかまであったが、

「こんな風では、上様の御恭順のお心にもとるのはもちろんのこと、もし戦争にでもなったら、府下百万の人民は塗炭の苦に陥るであろう」

と、相談し合って、覚王院義観に会って、官軍にたいして喧嘩売《けんかう》りのようなことは避けたいと申し入れたが、覚王院は、

「あんた方、御心配には及びません。幕府挽回《ばんかい》の方策は、ちゃんと愚僧の方寸にあります」

と言い放って、きき入れない。

竹林坊に会って、壮士らを江戸におくのは危険だから、日光山に移しましょうと言ったが、これもまた耳に入れない。

「徳川家にたいして忠義の念を抱く武士らが、宗廟《そうびょう》を御守護申して、主家の興復いか

んと凝視しているだけのことで、別段、官軍に反抗するわけではありません。それがどうして悪いのですかな。当山には輪王寺宮《りんのうじのみや》がお出《い》でであります。官軍でもむやみに攻撃することはないはずです。万々一のことがありましても、これを防ぐのはむずかしいことではありません。それに、この頃紀州藩人と肥後藩人とが、拙僧に約束しました。万々一のことがおこったら、必ず応じて立つと申してな。そうすれば、当山低しといえども、官軍もあぐねるはずです。かれこれして、数日立ちますと、会津藩が奥羽《おうう》の諸藩を合同して押寄せて来ますわい。官軍なんぞ一たまりもありますかいな。昔の幕府に返すのは造作ありませんぞ」

と、大へんな鼻息であった。

一部の紀州藩人、一部の肥後藩人で、こんなことを言って約束する者もあったのであろう。この時代はどこの藩にも、勤王党もあれば、佐幕党もあった。薩摩《さつま》藩《はん》や長州藩すら、決して今日考えられているように勤王一色ではなかったのだから。また奥羽の形勢もまた官軍にとって決して楽観出来るものではなかった。坊さん達《たち》の言うことは、まんざらの空だのみとはいえないものがあった。

ここでちょっと覚王院義観と竹林坊光映について説明を加えたい。

覚王院義観は、今の埼玉県《さいたまけん》北足立《きたあだち》郡膝折村《ひざおりむら》根岸の生まれである。少年の頃に東叡山《とうえいざん》に入って得度《とくど》し、ここと比叡山の間を往来してしきりに僧階が進み、大僧都《だいそうず》になり、この頃は輪王寺宮執当職であった。性格的に自尊の風があったというから、輪王寺宮のお供をして駿府《すんぷ》に行った時、官軍が思ったほどの待遇をしてくれなかったので、よほどに感情を害し、この企てに熱中することになったと思われる。気性のはげしい、執拗《しつよう》な性質だったのであろう。

竹林坊光映は、豊後《ぶんご》の人である。少年の頃から上野の山に入って得度し、その後上野と比叡山の間を往来して大僧都となり、最近では大和《やまと》の多武峰《とうのみね》の別当竹林坊にいて僧正となっていたが、官軍の東下とともに江戸へ下って来て、覚王院とともに幕府回復の軍事運動に熱中するようになったのである。

覚王院といい、竹林坊といい、尊王心は十分にある人であるが、いずれもこれを倫理的に解釈し、理解するにとどまって、政治的には少しも理解していないのである。王政復古は、当時の日本の政治的必要だったのである。倫理的意味は、極言すればお飾りにすぎない。それがわからないかぎり、維新の意義はわからないのである。

四月十一日に、江戸城の明渡しがあり、その日の早暁《そうぎょう》、慶喜《よしのぶ》は上野を出て水戸《みと》に向った。少数の彰義隊士は護衛のために随従したが、なおほとんど全部は山内にのこった。

慶喜が去れば、彰義隊結成の目的の半分はなくなることになる。ここに隊の分裂がおこる。頭取の渋沢成一郎と副頭取の天野八郎とは、だんだんそりが合わなくなっていたが、慶喜の水戸退去を機に、渋沢は江戸は官軍との決戦に適した土地ではない故《ゆえ》、日光に退いてここを守るがよいと主張し、ついては先立つものは軍用金と兵糧《ひようろう》だと、府下の豪商らを呼び出して醵出《きよしゆつ》を命じた。

ところが、その頃、隊内に彰義隊は今では徳川家の唯一《ゆいいつ》の武力集団であるから、やがて隊士らは両御番格を仰《おお》せつけられるだろうとの流言が行われていた。こんなになった徳川家においても出世はしたいもので、江戸を立去るのはせっかくの出世の機会を失うものとして、いやがる者がずいぶんであった。天野はこれを利用して、渋沢排斥を企て、渋沢はついに脱退した。脱退するにあたって、渋沢は天野らに、自分は決して官軍に降伏はしない、まして官軍に所属するようなことはしないと、二カ条の約束をしたが、天野派はなかなか納得せず、渋沢を暗殺しようと執拗につけねらった。こういうことのために、一橋家の家臣らはいや気がさして、彰義隊から離れた。彰義隊は結成当時とはまるで別なものになったのである。

渋沢は、天野派の追及からやっとのがれて、同志とともに武州田無《たなし》から箱根ヶ崎に行って兵を募って、振武軍を組織し、五月下旬、飯能《はんのう》で官軍と戦って敗れた後、榎本《えのもと》武揚《たけあき》の軍艦に投じ、最後には北海道箱館《はこだて》の五稜郭《ごりようかく》で戦うのである。

彰義隊が、官軍にとってようやくこまった存在になって来たので、四月中旬(分裂事件があって一両日後のことのようだ)、北陸道軍総督高倉永祜《ながさち》と副総督四条隆平《たかひら》とは、それまで浅草の秋田本庄藩《ほんじようはん》の六郷家の屋敷を本営としていたが、寛永寺に移ろうとして、参謀の肥後藩士津田山三郎が兵千五百をひきい、大小の大砲をごろごろと引張って、山を取巻いて、明け渡すように交渉した。

彰義隊側からは、天野八郎が出て応対にあたった。交渉三日にわたったが、ついに官軍は目的をとげず、退いた。

この時大総督宮から彰義隊へ称誉のおことばがあったと、天野八郎は記録しているのだが、すごすごと退却してはあまりにも体裁が悪いので、それを救うためにのおことばだったのであろう。しかし、これが彰義隊の壮士らをして官軍くみしやすしとの観念を抱かせたことは間違いないであろう。

このような彰義隊の態度にたいして、官軍側はしだいにけわしい心になりつつはあったが、それでも可能なかぎり平和的手段で解決したいと思って、その努力をつづけた。官軍の中心は何といっても薩摩軍であり、薩摩軍の中心は西郷だが、西郷は江戸開城を無血で運び、百万市民の生命と財産とを安全ならしめることを得たのは、皇政維新の御仁徳という面から言っても、まことに結構なことであったのだから、ここで彰義隊と戦争さわぎなどおこしては、江戸は戦禍《せんか》の巷《ちまた》となり、こんどこそ市民はどうなるかわからない。出来ることなら手荒なことは避けたいと思って、勝《かつ》・大久保・山《やま》岡《おか》等の斡旋《あっせん》に期待した。武力に訴えようにも、兵力が不足であるということもあったが、西郷の抱懐している「敬天愛人」の政治哲学は、民を苦しめることを大いにきらったはずである。平和的に解決したいという西郷の考えには、大総督有栖川宮《ありすがわのみや》をはじめ、大総督府内の重立った人々は皆同感であり、東海道軍総督府内の人々もそうであった。だから、この線に沿っての努力がつづけられた。

京都から輪王寺宮へ、天機伺いのために御上京あるようにとのお使がしきりにあり、西の丸の大総督宮からも御登城あるようにとのお使をしばしばつかわされ、京の御実父の伏見宮智成親王からもお使があって御上京をおうながしになったが、いずれもこれはその努力であった。しかし、いずれにたいしても、輪王寺宮は山からお動きでなかった。動きたいと思われても、お出来にならなかったのであろう。

いくら努力しても効果が上らないところから、西郷を中心とする大総督府の海江田《かいえだ》武次《たけじ》を中心とする東海道軍総督府の、この方策にたいして、批判的な人々が出て来た。前述した、大村益次郎《ますじろう》・江藤《えとう》新平・小笠原唯八《おがさわらただはち》というような人々である。三条実美《さねとみ》もそうであった。これらの人々はすべて四月下旬以降に江戸に下って来た。これは彰義隊の反抗の色が次第に濃くなる時であり、奥羽や北越《ほくえつ》あたりの雲行きも険悪になりはじめた頃だったので、それらと思い合せて、彼らの怒りのそそられることは一方《ひとかた》でなかった。

この派の中に板垣《いたがき》退助も入れてよいと思うが、これは江戸城の無血開城すら第一に反対だった人だから、戦争が好き、あるいは革命の血の犠牲として江戸でもこの程度の戦争は必要だという考えからであったろう。しかし、この時は土佐兵をひきいて日光方面に出動していて、もう江戸にはいない。

三

ともあれ、上記のような人々が、従来の方針を手ぬるしとして、武力討伐を主張しはじめた。大村益次郎《ますじろう》はそれを主張する以前に、着々と準備にかかった。

目黒に旧幕の火薬庫があったが、それを取りはらって海路京都に運んで、伏見《ふしみ》の火薬庫に格納した。さかんに臼砲《きゆうほう》を鋳立《いた》てた。旧幕の宝蔵から金銀の宝器をえらび出し、鋳つぶして、金座で金子《きんす》を鋳造して軍用金をつくった。前に三条の岩倉あての手紙に日に千両ずつは吹き立てたというあれである。

こうして、大村は黙々と戦争準備をし、江藤《えとう》や小笠原《おがさわら》は戦争を主張するという状態がしばらくつづくが、西郷や海江田《かいえだ》はこれまでの方針をつづけていたところ、彰義隊側はまことに言語道断なことになった。覚王院がおそろしい煽動《せんどう》を、諸藩にたいしてはじめたのである。檄文《げきぶん》がある。訳述するとこうだ。

昨年来、四藩（薩《さつ》・長・土・芸）の兇賊等《きようぞくら》、幼帝をだまし申し、廷臣をおどし、先帝（孝明天皇）の遺訓にそむいて、摂関・幕府をしりぞけ、桓武帝《かんむてい》のよき御教訓にそむき、また神祠《しんし》・仏殿を毀《こぼ》っている。のみならず、前内府（徳川慶喜《よしのぶ》）は朝廷のために君側の姦《かん》を除かんとする忠義の挙をなさんとしたのに、誣《し》うるに朝敵の挙とし、王師をくり出して人を蹂躙《じゆうりん》し、ついに幼帝をして先帝に不孝をなさしめ、大いに民にたいして不仁とならしめている。その暴虐《ぼうぎやく》にして奸詐《かんさ》なること、国初以来はじめて見るところのものである。故《ゆえ》に今唐朝を回復したる郭子儀《かくしぎ》・李光弼《りこうひつ》の任をもって、貴藩に嘱する。よろしく大義によって旗を建て、かの安禄山《あんろくざん》・史思明のごとき者の罪を正し、幼帝の憂悩を解き奉《たてまつ》り、中は国家の安危を救い、下は百姓の倒《とう》懸《けん》の苦を救え。すべてつとめよや。天下の視《み》るところ、順逆すでに明白である。四民の望むところ、雲霓《うんげい》すでに新たに、世のかわり目は来ている。勝算明らかである。疑うべからず。輪王寺一品《いっぽん》大王の欽命《きんめい》を執達することかくのごとし。

慶応四年戊辰閏《ぼしんうるう》四月

おそろしい檄文である。覚王院にすれば義軍を召集しているつもりであろうが、京都朝廷や官軍から見れば、歴然たる叛逆《はんぎゃく》の表示である。輪王寺宮《りんのうじのみや》を奉じて叛逆をおこそうというのである。

それでも、西郷は出来ることなら、おだやかにことをおさめたいと思って、勝《かつ》や山《やま》岡《おか》に頼んだ。

山岡は大総督府の上使として上野に出かけて、覚王院に会った。この時の問答の次第は、明治十六年三月に山岡自身が文章としてまとめているから、よくわかるのだが、なんといっても十六年前のことを記憶をたどって書いたものなので、慶喜がまだ大慈院にいる時のこととして書いている。それでは、全体とマッチしない。どこかに記憶の錯誤があるのである。この文章ではそこをアレンジして書くことにする。

山岡は覚王院に言った。

「今日、拙者はお重役方の仰《おお》せつけでまいったのですが、それは大総督府の上命があったからであります。前将軍家（慶喜）は朝廷にたいして恭順謹慎を表せられ、すでに水戸《みと》にお立去りになっているのでござる。彰義隊や諸隊は、誰《だれ》が命じてこの山に屯《とん》集《しゅう》しているのでござるか。この際、官軍の疑惑が少くござらぬ。覚王院殿において、速かにこれらを解散せしめられたくござる」

覚王院は答える。

「事すでに、ここに至り申した。そう易々《やすやす》と行くことではござらぬ。苟《いやし》くも志ある者が期せずして集まって、それぞれ主家のために忠を効《いた》さんとしているのでござる。単に前将軍家の守衛のために集まったのではありません。東照宮以来の歴代の神霊と輪王寺宮とを警衛するためでござる。拙僧においても、この危急存亡の時を見かけながら、にわかに諸隊に解散を命ずるわけにはまいりません」

「徳川家は、大総督府参謀と応接すでにおわって、城郭や陸海軍の軍器などは皆朝廷に献納しました。これは即《すなわ》ち天朝を尊び、国体を重んずるが故でござる。そもそも徳川家が天下の政《まつりごと》をとってよりほとんど三百年、天下太平であることを得ました、その功業徳沢《とくたく》は、歴々として明らかでござる。今この功徳《くどく》を失墜すまいとするならば、君臣の名分を明らかにし、蒼生《そうせい》の難苦を救わなければなりません。前将軍家の御至誠はここにござった。故に前将軍家の御守衛の必要のなくなった今日となっては、各自組織する所の兵隊の存在は、決して許してはなりません。速かに解散せしめられよ」

覚王院はむっとした様子になった。

「阿呆《あほう》至極なことを申されるものかな。今日のこと、名は朝廷ということになっているが、実は薩・長にまどわされたもので、断じて真の朝廷ではない。貴殿は徳川家譜代の旗本として、世々御恩沢に浴しながら、一朝にしてこれを忘却なさるのか。徳川家の御先祖も後世かかることの起ることを慮《おもんぱか》り給《たま》いたればこそ、当山を経営し、宮方をもって門主となし給うたのでござる。日光山には一旒《いちりゅう》の錦《にしき》の御旗《みはた》が秘蔵してござる。これはもし朝廷が残暴にして禍乱《からん》をなすこと今日のごとき場合には、その宮をもって京都の天子に換え奉って、万民を安んずるためでござる。貴殿ごとき軟弱にして恩を知らざる者は、徳川家にとっては賊臣の腰抜け侍と申すものだ」

覚王院の議論は益々《ますます》激越、益々奇怪である。遺言して日光山を廟所《びようしよ》とした家康《いえやす》に、覚王院の言うような意志があったかどうか、わからないことだが、たとえあったとしても、家康の時代とこの時代とは国民思想が大変化している。慶応四年という時点に、こんなことを言うこの坊さんは、よほどに片意地できびしい性質だったようである。

山岡は怒る色もなく、言う。

「前将軍家は思慮深遠な方で、そのお心は貴僧のように頑固《がんこ》なだけで鈍い人のうかがい知るところではござらぬ。ひたすらに恭順謹慎に徹せられたのは、朝命にさからい、国体を乱すことを恐れられたからでござる。その上、今の世は昔と違って、万国との交際多年にして、日本国内のことだけでことを決してはならぬ時勢となっています。かかる時代名正しく、言順《したが》わざれば、外国の侵略をふせぐ道は立たないのでござる。かかる時代に処しながら、一旦《いったん》の怒りにまかせて、数代の間天下の民を安んじてまいられた祖宗の厚きおん徳に汚辱を加え申してなりましょうか。貴僧は順逆を弁ぜず、是非を分たず、ごたごたごたごたと口から出まかせなことを申されるが、拙者は全然とりませんぞ。貴僧がなんと仰せられようとも、当山に屯集している兵隊共《ども》を分散させずにはおきませんぞ」

覚王院は屈せず、益々強硬になる。

「貴殿は万国交際のことをあげて、国内のことを説明された。聞けば、貴殿は大目付の要職にいなさる由《よし》。そして、見れば人なみすぐれた大目玉をしておられる。じゃから、万国と国内のこともよくおわかりになるのであろう。拙者は浮世離れた仏寺の中にいて、世界の形勢などまるで存ぜぬ。ただ存念は、徳川家の盛衰にのみござる。それ故に、東照宮の御神慮如何《いかん》ということを考える時、拙者はかく生きているかぎり、貫かずにはおられぬのでござる」

山岡はすぐれた剣客ではあるが、求道者的素質の濃厚な人がらであったせいであろうか、宗教にも強い関心があり、生涯《しょうがい》虫けらの類《たぐい》さえ殺さないようにつとめた人だ。相手のあまりにも僧侶《そうりょ》ばなれしたところに憤《いきどお》りを覚えたのであろう、

「出家は人を救い、乱を治むることをもって慈悲の本願としているとうけたまわる。貴僧は御存じないか、前将軍家が民の生命を救い、世の平和をはかっておられることを。しかるに、貴僧はどこまでも我意を張り通して、東照宮の神慮をねじ曲げて解釈し、御子孫にたいしてはかかわりないと申されるのか」

と突っこんだ。

「拙僧は、輪王寺宮公現法親王《こうげんほっしんのう》に随従申している者でござれば、前将軍家には敢《あえ》て関係はござらぬ。彰義隊や諸隊の者共もまたそうでござろう。これらの隊は前将軍家の御命令をもって編成したものではござらぬ。それをもっても、これらの諸隊が宮を守護するためのものであるという証拠となりましょう。且《か》つ貴殿は大総督宮大総督宮と、よく仰せられるが、こちらの公現法親王もまた宮様でござるぞ。差等《など》はないはず」

自分は慶喜には関係ない。彰義隊や諸隊の者もまたそうだ。自分らの目的はただ輪

王寺宮御守護のためである。大総督宮も宮様なら、輪王寺宮も宮様、差等はないというのは、覚王院としても、彰義隊としても、本音であったろう。彰義隊の構成分子も、本質も違って来ているのだから。しかし、これはうっかり吐いた本音であった。覚王院の不覚といってよい。山岡はすかさず、おさえた。

「ああ、そうでござるか。貴僧の本心がはじめてよくわかり申した。もっぱら輪王寺宮をお護《まも》り申すためであって、徳川家とは関係ないというのですな。前将軍家に何の関係もないのでござるな」

「その通りです」

「貴僧の御抗弁はよくわかりました。拙者はもうおとめしますまい。そして、彰義隊及び諸隊は徳川家の兵隊ではないと貴僧が御決答なされたと、大総督宮へ申し上げましょう。この上は、貴僧は貴僧の欲《ほっ》する所に従ってこれを指揮して、両宮の間の一戦を試みなさるがようござろう。しかし、その前にこの戦いには徳川家は全然関係がないという確証をお出し願いたい。元来、彰義隊及び諸隊の兵は、前将軍家の雪冤《せつえん》のため、徳川家のため、という名目で同志を集めましたので、今にわかに前将軍家や徳川家に関係はないと申されても、世間が信用しません。従って、大総督宮においても御信用ないかも知れません。されば、確証をお出し願いたい。ぜひお出し願いたい」

山岡は剣と禅をないまぜにして自らを練成した人物である。それが勢いすさまじく迫った。この時は覚王院も自らの不覚に気がついている。たじたじとなった。

「拙僧とて、みだりに戦争を好む者ではありません。ただこの大事に遭遇して、心中切迫して、ついつい暴論に及んでしまいました。拙僧のことば中不敬にわたる部分は切におゆるし願いたい。貴殿が一たび当山をお立去りになったなら、当山は直ちに戦禍の巷《ちまた》となるでありましょう。貴殿の仰せられることには、まことにごもっともなところもあります。拙僧もなおもう少し申し上げたいことがあります。しばらくお待ちいただきたい」

「ほほう。風向きがかわって来ましたな。貴僧はすでに御決心をお示しになったのです。今さら何を仰っしゃろうというのです。断然、お戦いになるのがよろしい。拙者は大総督府の御命令をお伝えにまいったのではありますが、その心はひとえに前将軍家の慈仁のお心をおし進めて、諸隊の者のいのちを助けたいと思ってのことです。しかし、背く者は引きとめはしません。諸隊が全部背いても、少しも心を動かしはしません。が、これはこれで、大総督府に報告はしなければなりません」

山岡は今にも立ち上りそうにした。覚王院はあわてた。

「まず、まず、しばらくお待ち願いたい。これまで拙僧が申し上げましたことは、甚《はなは》だ狂暴に陥ってしまいましたが、これは皆徳川家累代《るいだい》の鴻恩《こうおん》に報じたい赤心のあまりです。しかし、貴殿においてこれを少しも御諒察《ごりようさつ》下さらずとするならば、どうしようもござらぬ。今日より断然、彰義隊及び諸隊をひきいて、日光山に退去して、謹慎つかまつりましょう」

「日光山に退去謹慎の一条はわかりました。必ず偽りでなくば、そのことを大総督府へ申し上げましょう」

「誓って偽りではござらぬ。日光山に退去謹慎して、当宮を護りましょう。そこで嘆願したいことがござる。どうか、そこのところを御憐察《ごれんさつ》願いたいのです」

「何を嘆願なさりたいのです。かまわないことなら、よしなに申し上げましょう」

「ほかでもござらぬ。当山に屯集している者は多数です。日光山に退去するにしましても、費用がないのでこまります。二万両ばかり恩賜《おんし》されたいのであります。貴殿のお働きで、これを上申していただきたいのです」

「ごもっともなことのようでもござる。申し上げてみましょう」

こんなことで、山岡は上野を立去り、大総督府へ、委細を報告した。山岡は知らないのであったが、当時の朝廷の、従って官軍の、最もこまっているのは金であった。とうてい、二万両などという大金を下賜出来ようはずはない。聞き捨てにするよりほかなかった。

その間に、彰義隊と諸隊の統制は大いに紊《みだ》れて来て、隊士らが官軍の兵士らに無益な反抗や乱暴をはじめた。頭取である天野八郎が、このことを後にその著「斃休録《へいきゅうろく》」に、「これらのこと制禁厳なりといへども、かくの如《ごと》く法を犯すの徒ありて、ほとんど困惑す」と書いているほどであるから、幹部クラスの者は決してよろこばず、厳重にいましめたのであろうが、こんなことは血気で過激なほど人気のあるものである。彰義隊士のなかまでも拍手し、江戸の市民らも溜飲《りゅういん》を下げた。吉原などでは、彰義隊士を間夫《まぶ》に持つのが遊女らの見栄《みえ》になったというから、人気というものは奇妙である。戦争でもはじまれば、てきめんに迷惑をこうむるのは江戸の市民であり、彰義隊士らのそういう行為は、その戦争の危機へ一歩一歩と近づく行為だったのにだ。

やがて、彰義隊さわぎが平《たい》らいでから、三条実美《さねとみ》は徳川亀之助《かめのすけ》へ城地と石高《こくだか》のことを申し渡すのだが、その石高は前に触れた通り、七十万石であった。本来百万石程度はやることに内定していたものが、こんなにへらされたのは、直接的には彰義隊のこの不穏な反抗行動が三条の心証を悪くし、従って京都太政官《だじょうかん》の人々の心証をも悪くしたためである。つまらん話である。

彰義隊討伐その前夜

一

彰義隊と諸隊との、徳川家にとってはまるで無益どころか、有害としか言いようのない官軍抵抗のことを、この頃《ころ》の西郷の書簡に見てみよう。

彰義隊と申すもの、上野を根拠として、根岸では蓮正寺《れんしようじ》と申すへ屯集《とんしゆう》し、その他《ほか》下谷《したや》の宝泉寺と申すへも屯集していて、次第に暴を働き、官軍のうちにも段々怪我《けが》をする者も出て来ました。わが藩でも三人（海音寺註《ちゆう》——有吉左之丞《ありよしさのじよう》、湯地治左衛門、有馬新八郎）の者が遊歩に出たきり、夜になっても帰って来ませんので、探索させましたところ、別紙の次第がわかり、何とも残念なことでした。総督府から届出を出すようにとのことでしたので、別紙の通り届けておきました。

（前註記の三人が上野近くを遊歩していると、山内から彰義隊士十人ほどが出て来て取巻き、山内に拉致《らち》しようとした。薩摩《さつま》人等《じんら》は拒否し、ついに斬合《きりあい》になった。三人は大いに健闘したが、敵側には応援の者が三十人も馳《は》せ加わったので、衆寡《しゅうか》ついに敵せず、二人を斃《たお》し、六人に傷を負わせはしたものの、一人は乱刃の中に斬死にし、一人は切腹し、一人は鉄砲で胸を射《い》貫《ぬ》かれて死んだ。）

また、やはりこの日、肥前の佐賀藩の者が両人、上野へんで、同様のことがあって、一人は斬り伏せられましたが、一人は斬りぬけて立ち帰って来ました。佐賀藩では確証もあることとて、直ちに一隊をもって彰義隊へ押しかけて復讐戦《ふくしゅうせん》をしたいと総督府に願い出《い》でましたが、総督府では、もっともな願いではあるが、やがて厳重に処置する故《ゆえ》、暫《しばら》くこらえているようにとお達しになりましたので、いたし方なく佐賀藩はこらえている由《よし》です。

わが藩においても、同様で、隊中一同、たえがたい憤懣《ふんまん》をこらえて、時期の到来を待っているところです。にわかに事をおこして、私闘に陥っては相済まないことですから、彰義隊の曲を列挙して、総督府の御沙汰《ごさた》を待って、公然の敵として堂々と討取るつもりでいます。追っつけ快報をお聞かせすることが出来ましょう。

西郷吉之助

大久保一蔵様

要詞

この手紙には日付がないが、薩藩士と佐賀藩士とが殺されたのは五月七日だから、この手紙も大体五月十日前後に書かれたものと見てよいと思う。

ついでに、この五月十日付で、西郷が大久保と吉井とにあてて出した手紙を掲げておこう。これによって、この時点における江戸の情況のほかに奥羽《おうう》から越後《えちご》方面にかけての情況のあらましがわかるのである。

上原藤十郎《とうじゆうろう》を上京させました後、小生は応援のために白河口《しらかわぐち》へ出張したく、これから京都から参るであろう人数を当地にとどめておくことにいたしますから、出張を許可していただきたいと、大総督府へ再度まで願い出ましたが、大村氏（益次《ますじ》郎《ろう》）が聞いてくれません。

宇都宮辺の官軍は皆くり上げて白河へ張り出しました。今市《いまいち》と申すところを土州勢がおさえており、日光を彦根勢《ひこねぜい》が固めている以外は、皆遠く白河の方へ行っていますので、もしその後方を絶たれるようなことがあっては、白河へ出張の官軍は難渋するであろうとて、肥前侯（鍋島直大《なべしまなおひろ》）が宇都宮辺の鎮圧を命ぜられて御出張《おでばり》になりましたので、野州は少しも動揺しないようになりました。そこで、東山道軍《とうさんどうぐん》（土州・彦根勢・白河城討伐へ向っている諸勢）は賊兵討伐に専念することが出来るようになりました。当地（江戸）も何か不穏な形勢がありますので、人数をくり出すのは見合せるようにとのことで、私が他へ出張することはひかえていますが、去る一日の白河城の攻撃はなかなか面白《おもしろ》かったようです。これは長州・大垣《おおがき》（美《み》濃《の》・戸田家十万石）・忍《おし》（武蔵《むさし》・松平家十万石）・薩州の四藩が会同して三手三道にわかれて、朝六時から戦いをはじめ、午後一時に乗りおとして、十分な勝利を得た戦さでした。敵は仙台《せんだい》・棚倉《たなくら》（陸奥《むつ》・戸田家七万八百五十石）・二本松（陸奥・丹羽《にわ》家《け》十万石）・三春《みはる》（奥州・秋田家五万石）・会津の五藩の勢《せい》で二千余の大軍でしたが、三方から引ッ包んで打ち立て、厳重に築いてあった台場も難なく打ち破り、敵六百くらいは討取ったとの趣きであります。まだ詳報はとどいていませんが、ともあれ、見事な勝ち戦さであったことは間違いないようです。敵もよほどこれには落胆するでしょう。この度は幕府の歩兵隊のようなものは一切見えず、ただ新選組の二番手と申すものだけが見えたそうです。

東海道軍に所属していたわが藩兵からは、二番隊が出張して参加し、これだけが手伝ったことになりました。本街道《かいどう》からかかった大砲隊など、敵の台場に正面から打ってかかることになりましたので、よほど難戦して、負傷者も多数出まして、二番隊附属の砲兵隊などは負傷せざるものわずかに三人というきびしさでした。小銃隊では五番隊が難場にかかって苦戦に及び、多数の負傷者が出ましたが、この度は戦死者が少かったのは大幸でした。

横浜に病院をお取立て下さいましたので、負傷者は追々差しまわすことになり、これについての心配はなくなりましたが、医師の手がやはり不足です。雇入れの都合はしていますが、こまっています。現在、横浜の病院へ参っている負傷者は四十六人ですが、白河口の負傷者が廻送《かいそう》されて来ましたら一小隊くらいの人数になりましょうから、両三人の医師では手がまわりかねることは明らかです。実に大難渋の次第です。この藩邸内にも七、八人の負傷者がのこっていて、こまっていることですから、貴地でずいぶん療治の出来る医者を両三人さがしておつかわし下さい。

越後口も、三国峠《みくにとうげ》の戦いが大勝利を得た趣きで、愉快なことです。ついては、当江戸での軍議で、白河口と越後口とを固めつけておいて、奥羽の叛賊《はんぞく》を討ち、会津を孤立させることに決定しましたので、官軍二千人を早々お差下しになるよう大総督府から御要求があったはずですが、右について選兵千くらいは早々蒸気船でお送り下さい。あとの千人は陸地からでもよし、あるいは船都合がよければ船で、いずれでもよろしいから、そのようにおはからい下さい。千五百ばかりの人数を、富士艦ならびに鋼鉄船にのせ、荷方の蒸気船二艘《にそう》をつけて、奥羽にまわして、海岸の手の下しやすいところを打砕いて、次第次第に叩《たた》き上げて行く手筈《てはず》でありますから、何卒《なにとぞ》、千人くらいは急速に御派遣下さい。

何分、軍用金が乏しいので、官軍は日々これに気をくじかれる有様であります。何とか策はありますまいか。人数ばかり来ましても、金が乏しくては、奥羽への出軍も甚《はなは》だ難渋であろうと思います。こればかりは苦心至極です。

この旨《むね》、大略御意を得ました。大村（益）から委細は申してやるとのことですが、私からも申してやってくれとのことですので、かくの如《ごと》し。頓首《とんしゅ》。

五月十日　　　西郷吉之助

大久保一蔵様

吉井幸輔様

追啓上。長州の世良修蔵《せらしゅうぞう》とて、仙台につかわされていました者が、仙台藩のために、福島と申すところで打ちはたされ、首は仙台へ送られ、髪は会津へ送られたということが、白河で押収《おうしゅう》した仙台藩の帳面へ記してありました由。言語道断の次第です。

わが藩の負傷者、戦死者の姓名書と鬢髪《びんぱつ》とを送りましたから、国許《くにもと》へ送りとどけることを、よろしくお計らい下さい。

読者はすでに気がつかれただろう、伏見《ふしみ》・鳥羽《とば》の戦争の時といい、江戸城総攻撃直前の時といい、この時といい、西郷が負傷者のこと、病院のこと、戦死者のことに、大へん気をくばっていることを。多数の兵をひきいて戦う武将としては当然なことと言えば当然のことだが、この時代、西郷ほどこの面に心をくだく人をぼくは知らない。これは彼が天性愛情深い人間だったからであろう。

世良修蔵は、奥羽鎮撫使《ちんぶし》総督九条道孝《みちたか》、副総督沢為量《ためかず》について仙台に出張した参謀の一人である。あまりにも傲慢《ごうまん》で、官軍の権威をかさに着て圧制的であったため、ひとり仙台人というより全奥州の諸藩人に憎まれて、福島で暗殺され、その死体は手紙にあるように始末されたのであった。それは閏《うるう》四月十九日のことであった。つまり、官軍の奥羽工作が失敗したため、奥羽と関東の境界地帯の空気がおかしくなり、それがさらに江戸の彰義隊をも刺戟《しげき》するという形勢だったのである。

二

こうなっても、西郷は平和的手段に一縷《いちる》の望みをつないだ。西郷のこの心を諒《りよう》として、山岡《やまおか》はあらんかぎりの努力をつづけた。覚王院にも会い、隊長等《ら》にも会い、隊員等にも会って説得につとめたが、全然効果はなかった。彰義隊といい、諸隊といっても、この頃《ころ》ではもう質がわりしていた。優良分子はぬけてしまって、単にさわぎ好きの、くだらん連中だけが集まっていたのだから、本質は烏合《うごう》の集団であった。従って、アミーバのようなもので、急所がないのである。まことに始末のしにくいものであった。

その間に、官軍部内では、彰義隊をどうするかについて軍議がひらかれた。当然、大村益次郎《ますじろう》を代表とする人々は武力討伐を主張し、以前からの参謀等は武力討伐の不可能を主張した。林玖十郎《くじゆうろう》は二万の兵がなければ討伐は出来ないといい、海江田武次《かいえだたけじ》は、

「今日のごとき寡勢《かぜい》の官軍で、江戸で戦争するなど、まことに危険である。無謀千万である。四方に賊軍が蜂起《ほうき》して、おし包まれてしまう。そうなれば、大総督宮のお身

の上も危険なことになって、もはや京にお帰りになることすら出来ないことになろう」

とまで言った。情熱的な性質だから、言うことが誇張的になり、誇張的になることによって一層興奮するという男である。

議長の三条が大村の意見を聞いた。

大村は決していきり立たない男である。いとも冷静な調子で言う。

「いや、決してそのような御心配はありません。今の人数で十分戦さは出来ます。益次郎が請合《うけあ》います」

この以前、大村が京都から二千人の兵を呼び下していることは、前掲の西郷の手紙にも見える。大村としては十分な準備がととのっていたのである。それはよいとしても、海江田の方を指さして、

「あの人は戦さをする方法を知りません」

と言った。こういう風に、時々人の顔を逆撫《さかな》でするようなことを言うのが、大村の癖なのだ。そうでなくても、おこりっぽい海江田はかんかんになって、

「武士にむかって、戦争の方法を知らぬとは無礼千万、何たる言いぐさでござる。橋を落し、見付《みつけ》を閉めて、戦うくらいのことは知っていますぞ。けれども、現実に兵が

足らんのだ」

と食ってかかると、

「足らんことはありません。現在の兵数で十分です。見付見付へ配って、その間に予備の兵を配っておけば、もし急なことがあった節は、どちらへでも援兵に行けますから、十分に足ります」という。

議論が沸騰《ふっとう》して、列座していた正親町公董《おおぎまちきんただ》、西四辻公業《にしよつつじきんなり》、岩倉具定《ともさだ》などという公家衆《くげしゅう》がおろおろしてしまう有様であったが、どうやらおさまって、大村の主張が通った。

恐らく西郷が、

「大村さんがああ言われるのじゃ。御自信があればこそのことでごわしょう。おはんの心配もわかるが、上野もあのままではおけんところまで来てしもうた。大村さんの御説に従おうじゃなかや」

と、海江田をおさえたのであろう。

すでに武力討伐ということに決定すると、作戦計画も、総指揮も、一切大村にまかせることになった。大西郷全集の伝記篇《へん》によると、大村が自ら所望したところ、海江田をはじめ他の参謀等は、作戦計画を見た上のことだと言った。それを西郷がおさえ、すべてを大村に譲ったと書いている。何によって書いたかわからないが、序列から言えば西郷が最上位であるのを、大村を総指揮者にして、その下位について働いているのだから、似たようないきさつがあってのことであろう。西郷という人は、人の長所を見れば、その人を立てて、自分はその下につくなど、一向平気な人だった。俗世間の序列などは迷惑としか思わない人だったのである。

ともあれ、作戦計画一切は大村益次郎がやったわけだが、大村は長州藩につかえる以前幕府につかえていたことがある。長州藩につかえるようになってからも、長らく江戸詰めでいたことがある。だから、江戸馴《な》れてはいたが、まさか江戸で戦争することになると思ったことはないから、上野あたりの地理の知識は至ってあいまいである。大村の門弟で大総督府参謀の一人であった寺島秋介《あきすけ》の後年の談話によると、大村はひまな時、夕方から上野界隈《かいわい》を団子坂の方から歩いて実地検分して、ざっとした地図をこしらえ、それを版木《はんぎ》でおこして、いく枚もこしらえたという。大村はその一枚を見て戦術を工夫し、どの口へ何藩の人数を何百人出す、どの道から何藩の兵を何百人進め、何口の何藩の兵と連絡をとってどうというようなことをきめたという。

寺島の話によると、はじめ寺島等は、何分官軍の兵数が寡勢なものだから（官軍は諸藩の兵合せて三千位しかなかった。その中で頼りになる薩・長の兵は合せて千二、

三百もあったろうか)、夜襲戦がよかろうと主張したところ、大村は、

「夜襲など絶対いけない。負けても昼戦さで正々堂々とやるべきである」

と、最もきびしく反対したという。大村の方針として、戦場は出来るだけ上野山内に限りたいのだが、夜間戦になれば暗《やみ》にまぎれて敵が市中に潜入して放火などして、全市の災害になる危険があるからであった。

三

こんな話が伝わっている。大村は一切の戦略を自分ひとりで立て、他には一切相談しなかったが、決策に達して、いよいよ各隊に指令を発するという直前、西郷にだけは知らせておこうと、西郷を大総督府に呼んで、諸藩の攻撃部署を書いたものを見せた。多分、れいの木版ずりの略地図に諸藩の人数を書きこんだものであったろう。西郷はそれをつくづくと見て、言った。

「これは薩摩《さつま》勢《ぜい》をみなごろしになさるおつもりのようでごわすな」

大村は無言で、扇子をぱちつかせていたが、やがてぽつりと言った。

「そうであります」

西郷は無言のまま帰って行った云々《うんぬん》。

これは「防長回天史」などに出ている一説話である。ある面における西郷らしさ、ある面における大村らしさが生き生きと出ているところ、よく出来た話であるが、それでは事実であったかといわれれば否定せざるを得ない。西郷は士卒のいのちを大へん大事にした人だから、危険なところへ兵を入れることを好まなかったことは言うまでもないから、いかにも言ったらしいと思わせるものがある。大村はまた大村で、必要最小限度しか口をきかず、人の顔をさか撫《な》でするようなことをケロリとした表情で言った人であるから、言った臭いと思わせるものがある。しかし、同時に、西郷は天性の勇者であるから、必要とあれば死地に兵を入れることを避けはしない。いつもそんな場合には自ら先に立って死地に入って士卒を励ます人であった。この際、こんなことを言ったとは思われないのである。西郷が言わないのなら、大村も言うはずはないのである。

果然、「防長回天史」の編者が、この伝説をもって、東海道軍参謀の一人で、この時の作戦司令部の一員であった木梨《きなし》精一郎（長州人）に質問したところ、木梨は全面的に否定している。

質問者はこう質問している。

「ある伝説にこういうのがあります。上野攻撃の作戦計画はぎりぎりまで一切秘密にしておくことになっていたが、大村の意見で、薩州の西郷にだけは知らせたいということで、西郷を呼んで、作戦計画の表を見せた。西郷は薩州勢が黒門口から進むことになっているのを見て、これは薩州兵をみなごろしにする朝廷の御方針でごわすかと言った。席に居合せた公家《くげ》さんなどは皆色を失った。薩・長のあつれきなどということを考えた人もある。その時、大村さんはしばらく黙っておられたが、それは薩州兵ばかりでなく、貴殿も殺す方針でありますと言うた。そういうことを言われて、西郷は一言もなく帰ったということを言う人がありますが……」

この質問にたいして、木梨は、大村が作戦計画を秘密にしたという事実を先《ま》ず否定して、

「秘密も何もないのです。木版ずりの略図に、あの時分は木筆（鉛筆のこと）を持っていた人が二、三人もいたでしょうか、その人々がその木筆で書きこんで、お前はこの口から行けとか、お前は北口から行けとか言って渡したのです。秘密もなければ、精密な指揮もなかったのです。そんなものが立つはずもありませんでした」

と言っており、黒門口云々のことには、

「黒門口は大抵の藩が希望しました。多くは黒門が希望でした。不忍池《しのばずのいけ》の方から今の

本郷の方へはあまり希望者はなかったのです。それは一時の雑談でしょう。そんなことはないはずですから」

ぼくは木梨の証言を全面的に信じたい。作戦計画というものは、トルストイが「戦争と平和」で見事に喝破《かつぱ》しているように、最初に立てて、あとは運命と個々の戦闘部隊の勇気と闘志とにまかせるだけのものである。主将の最初の計算が不確実ではもちろん駄目《だめ》だが、確実であっても運が悪かったり、実戦部隊の士卒等が臆病《おくびよう》だったりしては負ける。もちろん、主将が心を動揺させて全軍の士気を低下させても負ける。何から何まで計算しつくした精密機械のような作戦計画などは立つものではないのである。

まして、この時は諸藩かき集めのばらばらの軍隊だ。精密な戦術などが立つはずはないのである。すぐれているのは、最初の大村の思いつきと、諸軍の手配りだけである。

また、この場合とくに言わなければならないのは、現実に強いか、勇敢であるかは別として、武士というものは、勇敢でありげに、そして強げにふるまいたいものであるという事実だ。江戸中期の太平の時代には武士は精神的にも肉体的にも弱くなっていたが、幕末維新頃《ごろ》の乱世気構えになると、本来の武士気質《かたぎ》に郷愁を持つ気風が生じ、見栄《みえ》だけでも勇敢に強げにふるまいたくなっている。黒門口は城でいえば大手口にあたり、最も大事な攻め口で、激戦が予想されるだけに、希望者が多かったことは考えられるのである。たとえ、口先だけであってもだ。

ところで、そういう重要な攻め口は、最も優勢な部隊に受持たせるのが常道である。薩摩は兵数から言っても、装備から言っても、兵員の素質から言っても、官軍中の最有力部隊だ。ここを受持つのはあたり前のことである。誇りにこそ思え、不服など言おうはずはないのである。まして、西郷はこの彰義隊討伐において こそ、大村に総指揮をゆずって、進んで下位に立つことにしたが、大局的には官軍の最高幹部第一人者である。わが掌握する薩摩勢が最有力部隊である以上、最も大事な攻め口を進んで引受けたはずである。

こんな話は、薩長反目の事実だけを誇大に考える後世の人々の妄想《もうそう》が描き出したものである。英雄西郷ならずとも、武士らしい心がけを失わない人間なら、進んであたったはずである。

武力で討伐するという方針が決定したのは何日のことであったかわからないが、勝《かつ》や山岡《やまおか》に西郷からそう告げたのは、五月十四日のことであった。その十四日に、勝は公現法親王《こうげんほっしんのう》に書面を奉《たてまつ》っている。起草したのはこの二、三日前で、書き上げて届けたのがこの日だったのであろう。

四

臣、死を冒して、法親王の膝下《しっか》に嘆願し奉ります。この頃《ごろ》、御山内に多数の人が屯集《とんしゅう》して、世間ではかれこれ浮説も生じていますので、毎日総督府から御沙汰《ごさた》がありまして、鎮《しず》めよとの仰《おお》せであります。過月中、法親王様には玉足を労し給《たも》うて、寡君慶喜《かくんよしのぶ》のことについて、駿府《すんぷ》までお出まし下さいまして、大総督府へ御嘆願たまわりました。寡君が水戸表《みとおもて》へ恭慎にまかり越しまして後、わが徳川家が法親王様を御守衛のために彰義隊の者を少数差し出しておきましたところ、その後次第に人数がふえ、当節ではまことに多数屯集するようになりました。その中には寡君から内命を受けたなどと申しふらしている者もあるやに聞えます。或《あるい》はまた法塔中の僧侶《そうりょ》が法親王様を奉戴《ほうたい》して御義挙あるであろうなどの妄説《もうせつ》を申し唱えますところから、益々《ますます》人数がふえる様子であります。全くかような浮説から思い違いして参加した者も少くないと存ずるのですが、既に官軍においては右の者等《ら》を討伐する手筈《てはず》になっているとの趣きも伝承しています。今日のごとくすでに大総督宮が江戸にお入りになって、江戸城を大総督府となされました以上は、法親王様が御登城遊ばして、徳川の家名の存続と寡君のことについて、直接に御嘆願なし給わりますれば、大総督宮においても決して御疎意はあらせられないでありましょう。そうしますれば、私共《ども》もいかばかり有難《ありがた》く存じ奉りましょうに、右のように浮説に浮かされて心得違いしている者が討伐されるようでは、まことに恐れ入り奉る次第です。

憚《はばか》りながら、もし私共に心得違いのことなどがありまして、御譴責《ごけんせき》を蒙《こうむ》るようなことがある場合には、法塔中で御嘆願なし下さるべきところに、その御山内に多数が屯集して追討を受け、都民の難儀に相成るようでは、何とも申し上げようもないことであります。既に寡君が朝命に違《たが》い奉って今日に立至りましたのも、私共の臣子としての輔弼《ほひつ》の道を欠いたところから生じたのであります。しかるに、寡君はその重臣等が悉く《ことごと》遁走《とんそう》してしまいましたのを、少しも顧みずして、一身をもって衆苦にかわり、国家の乱階を生じては数年の赤心が水泡《すいほう》に帰するであろうと遠く慮《おもんぱか》り、一点の私心に渉《わた》らず、慎んで朝廷の御沙汰を待ち奉っているのであります。

私共は元来微賤《びせん》の身分の者でありますが、寡君の決心と至誠至恭の意志を体認いたしまして、引残り、藩中に心得違いの者があって、寡君の深意に反したりしないようにと、かれこれ力を尽しているのであります。でありますから、数万の家来の中にいろいろな不都合の発生しますのを、深く恐れるのであります。すでに御相続も仰せ出《いだ》されましたことでありますから、不日に居城や領国の事も仰せ出されるでありましょう。たとえ罪ある者であっても、禁獄しただけで飲食をあたえないという法はないのですから、数万の家来を召抱えている徳川家にいつまでも領国のことなどを仰せ出されない道理はないと信じています。

且《か》つ御処置のことにつきましては、負罪の小臣等がかれこれと疑念を申すべき筋のものではなく、朝廷において寡君の至誠の心を御明察賜わりますなら、公明なること天地をつらぬき、正大なること中外古今に徹する底《てい》のところをもって、仰せ出されるであろうと信じています。

これらのことを厚く御明察遊ばされるなら、当節の世評は一つも根柢《こんてい》のないことです。万一、法親王様と大総督府との間に、右のような無根なことから不慮なことが生じますなら、誠にもって恐れ入り奉りますことで、今後衆生《しゆじよう》が法親王様のことをかれこれと申すことも免《まぬ》かれ難《がた》いことにもなるでありましょう。心得違いの者、或《あるい》は浮説から生じたことでありますなら、恐れながら、大総督宮とお直々にお話し合い下さいますなら、忽《たちま》ち御氷解になるであろうと存じます。私程度の者が何分とかく申し上ぐべきようもございませんが、事実をよくよく御諒察《ごりようさつ》遊ばされ、御氷解になり、多くの人が無辜《むこ》の死をまぬかれますなら、有難く存じ奉るでありましょう。恐れながら御熟慮願い上げ奉ります。死罪々々。謹言。

勝のこの書面にどういう手応《てごた》えがあったか、日記にも出ていない。法親王の目に触れたかどうかもおぼつかない。先にも書いた通りに、法親王はいわば覚王院義観と彰義隊との囚《とら》われ人《びと》だったのだから。

この日（五月十四日）、大総督府は、徳川家（つまり田安亀之助《かめのすけ》だ）に人をつかわして、

「明朝、東叡山《とうえいざん》に集まっている暴徒共を誅滅《ちゆうめつ》することになっているが、聞けば東叡山の中堂《ちゆうどう》には徳川家数代の重器が蔵《おさ》められている由《よし》。灰燼《かいじん》に帰させてはならん故《ゆえ》、今日

中に家に持ちかえっておくように」

と通達したところ、徳川家の重臣等は、

「有難い御恩命ではありますが、家の重要な宝物は皆すでに献上いたしました。中堂にのこっていますのは、ほんの些少《さしょう》のもので、惜しむに足りません」

と答えた。大総督府の行きとどいた心遣《こころや》りにくらべて、まことにぞんざいな返答である。かれこれ面倒であると、いやがったのであろうか、それとも、あるいはいいものは皆とり上げておいて、それにくらべてはカスにひとしいものを何を言うのだとすねたのかも知れない。

ともあれ、三百年近く続いた太平の世が武士階級を腐らせたことは事実であるが、その腐りは最高権力の座にいて、都会生活していた徳川武士に最も深かったことも事実である。

このような徳川武士の中で、違う者ももちろんいた。山岡鉄太郎などはその最も違う一人であった。山岡は、西郷に上野討伐のことを言われた日の夜、寝に就くことが出来なかった。わずかに数名の者の心得違いのために、三千余人の人間が死ぬことになるのかと思うと、居ても立ってもいられない。ついに深夜、大塚《おおつか》の自宅から上野に行って、彰義隊の隊長等に会おうとしたが、たずねられた者はこと面倒と思ったのだろう、隊長はこの夜奥州《おうしゅう》にむかって旅立ったと答えた。その他の隊長のことをたずねたが、これもどこにいるかわからない。

そのうち、越後《えちご》高田藩榊原《さかきばら》家の武士等で組織している神木隊の隊長酒井良祐という者に会ったので、心をこめて説諭すると、相手も感動して、四方に奔走して解散に尽力しはじめたが、そのうち早くも先鋒《せんぽう》の者共は黒門前にたたみを積んでとりでをつくりはじめるという有様だ。右を説けば左が乱れ、左を鎮めれば右が乱れるという風で、手のつけようがない。山岡も嘆息し、あきらめて、払暁《ふつぎょう》、山を出て、上野の仲街《なかまち》に出たが、その時にはもう背後の山内は戦場と化していた。

山岡は見るに忍びず、田安家内の徳川家の執務所に行こうとして、馬を速めて本郷の壱岐坂《いきざか》まで来ると、半小隊ばかりの官軍の兵が来るのに会った。山岡の馬をとりまいた。尾州藩兵《びしゅうはんぺい》であった。その中から声をかける者があった。

「山岡先生ではありませんか。こんな時、どこへいらっしゃるのです」

かねて知る早川太郎という尾州藩士であった。

「ああ、あんたか。拙者は田安邸の徳川家へまいろうと思うのだ」

「道が一ぱいで、とても行けませんぞ。今日は戦さがあるのです」

「あんたは官軍だ。拙者を案内して連れて行って下さい」

「とても駄目《だめ》です。任務を受けて戦さに行く途中です。お気の毒ですが、御所望に応じられません」

いたし方なく、山岡は別路から帰宅して、上野方面からの轟々《ごうごう》たる砲声を聞いているだけであったと、後年記している。

彰義隊潰滅《かいめつ》

一

慶応四年は九月に改元されて、明治元年となるのだが、この年は正月から天候のかげんが悪く、春からほとんど晴れた日がなく、夏になると雨の日ばかりで、五月に入ると、季節のせいもあって、連日の霖雨《りんう》で、ビショビショと降りつづけた。五月十五日もまた雨であった。

官軍側の諸藩軍は、かねての命令の通り、一先《ひとま》ず今の二重橋外、当時の大下馬《おおげば》に集合した。大手口である黒門口に向うのを受け持ったのは、薩摩《さつま》・因州・肥後の三藩の隊で、先ず湯島明神に向い、ここから薩摩隊は黒門口正面から、肥後隊は不忍池畔《しのばずのいけほとり》から、因州隊は湯島の切通しから、それぞれ黒門口を目ざすことになっていた。長州隊・佐賀隊・久留米隊《くるめたい》・大村隊・佐土原隊《さどはらたい》は、上野の側面や背面を衝《つ》くことを目的として、根津・谷中《やなか》に向うことになっていた。これらの搦手《からめて》の諸藩軍の中では、長州隊が最も多数で、中堅をなしていた。彼等《ら》は早暁《そうぎょう》に大下馬を出発して、一先ず当時の加賀藩邸——今の東京大学の地に入って、そこから東方の低地に下り、根津から団子坂方面に向うことになっていた。

大砲は佐賀隊と久留米隊と備前隊とが若干ずつ持って、加賀藩邸とそれに隣接する富山藩邸にかまえ、不忍池をへだてて、上野を砲撃することになっていた。佐賀隊は二門のアームストロング砲を持っていたが、それは当時としては驚異的に威力ある新鋭火器で、大村益次郎《ますじろう》は前もって佐賀隊の砲隊長をいましめて、

「この大砲は、官軍の最も大事な宝であるから、決して敵に分捕《ぶんど》られてはならない。あぶなくなったら、かまわないから、持って逃げなさい」

と言いふくめたという。大村らしい合理主義である。武士の意気地などというようなことにはこだわらないのである。

このほかに、津藩隊に臼砲《きゅうほう》が二門あった。黒門口からかかる薩摩隊も七、八門持っていた。これは歩兵砲的なものであったようである。各藩の隊いずれもこの程度のものは少々は持っていた。

以上が、官軍の、いわば大手・搦手の攻撃力全部であるが、この他《ほか》の諸藩兵を分遣

して、水戸邸《みとてい》（現在の後楽園にあったから、国鉄の水道橋駅附近だ）、筋違橋《すじかいばし》（万世橋《まんせいばし》）、和泉橋《いずみばし》（万世橋から下流五町ほどの地点にかかっていた橋）等の地を守備させた。つまり、この三カ所に兵をおいて、神田川の線を守備し、敵が市中に入らないようにしたのだ。また、上野の東北方の背面にあたる三河島方面は開けておいてふさがず、遠く沼田、忍《おし》、古河《こが》、川越《かわごえ》等に守備兵を出しておいた。囲めば敵のために走路をあけておくという古兵法の定石をふんだのであり、追撃戦に出るにしても、江戸を兵火に委《ゆだ》ねないために江戸での戦いは避けようというのであった。まことに綽々《しやくしやく》として余裕ある戦術である。

戦闘の経過はこうであった。

薩摩勢・肥後勢・因州勢は湯島天神にいて、本郷台の長州勢からの連絡を待った。大手・搦手同時に行動をおこそうという打合せをしていたからであるが、その連絡がなかなかなかった。

ないはずであった。このさしせまった時に、長州勢は新しく入手した銃の操法の練習をしていたのである。こういう次第だ。長州勢が加州屋敷から東方の低地に出ると、あのへん一帯、連日の雨のために水びたしになっていた。その泥水《どろみず》をじゃぶじゃぶと渡って、根津から団子坂方面に向い、わずかに町はずれに出ると、いきなり前面から敵の射撃をくらった。応戦しようとしたが、その時長州兵の持っていたのはスナイドル銃だ。この銃はアメリカの南北戦争で使用され、南北戦争が片づいたため廃銃となって、ごく大量に日本に輸入されて来て、長州藩が横浜で仕入れて来たホヤホヤのもので、兵士等に支給はしたものの、操法はまだ教えていなかったのだ。いきなり、敵に撃ちかけられて、応射しようとしたが、操法のわからないものを発射出来ようはずがない。あわを食ってしまった。

あわただしい話だが、のんきな話でもある。当時の戦争の実体がわかる。日本人にとっては一所懸命なことだったが、欧米人にとっては子供の戦争ごっこ程度のものとしか思われなかったかも知れない。

ともかくも、長州隊は持ち場を大村隊にゆずって、加州藩邸に引きかえし、スナイドル銃の操法を伝習した後、前進して団子坂に行き、つづいて大村・佐土原等の隊も到着した。

さて、大手の薩摩隊である。ずいぶん長い間、湯島天神で長州隊からの連絡を待ったが、それがなかなかない。そのうち、薩摩隊のどこからか砲声が聞えて来た。薩摩勢の総指揮官として出ていた西郷は、何隊から戦さをはじめたかと、斥候《せっこう》を出すと、すぐ馳《は》せかえって来て報告した。

「小倉壮九郎（東郷元帥《げんすい》の実兄）どんの一番遊撃半隊、川路正之進《かわじしょうのしん》（後の大警視、利良《としなが》）どんの足軽隊が八十人ばかりで、上野の正面に押し出して、大砲を撃ちかけていもす」

西郷はすぐさま大砲隊の飯牟礼《いいむれ》喜之助に砲五門を黒門口と御徒町《おかちまち》へ押し出させ、鈴木武五郎の小銃一番隊、篠原《しのはら》冬一郎（国幹《くにもと》）の三番隊、一番遊撃半隊を一時におし出させた。ちょうど午前七時頃《ごろ》であった。

敵方では、三枚橋附近に小堡《しょうほう》を築き、数門の大砲を備えて待ちかまえているので、こちらもたたみを積んでそれを砲台として、砲撃した。

西郷は搦手の長州隊等の攻撃と時機を一つにするために、なお主力は撓《たわ》めて放たずにいたが、間もなく、本郷台の佐賀隊の大砲の活躍がはじまった。不忍池越しに横合から撃ちかけるアームストロング砲の威力はすさまじいものがある。実際の命中率はそうよくはなかったが、殷々《いんいん》たる砲声と落下の際の爆音とがなかなかすごくて、敵の気力を殺《そ》ぎ、味方を勇気づけたといわれている。つづいて肥後隊・久留米隊も大砲を撃ちかけた。

そのうち、敵陣から放った火矢《ひや》が味方の陣地の後方にあたって、町家が燃え上って来たので、もはや長州隊からの連絡を待ってはいられない。全軍、不忍池畔から町家をぐって、敵近くに押寄せ、正面からまっしぐらに黒門へ突入した。引続いて藤堂《とうどう》隊《たい》も、因州隊も突入して来たので、彰義隊ももうささえきれず、黒門を捨てて退き、山王台によろうとした。しかし、こちらはその余裕をあたえない。火を堂宇に放って、遮二無二《しやにむに》攻め立てたので、彰義隊はまた崩れ立った。戦っては追い、追っては戦い、ついに潰走《かいそう》に追いこんだ。

以上は大手口の戦いだが、搦手口では、長州藩は団子坂方面でしばらく水田をはさんで対戦していたが、思い切って前進してみると、大した抵抗もないので、水田地帯をわたりおえて進み、左に折れて谷中の天王寺附近に到着した。同時に大村隊や佐土原隊などの諸隊も前進して、大手口の方から来た官軍の諸隊とともに、随所に敵を掃《そう》蕩《とう》して、とうとう上野から谷中にかけての一帯は、全部官軍が占領して、一人の敵影も見ないようになった。朝の六時からはじまり、五時にはすっかり戦闘がおわり、黄《たそ》昏時《がれどき》にはもう官軍の諸隊は次ぎ次ぎに江戸城の大総督宮のもとに凱旋《がいせん》した。

この日の官軍の死傷者約百二十人、敵兵の死者約三百余人、傷者はこれに倍したというから、圧倒的な官軍の勝利だったのである。

輪王寺宮も、覚王院も、竹林院も、最後の段階で三河島の方へ落ちられた。宮はしばらく江戸市中を転々とうつりながらかくれておられたが、最後には会津に落ちて行かれるのである。

二

彰義隊戦争の経過は、五月二十日付で、西郷が在京都の大久保一蔵と吉井幸輔《こうすけ》とにあてて出していた手紙が、生き生きと写し出しているから、左に訳出してかかげる。

去る十五日、上野に屯集《とんしゅう》していました彰義隊の誅伐《ちゅうばつ》を仰《おお》せ出《いだ》されましたので、夜半の十二時に大下馬《おおげば》に総人数をくり出しまして待機していますと、午前六時過ぎ湯島天神境内にいる賊兵を打払うようお達しがありました。早速に出発、湯島へ参りましたが、全く賊兵の姿は見えません。暫《しばら》く湯島にいて、本郷から横ざまに上野を撃つことになっている長州兵等の模様を見るべく、諸方へ哨兵《しょうへい》を出しながらひかえていますと、とつぜん、わが藩の陣地から砲声が響いて来ましたので、何隊が戦さをはじめたのかと斥候《せっこう》を出してみますと、遊撃隊半隊・御兵具隊《おひょうぐたい》八十人が、早や黒門口へ突出して戦闘を開始しているのでありました。すぐさま、大砲隊の三門を黒門口へ押出させ、二門は御徒町《おかちまち》の方へふり向け、一番隊は御徒町の方へ掛らせ、遊撃隊と三番隊とは黒門口の方へ押しかけさせ、町口にあった一、二の台場はすぐに乗りおとし、こちらでも畳を積み重ねてにわかに台場をしつらえ大砲を構えたのですが、急に攻撃をはじめては本郷からの攻撃と手筈《てはず》が狂いますので、暫く見合せていましたが、一向本郷からは攻撃に出ません。

暫くあって、本郷台から佐賀勢が横ざまに大砲を撃ちかけ、つづいて久留米勢《くるめぜい》も同様に撃ちかけました。長州隊はまだ攻撃に出ません。よほどに待ちましたが、時刻が移る上に、賊方から味方の後方へ火矢を射かけて火事となり、次第に後ろから燃えてまいりましたので、わが隊も黒門口から不忍池《しのばずのいけ》のはしまで、町家をくぐって、敵合近くまで押しつけました。敵塁は堅固で容易に落ちないのに、背後から火が迫って来ますので、三番隊・遊撃隊・大砲隊が一緒になって、ぜひ突入したいとしきりに願い出ました。しかし、それでは多数の死傷者が出ると思いましたので、無理に人数をくり上げて、黒門口へ押し直し、一番隊の方へおしむけ、正面から突っこましましたところ、藤堂隊《とうどうたい》と因州隊とが引続いて駆けこんで来ましたので、さしも堅固な敵の台場も乗りおとしました。山内は手広ですので、諸方に手配りして、追撃しました。

朝の六時頃《ごろ》から戦さをはじめ、夕方五時頃にはおわったのですが、まことに長時間の戦さで、大いに疲れました。

肥後勢は柳原の屋敷の高見《たかみ》（櫓《やぐら》であろう）に上って、大砲を撃ちかけました。最初に肥後藩が攻め口を命ぜられたところは、わが藩と因州藩とが一緒にかかりました。藤堂家の隊は応援隊として出て来たのですが、両藩の勢と共に突入した訳で、実に感心なことでした。進まない兵が後方から大砲ばかり鳴らすのには困りました。肥後勢は味方の兵がすでに敵陣地内へ突入していることがわからず、破裂弾を打ちこみ、大いに味方を傷つけたのです。因州隊はこのためによほど損害を受けました。

長州・大村・佐土原《さどはら》等の三藩の兵は、谷中《やなか》の戦いがはげしかったので、上野の方へは来《こ》られなかったのです。頼み切っていたこの三藩の兵が、手筈が狂い、場所違いになったため、相救援することが出来ず、わが藩の兵が大いに難儀しました。佐賀隊が横合から大砲で撃ちくじき、長州隊等が上野の背後から迫り、わが藩隊が正面から攻撃するというのが予定だったのですが、早くも根岸（根津の誤り）あたりで戦さがはじまり、初めから終りまで一緒にはなれず、双方とも難儀した次第ですが、共に大勝利となって打ち砕いたことはまことに愉快です。この合戦は前もって作戦計画を立て、前日お達しになり、備えを立てて打ち平げたわけですが、そっくり計画した通りに行きましたので、一層愉快です。御遥察《ごようさつ》下さい。

江戸中の者が、彰義隊は強くて負けないものと信じ切っていましたのに、案外もろく打ち落されましたので、至極落胆の様子です。近来はよほど威張って、肥前人(佐賀藩人)を四、五人打殺し、因州人も三人ばかり殺されましたので、両藩はめいめい一手をもって討取りたいとの願いを出したくらいです。彰義隊は半分は諸藩の兵で、石州浜田・会津・伊予松山・若州小浜その他の諸藩の兵士が多く加わっていましたので、よほど持ちこたえたのです。この巣窟《そうくつ》を打破りましたから、この上は制し易《やす》くなるだろうと思います。

一　奥羽《おうう》は一体に賊となり、兵隊の仕事がよほど沢山になりました。当地が片付きましたら、奥羽へ出かけるつもりです。

一　黒門口台場へ突入しました時、賊兵が背後から迫りましたので、一番隊は乗落すと同時に後ろへ立ちかえり、後ろの敵を打ちくじきましたところ、その敵兵等が少々ずつ諸方へ抜け出る折柄《おりから》、竹下猪之丞は胸を撃ちぬかれて戦死に及びました。まことに残念な次第です。竹下はいつも私につきそって、世話をしてくれまして、私に決して先に進むなと申しますので、私はよくわかっていると申していたのです。総がかりの時、どうして離れましたものか、姿を見失ってしまいましたが、後で戦死のことを聞きました。一番隊と一緒にいて、背後から迫ってくる賊を射撃していたところに、不意に賊が小路から起り来たって撃ちかけた節、討たれた趣きでした。背後にまわった賊兵には、私も危い目に逢《あ》いました。賊塁を落した後、藤堂仁右衛門と申す者と余念なく物語りしているところへ賊兵が鉄砲を撃ちこんだのです。私共《ども》には何事もありませんでしたが、下人《げにん》が負傷しました。賊兵はそのまま逃げ去りました。小路戦さ（市街戦）はどこに敵がいるやらわからないので、思いがけない死をいたすことです。

また新五左衛門も戦死いたしました。新五左衛門は黒門の台場の落ちる前から、戦場に出たいと申しますので、よろしいかかれかかれと申しますと、よろこんで遊撃隊と一つになって撃ち合っておりました最中、頭を撃たれ、これも即死しました。その時はよほど激しい戦闘の折柄で、死体を収容することさえ出来ず、あとでとりおさめた次第です。両人とも戦死をいたされ、実に力を落しました。私の心情を御悲察下さい。

一　手負い、戦死の人数、別紙の通りです。鬢髪《びんぱつ》等はあと便から送るようにします。幸便にまかせて、大略報告申し上げました。

一　徳川亀之助《かめのすけ》へも、前日、大総督府からお達しになって、先祖の宗廟《そうびょう》・神位はとりのけるようにとの趣きをお伝えになり、また輪王寺宮《りんのうじのみや》へもお立退《たちの》きになるようお達しあった上での、尋常の戦いです。それ故《ゆえ》、兵等の士気は十分にふるったことでした。

一 三条公もよほど御満悦のおんことと見え、浅からざる御書を賜わりました。実に恐れ入ったことです。諸藩も、わが藩の剛強なのに驚いた様子です。

一 奇妙なことがあります。宇都宮での難戦、引続いての白河城攻撃戦において、時々白狐《びやっこ》が戦場にあらわれ出ました由《よし》。一両人が見ただけではなく、数十人が見受けた由です。後にはあまり不思議と考え、兵士等は礼拝して、敵にかかった由です。稲荷《いなり》大明神の加護あらせられることと、兵士は一際《ひときわ》勇み立って、戦さには決して負けないものとの自信を持っています。

右の通り、戦争の次第、あらあら申し上げました。太守様（忠義）へも申し上げて下さるよう、よろしくお願いいたします。恐惶《きょうこう》謹言。

五月二十日

西郷吉之助

大久保一蔵様
吉井幸輔様

この手紙の末段に言う「白狐云々《うんぬん》のこと」は——。古来、薩摩《さつま》では島津家には稲荷明神の加護があり、島津家の吉事、戦勝を得る戦争の際には霊狐があらわれて奇瑞《きずい》を現《げん》ずると伝承されているのだが、宇都宮城の奪回戦、白河城攻撃戦に白狐が出現したために兵士等の士気が昂揚《こうよう》したという報告を受けて、報告のままに伝えたのである。宇都宮から白河に至る間は、いわゆる那須野《なすの》ヶ原《はら》で、古来狐《きつね》が多数棲息《せいそく》していることで有名な地域である。ぼくはこの十年ばかり、一年の少からぬ期間をこの地に住んでよく知っているが、今日でも狐は多いのである。明治元年頃にはさらによく見かけ、その中には白狐もいたはずである。

余談だが、島津氏は清和源氏を称し、始祖忠久は源頼朝《よりとも》の庶子であるといっているが、これには色々と疑惑が多い。事実はやはり義父ということになっている惟宗忠言《これむねただのり》の実子なのであろう。惟宗氏は本姓秦《はた》氏である。秦氏の氏神は伏見の稲荷神社である。

三

彰義隊戦争の立役者は大村益次郎《ますじろう》である。だから、この戦争には彼にからまるおもしろい話がずいぶんある。すでに二、三は語ったが、次の話は最も有名である。

五月十五日、戦争の当日、江戸城内でのことである。何分長時間にわたる戦争である。激戦がつづいて、なかなか勝敗の色が見えない。参謀等《ら》は不安になった。

「大村さんは、夜戦《よいくさ》は絶対にいかんと言って、今日は早朝からの戦争にしなさったが、この分では夜戦さになりそうだ。夜戦さはこちらが先《せん》をとってはじめてこそ利があるのだが、今夜のは昼戦さからだらだらと入って行く夜戦さじゃ。とうてい、利があろうとは思われない。こまったことになってしまった。これというのも、夜戦さをきらった大村さんが悪いのだ。大村さんを詰問《きつもん》すべきだ」

と相談して、大村のいる富士見の三重櫓《やぐら》に押しかけて、代表者が、

「これこれしかじかでござる。すべて、貴殿の責任ですぞ」

と、きびしい調子できめつけた。

大村は柱によりかかって、目をつぶり、思案にふけるか、居眠りをするかしていたが、言われて、大きなおでこの下の太い三角眉《まゆ》の下の目をぎょろりと見ひらき、懐中から時計を出して見て、それを人々にも見せて、

「ちょうど三時です。日の暮れるまでには、まだ時間はたっぷりあります。御心配には及びません。もう少し待ってみましょうや」

といっているうちに、上野の方角にあたって、真黒な煙がむくむくと湧《わ》いて来た。

それを指さして、大村は言った。

「あんな煙が出ています。あの煙の模様では、ずいぶん激しい戦いになっています」

皆がその煙を凝視しているうちに、上野の方は一面の猛火になって燃え上り、火花さえ噴き上って来た。大村はぽんと手を打って、

「皆さん。これですみました。今猛火が噴き上げたのは、賊兵等が上野の堂塔へ火をかけて退却にうつったために相違ありません。もうあそこには賊兵はいません。あの火は逃げたしるしです。全部逃げましたぞ」

と言った。

するとその時、上野からの伝令が到着して、上野の敵が山内の堂塔に火をかけ、炎にまぎれて残らずばらばらに退却し、官軍の大勝利となったと報告した。

今、九段の靖国《やすくに》神社にある大村の銅像は、その時の大村の姿を写したものといわれている。今から四、五十年前までは、東京は高層建築がほとんどなかったから、あの銅像はずいぶん高々と見え、あの銅像も英姿颯爽《さっそう》と見えたものである。

彰義隊の戦争は、徳川方からすれば全く無益な戦争であった。無益どころか、有害な戦争であった。こんな団体が結成され、馬鹿《ばか》な反抗などしなければ、徳川家は大体

百万石くらいの領地はもらえたはずであるのに、七十万石となったのは、こんなばかげた反抗とばかげた戦争のためである。それはすでに説明した。

しかし、官軍側からすれば、決して無意義ではなかった。伏見《ふしみ》・鳥羽《とば》の戦争の勝利が、無力であった革命政府（天皇政府）に権威を持たせ、箱根以西の諸藩をすべて帰服させたように、彰義隊戦争の勝利によって、江戸人等は官軍と天皇政府の権威を認識しなおし、畏服《いふく》するようになり、それはひいて関東一円に及んだ。

つまり、結果から言えば、彰義隊は自ら進んで革命に必要な血の祭壇の犠牲となったのである。彰義隊戦争の意義はここにある。徳川氏にたいする殉忠などでは絶対にないことは、縷々《るる》語って来た通りである。

四

官軍側主戦派の急先鋒《きゅうせんぽう》であった江藤《えとう》新平が、この戦いの翌日の日付で、佐賀藩の執政原田小四郎に出した手紙がある。

拝啓

時下益々御清穆《ますますごせいぼく》およろこび申し上げます。御一別しましてから、かれこれと苦心しましたが、ようやく今十五日に上野に屯集《とんしゅう》している賊の御退治がなされまして、愉快なことです。一体、小生がはじめ着府しました頃《ころ》は、官軍は全く威光のない姿となりはて、ただ徳川に侮《あなど》られている有様であり、その後日にまし彼等《ら》の跋扈《ばっこ》はつのりました。上野に彰義隊と号して数千人屯集していましたが、これはもっぱら勝《かっ》安房《あわ》や山岡《やまおか》鉄太郎の策略でありまして、右を鎮撫《ちんぶ》するなどと申し唱えて、種々術策を使ったのです。官軍の中にもこれにだまされている人がありまして、慷慨《こうがい》にたえませんでした。長州の大村益次郎《ますじろう》もこの有様に不平で、江戸を引き上げて京都にかえる支度までしていた由《よし》ですが、そこへ三条公が下向なさいましたので、引上げを見合せ、それから百方吟味がはじまりました。私もこのように緩怠になってはよろしからず、ともかくも、大いに武威を張らなければ、奥羽《おうう》の鎮定も何も出来かねると思いますので、その意見を申し立てました。

かくて、ついに昨十五日、朝六つ半（午前七時頃）から戦いをはじめ、晩の七つ時（午後四時）には戦いがすみました。鏖殺《おうさつ》の軍略でしたが、図った通り鏖殺が出来、堂塔皆焼払い、大愉快をきわめました。小生も戦争の場所場所を走りまわり、矢石《しせき》を犯して、この年で初陣《ういじん》をいたしました。

まことにもって天運であります。官軍が大武功を立てられたのですから、以後はお号令もよく行われるであろうと存じます。西郷の胆力、大村益次郎の戦略と老練、全く感心いたしました。

わが佐賀藩よりも軍勢を出され、本郷の団子坂の方へ小銃隊百人、越中《えつちゆう》屋敷（富山藩邸）へ大砲二門といろいろ力をお尽しになったことであります。殿様（鍋島直大《なべしまなおひろ》）におかれましても、大総督府へ御登城遊ばされました。この戦いは一時は諸藩もよほど苦戦で、わが藩においても戦死二人、負傷者二人出ました。なお委細は後便で申し上げます。先《ま》ずは早々。頓首《とんしゅ》再拝。

五月十六日

「官軍中にもこれにだまされている人がある」というのは、広い意味では西郷も含むのであろうが、端的には海江田《かいえだ》のことであろう。大村益次郎が、軍務局判事として大総督府を輔佐《ほさ》せよとの朝令を受けたのは四月二十七日であるが、西郷は四月二十八日に薩摩藩《さつまはん》の汽船豊瑞丸《ほうずいまる》に搭《とう》じて江戸を出帆、京都に向っていて、大村とは行きちがいになっている。そして再び江戸に帰着したのは閏《うるう》四月二十三日、三条とともにである。大村と江戸で論争するはずはない。論争したとすれば、海江田武次《たけじ》であったはずである。

彰義隊を上野に屯集させたのを、これをテコにして官軍を操縦するための、勝や山岡の術策であるとする解釈は、もちろん、江藤の誤解であるが、辛辣《しんらつ》をきわめている。江藤という人間の長所も短所もここにある。彼はけわしい、鋭い人だったにちがいない。

三条実美《さねとみ》の岩倉具視《ともみ》へあてた報告書はこうだ。

梅雨時の不順な気候ですが、主上益々御安泰に渡らせられ、恭悦に存じ奉《たてまつ》ります。そもそも当江戸の、去る十五日上野の賊徒掃撃は、誠に天威によって速かに尽滅して、国家のために大賀であります。しかし、よほどの苦戦でありました。敵兵は要害によって台場を築き、高きより低きに臨み、味方は低きより仰いで高きを攻める形でありましたので、ごくごくの難戦でありました。西郷吉之助の兵隊の黒門前の激戦は実に目ざましい戦いで、諸人大いに感心いたしました。

誠にこの度の戦いは、実に天幸と存じます。死者およそ三百人ばかり、すこぶる賊は胆《きも》を冷《ひや》した趣きに聞えます。両三日は残賊が処々に屯集の趣きに聞えますので、今後のことも甚《はなは》だ心配で、日々手配をしています。

輪王寺宮《りんのうじのみや》も近方へお立退《たちの》きになりました。しかし、まだ御登城にはなりません。かれこれ、手をつけています。なんともお気の毒千万に存じますが、致《いた》し方《かた》はありません。苦心のことであります。

さて、これは失うべからざる好機会ですから、江戸の政治は当分、仮に別紙の通りとりきめました。なお政府の御制度に追って御変革をお願いします。何分政事に手をつけませんでは、人民が方向を失って、金策などにもすこぶるさしつかえますので、旁々《かたがた》急速に先《ま》ず右の通りに処置しました。しかるに、金銭相場のこと、太政官《だじょうかん》から御沙汰《ごさた》に相成り、人民すこぶる難渋、誹謗《ひぼう》の声しきりにおこって、聞くにたえぬほどです。姦民《かんみん》その虚に乗じて、苛政《かせい》を救うを口実として、民心を誘惑いたす事情もあります。憚《はばか》りながら時機を誤った御処置であると、諸士嘆息しています。奥羽の賊徒もこれを口実として、王政を妨げ、民心を動かしている由で、実に弊害極《きわま》りなく、さてさて、心痛むことです。

一　徳川処置のことは、別紙の通りに申し渡しましょう。なお近日申し渡し済み次第に急報して、奏聞《そうもん》いたすでありましょう。

一　三卿《きょう》（田安・一橋《ひとつばし》・清水）のことも、別紙の通りに申し渡しましょうから、上京しましたら、領地御証文・官位等も仰《おお》せ出《いだ》されるよう願い奉ります。

一　勝・大久保・山岡等は、所詮《しよせん》、今暫くは御採用には適当でありませんから、この段言上しておきます。

前件、急務早々言上いたしますことかくの如《ごと》し。なお追々報告いたします。朝廷においては定めて御繁務であろうと恐察しています。ひとえに御努力、千祈《せんき》万禱《ばんとう》いたします。万々後便にて申しのべます。以上。

五月十八日　　実　美

岩倉賢相君閣下

二伸、時下御自愛専要に存じます。諸公へよろしく御伝声下さい。御覧後は火中なし下さい。

勝・大久保一翁《いちおう》・山岡鉄太郎にたいする大総督府内の人々の信用がなかったことがわかる。大体において西郷をトップとする薩摩人等だけが信用していたようである。

五月二十四日に、徳川亀之助《かめのすけ》を駿河《するが》に封じた。

徳川亀之助

駿河国府中《ふちゅう》の城主に仰せつけられ、領地高七十万石下される旨《むね》を仰せ出された。但《ただ》し、駿河国全部で不足する分は、遠江《とおとうみ》と陸奥《むつ》の両国で下賜《かし》される。

五月　　　　徳川亀之助

今般家名相続仰せ出されたにつき、お礼のために上京いたすべきこと。

また一橋大納言《だいなごん》と田安中納言とに、それぞれ自今藩屏《はんぺい》の列に加えられる旨を、朝廷から仰せ出されたと申し渡した。

一橋・田安・清水の三卿は、徳川本家の家族というのがたてまえで、独立の大名ではなく、従って領地もなく、家臣等も大方は徳川本家の臣が行ってつとめることになっていたのだが、これで独立の大名ということになったのである。清水家に何の言い渡しもないのは、当時の清水家には当主がなかったからであろう。しかし、新政府は清水という大名を立てて、領地も設定し、その保管を徳川本家にまかせている。そしてやがて、慶喜《よしのぶ》の弟民部《みんぶ》大輔《たゆう》昭武《あきたけ》がパリー博覧会から帰って来ると、これを清水家の当主に立てるのである。こんなところを見ると、新政府は相当徳川家に気をつかっているのである。

江戸城の明渡しのあったのは四月十一日であるが、これだけでは江戸の治安は回復しなかった。二月《ふたつき》後（閏《うるう》四月があるから二月になる）の五月十五日の彰義隊討伐があって、はじめて江戸に平和が来た。実質的な江戸開城はこの時にあると解釈するので、延々とここまで書いた次第である。

解　説

尾　崎　秀　樹

海音寺潮五郎は戦前から戦後にかけて多くの歴史小説を書いたが、中でも史伝ものに独自の分野を築いたことで知られている。彼は明治以来の史伝の系譜を復活させた書き手であった。

明治期までの文学史にかなりなウェイトをしめていた史伝文学は、大正から昭和にかけての時代の変遷とともに衰退したが、これは日本の民間史学の消長と近代における歴史学のあり方とも関係している。明治期の民間史学は、藩閥政府とその体制に組みこまれたアカデミー史学にたいするアンチ・テーゼとしての色彩をおびており、文明論的要素を持って、主にマスコミの分野で史論を展開したが、そうした土壌の上に幾多の史伝も書かれたのだ。しかし雑誌や新聞が在野的な性格を保持できにくくなると、民間史学者たちの研究や発表も種々の問題にぶつからざるを得なくなる。一方アカデミー史学では歴史についての科学的な方法論が導入されると、史実の具体的追究が尊重され、史論的発想を邪道視する傾向がうまれ、史論や史伝はアウトサイダーあつかいされるようになった。

戦後の歴史研究はさまざまなタブーから解放され、急速に大衆化された中で、それまでの人間不在のあり方にたいする反省も生まれ、在野史家がアカデミーに組みこまれる動きも見られた。そうした状況をふまえて現代の諸問題とも照応させながら歴史を描こうとする作家たちが誕生し、話題となった作品もつぎつぎに書かれた。そしてそれらの歴史小説家たちが文学と歴史を結ぶ役割を果すことになる。だが明確な歴史観に立って本格的な史伝をまとめることのできる作家は少なく、海音寺潮五郎はその第一人者となったのである。

彼は昭和四十三年に第十六回菊池寛賞を受賞し、また昭和四十八年には川口松太郎、永井龍男《たつお》とともに文化功労者に選ばれ、さらに昭和五十二年に芸術院賞を受けるなど、いずれも彼の歴史小説および史伝にたいして高い評価が与えられているが、その作品は小説と史伝ものに大別されるようだ。つまり小説はフィクションによって人物像を具象化するが、史伝は歴史上の素材をふまえながら、史書と史書の間にかもし出される微妙なくい違いをとらえて歴史の軌跡をたどり、追体験する魅力をうかがわせるところに特長があるといえよう。

小説の代表作には維新前夜の薩摩《さつま》を背景にした「二本《ふたもと》の銀杏《ぎんなん》」「火の山」「風に鳴る樹《き》」の連作や、「平将門《たいらのまさかど》」「天と地と」「海と風と虹《にじ》」、あるいは孫武、孫臏《そんぴん》の生涯《しょうがい》をたどった異色作「孫子」などがあげられるし、史伝では「武将列伝」「悪人列伝」、また「西郷と大久保」「列藩騒動録」「幕末動乱の男たち」など、さらに未完の大作「西郷隆盛《たかもり》」がある。

これらの史伝は作者の歴史にたいする該博な知識を裏づけとして、歴史上の人物や事件を自由に論断するおもしろみを持っており、あつかう諸人物をすべて自家薬籠《じかやくろう》中《ちゅう》のものにしているだけに、読者の信頼感を誘う面がある。

ところで彼の著作の中には西郷隆盛に関する著作がかなり多く、脇役《わきやく》として登場するものや、史論や随筆などまでふくめると相当な量になる。主な作品だけあげても、昭和三十年から翌年にかけて地方紙に連載した「西郷隆盛」をはじめ、「世界」に連載した「史伝西郷隆盛」、読売新聞の「近世名勝負物語」の一篇《いっぺん》である「西郷と大久保」などがあり、その決定版が絶筆となった「西郷隆盛」であろう。薩摩人としての海音寺潮五郎の西郷にたいする敬愛と共感がそこからうかがわれるが、それ以上に彼は一種の使命観から西郷伝の筆を執り、繰り返し書いてもまだ書き切れないものを、このライフワークにこめることで、いろいろと評価のわかれる西郷を歴史の上に正しく位置づけたいと願ったに違いない。

「西郷隆盛」は昭和三十六年十月二十二日から三十八年三月二十日まで約五百回にわたって朝日新聞夕刊に連載された部分をその後に書き下し、昭和五十一年三月に第一巻を出したのにつづいて、歿後《ぼつご》の出版分をあわせて九巻まで刊行された。そのうち第九巻にあたる分は、昭和四十九年一月から五十年三月まで「史伝江戸城明け渡し」の題名で「歴史と旅」に連載し、五十一年三月に新潮社から刊行された単行本「江戸開城」の内容と重なっている。

その意味で「江戸開城」は、「西郷隆盛」という大長篇の一部をなしているともいえるが、独立した作品として読むことも可能である。そして西郷の動きだけでなく、勝海舟の側にも光をあてて、維新史の重要な一ページを語り、史伝の書き手としての作者の力量を充分に味わわせてくれるのだ。

この作品は題名どおり、江戸城の無血明け渡しという画期的なできごとの経過を、関係者たちの手紙や日記を参照しながら、くわしく解説する中で、勝や西郷の人間像をも浮かび上らせている。鳥羽《とば》・伏見の戦いで幕軍が敗れて江戸へ逃げ帰った将軍慶《よし》喜《のぶ》にたいして、征討軍の首脳者がどのような処置を考えていたかを物語る大久保あての西郷の手紙を、作者は最初に紹介し、革命には血の犠牲が必要だという、西郷らの意向がしめされる。

一方、江戸では種々の議論が沸騰する中で慶喜の心も動揺しているのを、平和主義者の勝が絶対恭順、絶対無抵抗以外に途《みち》のないことを説き、決意をうながした。その結果、慶喜は上野寛永寺の塔頭《たっちゅう》大慈院に入って謹慎したものの、東海・東山両道から征討軍が迫ってくるのにつれて、その軍を箱根以西にとどめてほしいという嘆願書を持った輪王寺宮《りんのうじのみや》や供の僧も西郷の軍営へ向ったが、目的を達せずに終る。しかし何とかして自分の誠意を総督府に通じたいと願った勝は、慶喜の警護役をつとめる高橋伊《い》勢守《せのかみ》の義弟、山岡《やまおか》鉄太郎の人物をみこんで使者に選んだ。山岡は益満休之助《ますみつきゅうのすけ》とともに官軍の陣をくぐり抜け、西郷に会って無事役目を果した。

こうして西郷と勝の会見が行われることになるが、その前に西郷が英国公使パークスに病院の手配をたのもうと考えて使いを出したとき、パークスの言葉でショックを受けたというエピソードは興味ぶかい。それはどこの国でも降服している者に攻撃を加えるということはないと言われたこと、また国内で戦争をはじめる場合は、居留地の住民を統轄する領事に通告して警備の軍隊を出さねばならない、その手続をとっていない日本は無政府の国だと指摘されたことで、西郷はそれを聞いて「かえって幸せでごわした」と受けとめたという。

勝はかつて彼がもっとも愛した弟子の坂本龍馬《りようま》とその子分らの身柄を西郷にたのんだこともあり、たがいに敬意を抱いていたが、このとき二人は四年ぶりに出会い、三月十三日および十四日（慶応四年）に高輪《たかなわ》の薩摩屋敷と芝田町の薩摩屋敷で二度、面談した。その結果、十五日に予定されていた江戸城の総攻撃は中止され、江戸の町は戦火を免れたのだが、両者の話し合いの内容についても、作者の想像によって語っている。西郷と勝がここに到《いた》る段階でこまかな気くばりをしていた事実は作中でもふれられているが、しかしこの両者の会見は、「西郷という千両役者、勝という千両役者によって、はじめて演出された、最も見事な歴史場面だったといってよい」という言葉がそのままあてはまる感じだ。

西郷と勝が談笑裡《り》に両軍の協定を成立させたとはいっても、官軍側でも幕臣の側でもそれぞれに不満があり、勝など暴発を防ぐために血のにじむような苦労をしたらしい。榎本武揚《えのもとたけあき》の率いる幕府海軍も脱走したので、勝はその七隻を一応つれもどして四隻を引渡した。だがまたも脱走して北へ行き、その他多くの陸軍兵も脱走するなどの動きにふれながら、徳川家の処遇問題がようやく一段落するまでをたどり、最後は彰義隊の潰滅《かいめつ》ではじめて江戸の治安が回復し、平和がきたと述べている。そして実質的な江戸開城はこの時にあるという解釈で作品を終らせているのだ。

江戸開城の史実については、それを素材とした文学、映画、演劇、テレビドラマなどさまざまな分野でとり上げられているが、すでにふれたように海音寺潮五郎は丹念な史料蒐集《しゅうしゅう》を行い、それらを綿密に読んで、ひとつずつのできごとや諸人物の動きをすみずみまでとらえているため、よく知られていることでも新鮮味を感じさせるようだ。昭和四十四年四月に新聞・雑誌からの引退声明を発表した彼は、未完成の仕事をまとめることに全力をあげていたが、その仕事こそ「西郷隆盛」であり、「江戸開城」はその執筆にも役立つものとして書かれた。それだけに西郷伝にたいする思いこみがここにも投影されているといえよう。

また勝海舟に関しては、あるエッセイの中で「西郷ほどの人間がかほどまでにほれた人物だから、勝は幕末維新史に最も大きな影をおとしている。重要な曲り角には必ず彼の力が働いているように私には思われるのだが……」と述べていることでも、その人物観がうかがわれる。同じエッセイの中で日・韓《かん》・文の三国が共同防衛しないかぎり、欧米諸国の東亜侵略を防ぐことはできないという意見を、勝が幕末以来抱きつづけていたことから、西郷の征韓論にも関係があるのではないかと書いているのを読むと、西郷と勝の交渉が「江戸開城」の時点にとどまらず、さらにふかいかかわりをさぐろうとしているようにも思われる。

「江戸開城」は海音寺潮五郎の史伝もののひとつの到達点である「西郷隆盛」の重要な一環をなし、幅ひろい視野に立って幕末維新における多くの人物を描いてきた作者の蓄積をしめすものであろう。

（昭和六十二年十月、文芸評論家）

いまなぜ海音寺潮五郎を読まねばならないか

本郷和人

幕末・明治維新期、江戸は人口百万人を擁する世界最大級の都市であった。西郷隆《たか》盛《もり》と勝海舟。二人の英傑の歴史的会談が、百万人の生命を戦火から救った。これが江戸の「無血開城」である、と私たちは理解している。だが調べてみると、二人が直接に話し合ったのは江戸市民の生命ではなかった。最後の将軍・徳川慶喜《よしのぶ》の生命と名誉であった。慶喜の血を流さぬことが、結果的に百万市民の血を流さぬことにつながっていたのである。平等の概念が広まっておらず、人命に明らかな軽重があった時代であるから、やむを得ないことではあったが、この点をまず確認しておきたい。

慶喜が謹慎し、新政府に深く頭《こうべ》を垂れていることを前提として、官軍すなわち西郷は「慶喜を岡山藩に預ける」案を提起した。岡山藩は外様《とざま》大名・池田氏の治めるところ。すなわち慶喜を敵方の虜囚としてあつかう、というのである。これに幕府の山岡鉄太郎（鉄舟）、勝海舟は強く反発。彼らのいう武士の誇りを尊重した西郷は、「慶喜を（実家である）水戸に移す」という案で妥協した。慶喜は助命され、辱《はずかし》めを受けることをも免れたのである。

人一人の命を軽いというつもりは毛頭無いが、多くの家臣に加え江戸百万市民を救うためならば、武門のトップたる慶喜は、命を投げ出す覚悟をもって、もっと積極的に行動する途《みち》もあったのではないか。これは私のかねてからの疑問であった。だが翻《ひるがえ》って考えてみると、日本に存在した鎌倉・室町・江戸の三つの幕府、その最後の将軍はみな受動的な姿勢のまま生きながらえている。鎌倉の守邦《もりくに》親王（幕府滅亡に際し出家）、室町の足利義昭《よしあき》（京都からの追放）、それに徳川慶喜。

幕府は朝廷とは異なり、武力を看板とする権力である。そのトップであるからにはなおのこと、組織が崩壊するときには全責任を負って自害する、また反攻の先頭に立って命を散らすという事態も容易に想像できる。お隣の中国を見ると、王朝の最後の皇帝はそうした身の処し方をしている事例が多い。世界史にも例は枚挙にいとまが無い。ところが、それが良いことか悪いことかという判断は別にして、史実として日本はそうではなかった。

さて、その徳川慶喜の助命であるが、それが決定するまでに意見の対立があった、と現在の歴史学は分析しているようである。対立はもちろん、慶喜に対し穏当な処分で済ませようとする寛典論と、厳しい処分を求める強硬論である。長引く内紛や過酷な処分は国益に反する、と寛典論を説いたのは木戸孝允《たかよし》・広沢真臣《さねおみ》ら長州藩と、山内容堂・松平春嶽《しゅんがく》・伊達宗城《むねなり》ら諸侯であった。一方、「是非 切腹迄《まで》ニハ参リ申サズ候テハ相済マズ」（慶応四〈一八六八〉年二月二日、大久保利通《としみち》あて、西郷隆盛書状。これを書状Aとする）と断固として切腹を求めたのが西郷隆盛であった。大久保も、慶喜が謹慎したくらいで赦《ゆる》すのはもってのほかであると考えていた（同年二月十六日、蓑田伝兵衛《みのだでんべえ》あて、大久保利通書状）ようだから、薩摩《さつま》藩全体が強硬論だったと目されている。

慶応四年二月九日、有栖川宮熾仁《ありすがわのみやたるひと》親王が東征大総督に任命され、江戸城と徳川家のあつかい、東日本に関わる裁量のほぼ全権が与えられた。大総督府参謀には公家の正親町公董《おおぎまちきんただ》・西四辻公業《にしよつつじきみなり》が、実務を取り仕切る下参謀には広沢真臣が任じられたが、寛典論の広沢は十二日に辞退。その二日後の十四日、強硬派の西郷と林通顕《みちあき》（宇和島藩）が改めて補任された。

二月十五日、熾仁親王率いる東征軍は京都を発し東下し、三月五日に駿府《すんぷ》に到着した。翌六日には江戸城攻撃の日付が三月十五日と決定され、同時に、慶喜の恭順の意思が確認できるなら一定の条件のもとでこれを許容する用意があることも「別秘事」一ヶとして示された（原口清「江戸城明渡しの一考察」、『名城商学』二十一巻二・三号）。一ヶ月の間にどういう経緯があったかは定かではないが、どうやらこの頃には、強硬派の西郷や大久保らの間にも、慶喜の恭順が真摯《しんし》なものであれば厳罰に処する必要はない、との合意が形成されつつあったと思われる（『大久保利通文書』二　慶応四年二月〈日付不明〉意見書）。かくの如《ごと》くに、慶喜助命が大勢となった駿府の大総督府に、三月九日、決死の山岡鉄太郎が嘆願にやって来ることになる。

おおよそ以上が研究者の共通理解なのだが、海音寺潮五郎の解釈は明らかに異なる。本書『江戸開城』は冒頭に書状Aを載せ、この中で西郷が「慶喜の切腹」を断固として説いていることを紹介しながら、「これは西郷の本意ではなかった」と説明するのだ。西郷・大久保は慶喜厳罰を周囲に力説していたが、実はもとより助命する考えであった。本意とは異なることを口にしていたのは、まさに「西郷の政治」だったと解釈している。その上で彼は、慶喜に強硬に対したのは長州藩で、薩摩藩は幕府と元来、融和的であったのだ、と研究上の見解をひっくり返してみせる。

海音寺の視点は関ヶ原にまで及ぶ。関ヶ原の戦いに敗れた結果、毛利家は所領を三分の一以下に減らされた。当然、家臣の禄《ろく》も三分の一弱になった。徳川家への恨みは深い。ところが同じく西軍の一員であったのに、島津家は領地をまったく減じられなかった。徳川家への遺恨は無い。この観点から幕末の動きを見ると、徹頭徹尾、反幕の姿勢を示したのは長州であって、薩摩は幕府憎しではなく、国難に対応できる国作り、幕藩体制より有効な国作りをめざして行動してきた。その薩摩が、慶喜に厳しく接するはずはない、と述べるのだ。

昭和三十（一九五五）年、マルクス主義歴史学者の遠山茂樹《しげき》らが書いた『昭和史』（岩波新書）が大ベストセラーになった。同書は各方面で好意的に受け入れられたが、文芸評論家である亀井勝一郎《かついちろう》は「現代歴史家への疑問　歴史家に『総合的』能力を要求することは果たして無理だろうか」（『文藝春秋』一九五六年三月号）という論文を書き、鋭い批判を展開した。彼の主張は、この本には人間がいない。もっと実証的であってほしい、というものであり、この論文の発表を受けて、『昭和史』をめぐる論争が巻き起こっていく。

『「元号」と戦後日本』（青土社）で『昭和史』論争に注目した新進気鋭の社会学者・鈴木洋仁《ひろひと》によると、『昭和史』の遠山らはしばしば自らの叙述姿勢が「科学的」であると繰り返しながら、「昭和＝戦前＝悪、戦後＝善」という結論まずありきの考察に終始しており、実証的でない、との亀井の批判は多大な説得力を持つという。

常ひごろ「科学的な」歴史学者を標榜《ひょうぼう》する私は、このくだりに接して言いしれぬ衝撃を受けた。史料編纂《へんさん》所に勤務する私が立論の根拠とするものは「歴史資料」である。

「歴史資料」の信頼性を吟味し、エンターテインメントに重きを置いた物語や無責任な浮説を排除して、客観的な古文書や日記などに基づく歴史事実を解き明かしていく。かかる手続きは、一定の訓練を受けた人ならば妥当性を共有できるという意味で「科学的」であり、「実証的」であると疑ってこなかった。だが、もしも、遠山の姿勢が――彼も『昭和史』執筆時には史料編纂所員であり、信頼性の高い歴史資料に依拠することを旨《むね》としていたことは間違いない――亀井のような具眼の士をして「実証的であれ」「もっと人間を学べ、人間を叙述せよ」と言わしめるものならば、私の「科学的な」考察など、きわめて幼稚な行いとして粉みじんにならざるを得ない。

実は私は、そうした反省と困惑のさなかに『江戸開城』を読んだ。目から鱗《うろこ》が落ちる思いがした。そうか、歴史資料に依拠するだけではない、亀井の言う「その先にある実証性」とは、まさにこのことか、と。海音寺は西郷隆盛という人物についての歴史資料（たとえば書状A）を網羅的に読みこみ、彼の行動を徹底的に追いかけ、その人物像を造形していく。その結果に基づいてもう一度書状Aに立ち返ったときに、「この書面にはこう書いてあるけれども、それは表面的なものであって、その本意は全く反対のところにあるのだ」という解釈がはじめて可能になるのだ。

西郷を深く、精緻《せいち》に分析する。その西郷を基準として、彼と丁々発止と渡り合い、その末に肝胆相照らした勝海舟を高く評価する。また山岡鉄太郎を敬意をこめて描き、反対に彰義隊の挙動を「価値なし」と断じる。西郷という揺るぎない基準が、本書の叙述をすみずみまで支えている。この意味で、この本には、まさに「人間が描かれている」といえるであろう。

海音寺潮五郎が歴史小説の大家であることは言うを俟《ま》たないが、加えて彼は、明治以来の「史伝」の貴重な担《にな》い手・書き手であると尾崎秀樹《ほつき》は「解説」に記している。たとえば徳富蘇峰《そほう》、幸田露伴、山路愛山《あいざん》等々。アカデミズムの歴史学者に匹敵する、あるいは超える透徹した歴史眼を持つ書き手こそが、真の「史伝」を叙述しうる。海音寺は皇国史観が排されて唯物史観が優勢となり、その影響を受けて「科学的」な歴史学がもてはやされる時代に、ひとり「史伝」の創作に打ち込んでいた。

いまアカデミズムの歴史学は、同じ文系の社会学や教育学がますます必要とされるのと対照的に、文学や哲学とともに衰退の一途をたどっている。その理由を考えれば様々な要因が挙げられるだろうけれど、私は浅薄《せんぱく》な実証に頼りすぎ、亀井が求めるような「もう一段深い実証」、言葉を換えると「生きた人間を描き出す」ことを歴史が怠ったからではないかと考えている。それゆえにこそ、私たち（歴史の研究者も、歴史をいまだ愛する人も、歴史から遠ざかった人も）は海音寺を忘れてはならない。歴史的人間を深く洞察し、本書をはじめとする「史伝」を描いた海音寺に、もう一度、学ばなくてはならぬのである。

（平成二十九年十月、東京大学史料編纂所教授）

この作品は昭和五十一年三月新潮社より刊行された。

文字づかいについて

新潮文庫の日本文学の文字表記については、原文を尊重するという見地に立ち、次のように方針を定めた。

一、口語文の作品は、旧仮名づかいで書かれているものは新仮名づかいに改める。
二、文語文の作品は旧仮名づかいのままとする。
三、常用漢字表、人名用漢字別表に掲げられている漢字は、原則として新字体を使用する。
四、年少の読者をも考慮し、難読と思われる漢字や固有名詞・専門語等にはなるべく振仮名をつける。

吉村昭著　長英逃亡（上・下）

幕府の鎖国政策を批判して終身禁固となった当代一の蘭学者・高野長英は獄舎に放火させて脱獄。六年半にわたって全国を逃げのびる。

吉村昭著　桜田門外ノ変（上・下）

幕政改革から倒幕へ——。尊王攘夷運動の一大転機となった井伊大老暗殺事件を、水戸薩摩両藩十八人の襲撃者の側から描く歴史大作。

吉村昭著　生麦事件（上・下）

薩摩の大名行列に乱入した英国人が斬殺された——攘夷の潮流を変えた生麦事件を軸に激動の五年を圧倒的なダイナミズムで活写する。

吉村昭著　天狗争乱

大佛次郎賞受賞

幕末日本を震撼させた「天狗党の乱」。水戸尊攘派の挙兵から中山道中の行軍、そして越前での非情な末路までを克明に描いた雄編。

吉村昭著　彰義隊

皇族でありながら朝敵となった上野寛永寺山主の輪王寺宮能久親王。その数奇なる人生を通して江戸時代の終焉を描く畢生の歴史文学。

吉村昭著　ニコライ遭難

〝ロシア皇太子、襲わる〟——近代国家への道を歩む明治日本を震撼させた未曾有の国難・大津事件に揺れる世相を活写する歴史長編。

子母沢 寛著
勝 海 舟（一〜六）
新日本生誕のために身命を捧げた維新の若き志士達の中で、幕府と新政府に仕えながら卓抜した時代洞察で活躍した海舟の生涯を描く。

D・キーン
角地幸男訳
明治天皇（一〜四）
毎日出版文化賞受賞
極東の小国を勃興へ導き、欧米列強に比肩する近代国家に押し上げた果断な指導者の実像を、日本研究の第一人者が描く記念碑的大作。

島崎藤村著
夜明け前（第一部上・下、第二部上・下）
明治維新の理想に燃えた若き日から失意の中に狂死する晩年まで――著者の父をモデルに木曽・馬籠の本陣当主、青山半蔵の生涯を描く。

松本清張著
西郷札
傑作短編集(三)
西南戦争の際に、薩軍が発行した軍票をもとに一攫千金を夢みる男の破滅を描く処女作の「西郷札」など、異色時代小説12編を収める。

松本清張著
佐渡流人行
傑作短編集(四)
逃れるすべのない絶海の孤島佐渡を描く「佐渡流人行」、下級役人の哀しい運命を辿る「甲府在番」など、歴史に材を取った力作11編。

半藤一利著
幕末史
黒船来航から西郷隆盛の敗死まで――。波乱と激動に満ちた25年間と歴史を動かした男たちを、著者独自の切り口で、語り尽くす！

池波正太郎著

賊将

幕末には〈人斬り半次郎〉と恐れられ、西郷隆盛をかついで西南戦争に散った桐野利秋を描く表題作など、直木賞受賞直前の力作6編。

池波正太郎著

人斬り半次郎
（幕末編・賊将編）

「今に見ちょれ」。薩摩の貧乏郷士、中村半次郎は、西郷と運命的に出遇った。激動の時代を己れの剣を頼りに駆け抜けた一快男児の半生。

葉室麟著

橘花抄

己の信じる道に殉ずる男、光を失いながらも一途に生きる女。お家騒動に翻弄されながら守り抜いたものは。清新清冽な本格時代小説。

葉室麟著

春風伝

激動の幕末を疾風のように駆け抜けた高杉晋作。日本の未来を見据え、内外の敵を圧倒した男の短くも激しい生涯を描く歴史長編。

伊東潤著

義烈千秋　天狗党西へ

国を正すべく、清貧の志士たちは決起した。幕府との激戦を重ね、峻烈な山を越えて京を目指すが。幕末最大の悲劇を描く歴史長編。

磯田道史著

殿様の通信簿

水戸の黄門様は酒色に溺れていた？　江戸時代の極秘文書「土芥寇讎記」に描かれた大名たちの生々しい姿を史学界の俊秀が読み解く。

安部龍太郎著
血の日本史
時代の頂点で敗れ去った悲劇のヒーローたちを描く46編。千三百年にわたるわが国の歴史を俯瞰する新しい《日本通史》の試み！

安部龍太郎著
信長燃ゆ（上・下）
朝廷の禁忌に触れた信長に、前関白・近衛前久の陰謀が襲いかかる。本能寺の変に至る一年半を大胆な筆致に凝縮させた長編歴史小説。

安部龍太郎著
下天を謀る（上・下）
「その日を死に番と心得るべし」との覚悟で合戦を生き抜いた藤堂高虎。「戦国最強」の誉れ高い武将の人生を描いた本格歴史小説。

安部龍太郎著
冬を待つ城
天下統一の総仕上げとして奥州九戸城を囲んだ秀吉軍十五万。わずか三千の城兵は玉砕するのみか。奥州仕置きの謎に迫る歴史長編。

青山文平著
伊賀の残光
旧友が殺された。伊賀衆の老武士は友の死を探る内、裏の隠密、伊賀衆再興、大火の気配を知る。老いて怯まず、江戸に澱む闇を斬る。

青山文平著
春山入り
山本周五郎、藤沢周平を継ぐ正統派にして、全く新しい直木賞作家が、おのれの人生を摑もうともがき続ける侍を描く本格時代小説。

島尾敏雄著

出発は遂に訪れず

自殺艇と蔑まれた特攻兵器「震洋」。出撃指令が下り、発進命令を待つ狂気の時間を描く表題作他、島尾文学の精髄を集めた傑作九編。

島尾敏雄著

死の棘

日本文学大賞・読売文学賞
芸術選奨受賞

思いやり深かった妻が夫の〈情事〉のために神経に異常を来たした。ぎりぎりの状況下に夫婦の絆とは何かを見据えた凄絶な人間記録。

島尾敏雄著

「死の棘」日記

狂気に苛まれた妻に責め続けられる夫——。極限状態での夫婦の絆を描いた小説『死の棘』。その背景を記録した日記文学の傑作。

白洲正子著

白洲正子自伝

この人はいわば、魂の薩摩隼人。美を体現した名人たちとの真剣勝負に生き、ものの裸形だけを見すえた人。韋駄天お正、かく語りき。

白洲次郎著

プリンシプルのない日本

あの「風の男」の肉声がここに！　日本人の本質をズバリと突く痛快な叱責の数々。その人物像をストレートに伝える、唯一の直言集。

青柳恵介著

風の男　白洲次郎

全能の占領軍司令部相手に一歩も退かなかった男。彼に魅せられた人々の証言からここに蘇える「昭和史を駆けぬけた巨人」の人間像。

江《え》戸《ど》開《かい》城《じょう》

新潮文庫　か-6-9

昭和六十二年十一月二十五日　発行
平成二十二年　十　月　一　日　十一刷改版
平成二十九年十一月三十日　十二刷

著者　海《かい》音《おん》寺《じ》潮《ちょう》五《ご》郎《ろう》

発行者　佐藤隆信
発行所　株式会社　新潮社
郵便番号　一六二―八七一一
東京都新宿区矢来町七一
電話　編集部(〇三)三二六六―五四四〇
　　　読者係(〇三)三二六六―五一一一
http://www.shinchosha.co.jp

価格はカバーに表示してあります。
乱丁・落丁本は、ご面倒ですが小社読者係宛ご送付ください。送料小社負担にてお取替えいたします。

印刷・錦明印刷株式会社　製本・錦明印刷株式会社

ISBN978-4-10-115709-2　C0193